LE JEU DE LA MORT

STAR WARS™

LE JEU DE LA MORT

par

MICHAEL STACKPOLE

FLEUVE NOIR

Le cycle de Star Wars

dans l'ordre chronologique de la guerre

AN 1	*La Guerre des Étoiles* George Lucas (*février 1999*)
AN 3	*L'Empire contre-attaque* Donald F. Glut (*février 1999*)
	Les Ombres de l'Empire Steve Perry (*juin 1999*)
AN 4	*Le Retour du Jedi* James Kahn (*février 1999*)
AN 5	*Trêve à Bakura* Kathy Tyers (*septembre 1999*)
AN 6 & 7	*Les X-Wings* Michael Stackpole 1. *L'Escadron Rogue (avril 1999)* 2. *Le Jeu de la mort* (*avril 1999*) 3. *Un Piège nommé Krytos (mai 1999)* 4. *La Guerre du bacta (mai 1999)*
AN 8	*Le Mariage de la princesse Leia* Dave Wolverton (*novembre 1999*)
AN 9	*La Croisade Noire du Jedi Fou* Timothy Zhan *(juin 1999)* 1. *L'Héritier de l'Empire* 2. *La Bataille des Jedi* 3. *L'Ultime commandement*

AN 11	*L'Académie Jedi* Kevin J. Anderson (*septembre 1999*) 1. *La Quête des Jedi* 2. *Sombre disciple* 3. *Les Champions de la Force*
AN 12 & 13	*Les Enfants du Jedi* Barbara Hambly (*novembre 1999*)
	Le Sabre Noir Kevin J. Anderson (*décembre 1999*)
	La Planète du crépuscule Barbara Hambly (*2000*)
AN 14	*L'Étoile de Cristal* Vonda McIntyre (*2000*)
AN 16 & 17	*La Crise de la Flotte Noire* Michael P. Kube McDowell (*février 1999*) 1. *La Tempête approche* 2. *Le Bouclier furtif* 3. *Le Défi du tyran*
AN 17	*La Nouvelle Rébellion* Krystine Rusch (*2000*)
AN 18	*La Trilogie Corellienne* Roger MacBride Allen (*septembre 1999*) 1. *Traquenard sur Corellia* 2. *Assaut sur Selonia* 3. *Bras de fer sur Centerpoint*

Titre original :
Wedge's Gamble
Traduit de l'américain par
Michèle Zachayus

Collection dirigée par
Patrice Duvic et Jacques Goimard

Edition originale : BANTAM-USA

ISBN : 2-265-06756-3

A la mémoire de Roger Zelazny

REMERCIEMENTS

L'auteur aimerait remercier les personnes suivantes pour leur contribution à cet ouvrage :

Janna Silverstein, Tom Dupree et Ricia Mainhardt pour m'avoir entraîné dans l'aventure.

Sue Rostoni et Lucy Autrey Wilson pour m'avoir grandement facilité le travail d'écriture dans cet univers.

Kevin J. Anderson, Timothy Zahn, Kathy Tyers, Bill Smith, Bill Slavicsek, Peter Schweighofer, Michael Kogge et Dave Wolverton pour le matériel qu'ils ont créé et les conseils qu'ils m'ont donnés.

Lawrence Holland et Edward Kilham pour les jeux vidéo Aile X et Chasseur Tie.

Chris Taylor pour m'avoir fait rappeler quel vaisseau Tycho pilotait dans *Le Retour du Jedi*.

Mes parents, ma sœur Kerin, mon frère Patrick et Joy, son épouse, pour leurs encouragements (et leur manière de placer mes autres livres à l'avant des présentoirs dans les librairies).

Dennis L. McKiernan, Jennifer Roberson et surtout Elisabeth T. Danforth pour avoir écouté des extraits de ce roman à mesure que je l'écrivais — et pour avoir gardé le sourire en dépit de mes mauvaises manières !

PERSONNAGES

ESCADRON ROGUE

COMMANDANT WEDGE ANTILLES
(mâle humain d'Alderaan)
CAPITAINE TYCHO CELCHU
(mâle humain de Corellia)
LIEUTENANT CORRAN HORN
(mâle humain de Corellia)
OORYL QRYGG
(mâle gand de Gand)
NAWARA VEN
(mâle twi'lek de Ryloth)
RHYSATI INR
(femelle humaine de Bespin)
ERISI DLARIT
(femelle humaine de Thyferra)
PESHK VRI'SIR
(mâle bothan de Bothawui)
GAVIN DARKLIGHTER
(mâle humain de Tatooine)
RIV SHIEL
(mâle shistavanen d'Uvena III)
LUJAYNE FORGE
(femelle humaine de Kessel)
ANDOORNI HUI
(femelle rodienne de Rodia)

ZRAII
(mâle verpine de Roche G42)
M-3PO
(droïd militaire et de protocole)
WHISTLER
(astromech D2-R2 de Corran)
MYNOCK
(astromech D2-R5 de Wedge)

COMMANDEMENT DE LA FLOTTE

AMIRAL ACKBAR
(mâle calamarien de Mon Calamari)
GENERAL HORTON SALM
(mâle humain de Norvall II)
GENERAL LARYN DRE'FEY
(mâle bothan de Botawui)
CAPITAINE AFYON
(mâle humain d'Alderaan)

EQUIPAGE DU PULSAR

MIRAX TERRIK
(femelle humaine de Corellia)
LIAT STAYV
(mâle sullustéen de Sullust)

FORCES IMPERIALES

YSANNE ISARD, DIRECTEUR DES RENSEIGNEMENTS DE L'EMPIRE
(femelle humaine de Coruscant)
KIRTAN LOOR, AGENT DES RENSEIGNEMENTS
(mâle humain de Churba)
GENERAL EVIR DERRICOTE
(mâle humain de Kalla)

PROLOGUE

Avant que les senseurs de son aile X aient pu identifier le nouveau vaisseau, Corran Horn sut qu'il filait un mauvais coton. Sans crier gare, l'intrus venait de repasser dans l'espace réel du système Pyria. Non que cela fût en soi inquiétant. En un mois, depuis que l'Alliance Rebelle avait repris à l'Empire la planète Borleias, un nombre incalculable de navires étaient venus faire un tour de reconnaissance. Certains, en mission diplomatique, arrivaient de mondes ayant rallié la Nouvelle République. Ils entendaient découvrir la dernière conquête en date.

D'autres étaient envoyés par des dirigeants planétaires désireux de faire le tri entre les faits et la propagande impériale. Ensuite, la guerre civile galactique faisant toujours rage, ils décideraient ou non de changer de camp.

D'autres navires, impériaux ceux-là, essayaient de glaner des informations militaires.

Les autres « visiteurs » étaient des vaisseaux de l'Alliance qui sillonnaient le système pour des raisons légitimes.

Il fallait tous les contrôler, et repousser les ennemis.

Les patrouilles n'avaient aucun incident à rapporter.

D'où un certain relâchement, dangereux à plus ou moins brève échéance. Corran lui-même trouvait difficile de rester sur la brèche quand aucune menace sérieuse ne planait.

L'irruption du nouveau vaisseau anéantit sa paix de l'esprit. Les senseurs identifièrent un transport de fret modifié — à l'origine un Rendili Stellaire. Il faisait le quart d'un croiseur de classe Neutron. Son appellation, *Vengeance Derra IV*, respectait les conventions en vigueur dans la Nouvelle République, où chaque nom devait rappeler un épisode marquant de la guerre civile.

Le capitaine respectait les consignes rebelles sur les limitations de vitesse applicables aux transports de marchandises.

Pourtant, quelque chose cloche, songea Corran.

Durant sa brève carrière au sein de la Sécurité Corellienne (ou CorSec), passée à traquer les contrebandiers, il avait appris à écouter ses intuitions. Son père, Hal, et son grand-père, étaient des officiers de la CorSec. Face au danger, ils avaient recommandé à Corran de se fier à son instinct.

Le pilote activa son unité de communication.

— Rogue Neuf à Champion Cinq. Restez en position avec Six. Je vais voir ce qui se passe.

— Bien reçu, Neuf. Mais ce vaisseau n'a pas encore franchi les limites de la zone de sécurité.

— Faites-moi confiance, Cinq.

— Entendu, Neuf.

Les patrouilles s'étaient séparées pour couvrir quatre zones autour de la planète Borleias. Le plan de l'écliptique divisait le système stellaire dans le sens longitudinal. Corran et deux pilotes d'ailes X, détachés par le général Salm, surveillaient le secteur le plus fréquenté.

— Whistler, utilise les senseurs pour repérer les anomalies de ce cargo.

L'astromech R2 vert et blanc bipa un message.

— Je vois... Les anomalies, ce n'est pas ça qui manque... (Sourcils froncés, Corran mit les gaz.) Je pensais à des armes suspectes, ce genre de choses.

Corran eut bientôt un visuel du navire. Long de cent cinquante mètres, la ligne de sa coque évoquait celle des vaisseaux guerriers de Mon Calamari. A la proue, un dôme abritait la passerelle de commandement. La poupe contenait le système de propulsion. Un complexe de communications et des tourelles laser flanquaient la passerelle.

Sur le moniteur principal, Whistler transmit son rapport. C'était bien un Rendili de classe Nain. Tonnage : mille cinq cents tonnes ; équipage : quatre cents membres ; équipement : neuf quad lasers, un rayon tracteur. L'armement et le volume de stockage en faisaient un vaisseau très prisé des contrebandiers, toujours prêts à exercer leurs activités dans des zones galactiques où les gouvernements battaient de l'aile.

— Champion Cinq à Rogue Neuf.

— Allez-y, Cinq.

— J'ai appelé le *Vengeance*, qui m'a donné un code valable.

Corran fut surpris. Il était certain que quelque chose sonnait faux.

— Du premier coup ?

— Non, la seconde fois. Pourquoi ?

— Je vous le dirai plus tard. Gardez votre position, mais qu'une navette d'assaut décolle de Borleias. Six et vous, restez prêts à tout.

— Entendu, Neuf.

Whistler posa une question à Corran.

— Oui, c'est exactement le fond de ma pensée..., répondit-il.

Sur Corellia, Iella Wessiri et lui avaient enquêté sur une série de cambriolages où on ne trouvait pas trace d'effraction. Diverses sociétés avaient produit les systèmes de sécurité, installés par différentes agences. On avait enfin trouvé la clé de l'énigme : tous les datadisks des systèmes de sécurité venaient d'un *seul* fournisseur. Un employé avait craqué le code en cours d'impression, de sorte qu'en utilisant un mot simple de passe, le mécanisme donnait automatiquement la solution. Au second essai, le voleur pouvait entrer le bon code et s'introduire dans la place.

Pour être démodées, les ailes Y de l'Alliance n'en étaient pas moins efficaces. La plupart étaient un savant assemblage de systèmes anciens *et* modernes. Les pièces de rechange, difficiles à trouver, étaient souvent remplacées par tout ce qui restait de disponible.

Ainsi, à bord du vaisseau suspect, un intégrateur senseur/comlink avait été réparé sommairement avec des puces électroniques susceptibles de livrer des codes encore en vigueur.

Corran ouvrit un canal sur la fréquence du cargo.

— *Vengeance Derra IV*, ici le lieutenant Corran Horn de l'Escadron Rogue. Arrêtez-vous. Préparez-vous à être abordé.

Le cargo ne réduisit pas sa vitesse.

— Un problème, lieutenant ?

Corran envoya un coup de semonce — un rayon laser — qui frôla la proue du vaisseau.

— *Vengeance*, préparez-vous à être abordé. Si problème il y a, il viendra de vous.

— En attente.

Le croiseur se présenta par bâbord, la coque supérieure orientée vers l'aile X de Corran.

Mauvais...

— Cinq et Six, armez les torpilles à protons.

— Neuf, il n'a rien fait.

— Pas encore, Cinq...

Contournant le ventre du *Vengeance*, les quatre chasseurs stellaires rejoignirent Corran. L'escadron plongea, amorçant une courbe qui anticipait toutes les manœuvres d'évasion possibles.

Puis Corran vira de bord.

— Neuf, nous avons deux bombardiers Tie déployés.

— Cinq, feu sur le *Vengeance* ! Prenez ensuite les bombardiers en chasse. Que la base, sur Borleias, sache que nous avons des problèmes.

Les ailes Y n'auraient aucune peine à distancer les Frelons — un terme d'argot désignant les bombardiers à double coque. Si Corran pouvait occuper les Tie, ceux-ci n'auraient pas le loisir de harceler les ailes Y.

Si les missiles perçaient les boucliers avant du *Vengeance*, le capitaine devrait battre en retraite. Et sans soutien, les pilotes de Tie seraient coincés dans le système Pyria.

Beaucoup de si... *Il est temps de mettre ces conditionnels au présent de l'indicatif...*

Corran se stabilisa à tribord avant de fondre comme une flèche sur le *Vengeance*.

Les torpilles à protons des ailes Y frappèrent la proue du vaisseau. L'impact rappela une nova.

L'astromech siffla un *requiem* pour les boucliers avant du *Vengeance*.

Corran tira une salve de laser sur la passerelle et vira de bord pour foncer vers le milieu du vaisseau avant de redresser.

Evitant les explosions en chaîne des boucliers avant, un chasseur Tie entra dans le collimateur de Corran.

Le rayon laser frappa le panneau solaire tribord.

Une déflagration plus forte que les autres indiqua une défaillance des moteurs ioniques. La course en zigzag du chasseur désemparé le confirma vite.

De main de maître, Corran esquiva les salves du *Vengeance*. Sa trajectoire le conduisit sur le même vecteur que le Tie : au-dessus du cargo. Virant à bâbord, Corran survola la proue endommagée et se lança aux trousses d'un autre Tie.

Il fit feu à deux reprises. Le premier tir manqua la cible, le second fit mouche. Les rayons touchèrent les moteurs ennemis ; le chasseur explosa.

— Cinq, au rapport.

— Un ennemi au tapis, un autre assoupi.

Corran éclata de rire.

— Bien joué, Cinq. Bonne tactique.

Les ailes Y avaient eu la présence d'esprit d'engager le combat avec leurs canons ioniques. Si leur puissance de feu était inférieure à celle des lasers, ils offraient l'avantage de court-circuiter les systèmes électroniques de la cible.

Un pilote impérial préférera sûrement le suicide à la capture. Mais son vaisseau pourrait nous apprendre des choses.

— Neuf, le cargo s'apprête à fuir. Voulez-vous de l'aide ?

— Négatif, Cinq.

Le droïd exprima sa réprobation.

— Je ne me prends pas pour un surhomme, Whistler. Ce sont eux qui n'en sont pas !

Refuser de l'aide face à un ennemi supérieur en nombre relevait d'une arrogance inouïe ou d'une stupidité entrée en phase terminale. Cependant, Corran avait ses raisons. Pour être enthousiastes et bien entraînés, les pilotes des ailes Y n'en étaient pas moins inexpérimentés en matière de combat entre chasseurs. Ils ne lui seraient guère utiles dans la lutte qui s'engageait.

— Neuf, nous nous chargeons du *Vengeance.*

— Négatif, Cinq, absolument négatif ! (*S'ils fondent sur le cargo, il les mettra en pièces.*) Visez les tubes à torpilles des Tie.

Jetant un coup d'œil à ses moniteurs, Corran mémorisa la position des ailes Y puis plongea. Des rayons laser verts trouèrent les ténèbres sans le toucher. Les deux derniers chasseurs impériaux se croisèrent avant de revenir à l'attaque.

Ces deux-là étaient visiblement des vétérans.

Ils effectuaient une double hélice quand Corran surgit, coupant la route au premier. Ignorant les bips de Whistler, Corran renforça son bouclier de poupe avant de filer.

Le chasseur ennemi se lança à ses trousses. Corran partit en piqué quelques secondes avant de redresser. Reprenant sa trajectoire initiale, il prit son poursuivant à revers.

Ce fut à son tour d'ouvrir le feu.

Ses tirs touchèrent un des panneaux solaires d'un Tie qui partit en vrille sans exploser. Le détruire aurait été facile, mais l'autre Impérial s'interposa à grands renforts de lasers.

Corran riposta. Le Tie fit un looping pour couper sa trajectoire.

Whistler émit une série stridente de bips. Le panneau de commande clignota.

Par l'engeance maudite de la Sith ! Mes boucliers sont à plat !

Corran fit un tonneau pour se redresser sur le stabilisateur bâbord puis tira le manche à balai. Le chasseur montant en flèche, un autre tonneau rapide lui assura une trajectoire de fuite à angle droit.

— Whistler, relève les boucliers !

Sur l'écran principal, un compte à rebours d'une minute trente s'afficha.

— Ce n'est pas bon du tout, ça...

L'avantage majeur d'une aile Y sur un chasseur Tie, c'étaient ses boucliers. Côté vitesse, tous deux étaient à armes égales. Le Tie avait même une maniabilité supérieure. Sous le feu ennemi, les boucliers des ailes Y étaient plus résistants. Dans ce type d'engagement, l'Alliance partait donc avec une longueur d'avance.

Corran pouvait encore donner du fil à retordre à son adversaire. Mais combattre sans bouclier n'avait rien de rassurant.

Il se lança dans une série de boucles et de vrilles qui l'éloignèrent du Tie — sans le rapprocher de son escadron. Le temps lui parut interminable, les secondes devenant autant de minutes. Le Tie tournait en cercle autour de sa proie, cherchant la faille. Puis il abandonna pour se lancer à la poursuite d'autres ailes Y.

— Formation de combat, Cinq. Un ennemi approche.

Les ailes Y exécutèrent la manœuvre à la perfection.

Corran dériva la puissance des boucliers vers la propulsion, et se rapprocha.

— Neuf, j'ai le verrouillage missile.

— Feu, Six !

La torpille à photons rata la cible, manquant toucher Corran, qui redressa en un éclair.

— Déployez-vous, Champions !

Les pilotes obéirent. Le Tie attaqua Champion Cinq.

Je te tiens ! exulta Corran.

Bientôt, il aurait le chasseur impérial dans ses réticules de visée.

Whistler lança un avertissement.

Derrière moi ? Qui ?

Sur ses senseurs, Corran avisa un autre Tie qui fondait sur lui. S'il se dégageait...

Impossible, ou Cinq est perdu !

Corran ouvrit le feu. Les rayons percutèrent les ailes et le cockpit de l'ennemi. L'autre Tie passa à l'attaque. Des rayons verts fusèrent.

Corran sut qu'il était un homme mort.

Il se prépara au néant.

Il ne fut pas complètement déçu...

... Puisque rien ne se produisit.

— Retrouve sa trace, Whistler.

Le droïd fit un rapport négatif.

— Et le *Vengeance* ?

Il avait fui à la vitesse de la lumière.

Voilà qui est clair.

Corran frémit. De la main gauche, il toucha son médaillon, niché sous sa combinaison de vol.

Il semble que la chance ne m'ait pas quitté.

— Cinq, Six, qu'est-il arrivé à l'autre Tie ?

— Je l'ai eu, Neuf.

— Avec quoi ?

— Le missile que j'ai tiré.

Corran se rappela celui qui l'avait manqué d'un cheveu.

— Six, vous visiez en réalité le *second* Tie ?

— Oui, lieutenant. Ai-je fait quelque chose de mal ?

Corran aurait voulu lui crier de choisir à l'avenir des cibles plus directement menaçantes. Il se retint.

— Non, Six, mais ç'aurait pu être mieux.

— Oui, monsieur. La prochaine fois...

— Réjouissons-nous qu'il y en ait une.

Les boucliers de l'aile X se relevèrent sous les bips de triomphe du droïd.

Corran sourit.

— Oui, Whistler, j'apprécie que tu aies gagné sept secondes sur l'estimation. Cinq, Six, notez les coordonnées de notre Frelon dormant. De la paperasserie nous attend à la base. Pour une fois, les rapports prouveront que la journée a été bonne !

CHAPITRE II

Wedge Antilles accueillit en personne les deux recrues.

— Désolé de vous avoir fait attendre, mais nous avons eu une autre visite du système par les forces impériales. Celles-ci n'ont pas livré un combat féroce, mais quand même... (Faisant le tour du bureau au revêtement en transpacier, il invita les pilotes à s'asseoir.) Bienvenue dans l'Escadron Rogue.

Les recrues sourirent et le remercièrent.

Wedge s'adressa d'abord à la Sullustéenne.

— Capitaine Nunb, j'espère qu'être admise maintenant, et pas il y a six mois, ne vous semble pas indiquer un manque de respect pour vos talents de pilote.

Aril Nunb secoua la tête, faisant voleter ses fins cheveux châtains.

— Loin de moi pareille pensée, commandant.

— Mais vous avez entendu dire que j'ai choisi le capitaine Tycho Celchu comme commandant en second ?

Dans les yeux grenat de Nunb, un éclair pourpre jaillit.

— Des rumeurs ont circulé, monsieur. Je les ai traitées par le mépris.

Wedge sourit.

Franche et pratique. J'aime ça.

— Ces rumeurs étaient fondées, capitaine. Mes raisons...

— Pardonnez-moi, monsieur, mais vous n'avez pas à vous justifier devant moi.

— Vous découvrirez que l'Escadron Rogue compte d'excellents pilotes. La discipline y est moins rigoureuse que dans d'autres unités ; j'explique les ordres chaque fois que c'est possible, car nous dépendons beaucoup les uns des autres. Il n'y a pas de tire-au-flanc ici ; personne ne se dérobe à ses devoirs. Chacun doit savoir où il en est.

La Sullustéenne aux oreilles de souris hocha la tête.

— Oui, monsieur.

— J'ai entendu parler de vos exploits. Avec votre frère, et pour le compte de l'Alliance, vous avez subtilisé des fournitures à la Corporation SoroSuub. J'ai apprécié les talents de votre frère quand, aux commandes du *Faucon*, il a fondu sur la seconde Etoile Noire, permettant à Lando et à moi, de détruire le réacteur. Votre frère et vous avez les qualités qui font un bon pilote de chasse. Ça ne s'apprend pas. Lors de la Renaissance de l'Escadron Rogue, j'ai jugé inutile de vous soumettre à un entraînement intensif.

— Je comprends, monsieur.

Ce qu'elle gardait sous silence en apprit long à Wedge. En fait, elle en savait beaucoup plus sur ce qui se passait dans la galaxie qu'elle ne voulait bien le dire. En six mois, l'Escadron Rogue avait perdu quatre pilotes, soit un tiers de ses effectifs. En temps normal, les remplacer n'eût pas posé de problème.

Mais le temps manquait.

Les derniers événements galactiques prenaient au dépourvu la Nouvelle République. Les pilotes de remplacement devaient être déjà formés.

Wedge se tourna vers l'homme roux assis près de la Sulustéenne.

— Capitaine Cracken, votre candidature m'a surpris. Vous aviez votre propre escadron, et vous pilotez des ailes A, pas des X. Ne nous trouverez-vous pas un peu lents à votre goût ?

— J'espère que non, monsieur.

Sourcils froncés, le jeune homme avait répondu avec un calme superficiel.

Cracken était le fils du général Airen, un des chefs légendaires de l'Alliance — et la réponse de la Nouvelle République à Ysanne Isard. Airen Cracken avait doté son fils d'une fausse identité lui permettant de s'infiltrer à l'Académie Navale Impériale. Après sa promotion, dès sa première mission, Pash avait amené son escadron à déserter. Les pilotes convertis à l'Alliance étaient connus comme le « Groupe de Vol de Cracken ». Leur succès contre un destroyer de classe Victoire les avaient fait entrer dans la légende.

— Si vous me permettez, pourquoi délaisser vos pilotes pour nous rejoindre ?

— C'est difficile à expliquer, monsieur.

— Vous devez avoir de solides raisons pour accepter de perdre vos galons. Dans notre escadron, vous serez un simple lieutenant.

— Je sais, commandant.

Wedge écarta les mains.

— Monsieur Cracken, libre à vous de garder vos distances avec les autres pilotes. Quant à moi, j'ai besoin de connaître vos motivations.

Aril Nunb se pencha.

— Peut-être devrais-je sortir, monsieur ?

Pash secoua la tête.

— Ce n'est pas nécessaire... Ça vous paraîtra étrange.

— Nous vous écoutons.

Pash soupira.

— Au début, je m'exerçais volontiers avec de vieux simulateurs Z-95. Mon père a découvert mes dons. Il m'a encouragé. Avant ma puberté, j'étais déjà seul aux commandes ; en simulation, je battais de très bons pilotes. J'étais doué, mais je pensais qu'on me félicitait surtout pour se faire bien voir de mon père.

« A l'Académie, j'ai révisé cette opinion. A mes débuts, j'étais meilleur que certains instructeurs. Et quand je fus reçu avec les honneurs, plus aucun ne m'arrivait à la cheville...

Cracken serra les poings.

— Mes camarades de promotion et moi avons déserté, détruisant l'*Exsanguinator* au passage... Nous faisons maintenant partie de l'escadre du commandant Varth. Mais tous ceux qui m'ont suivi imaginent que je suis touché par la grâce. Que jamais je ne les décevrai. A leurs yeux, je suis invincible. Ceux qui sont morts, eh bien, c'est qu'ils ont commis une erreur fatale... Ce n'est pas faux. Mais c'est *moi* qui ai envoyé ces gens à leur perte.

« Les gamins affectés à mon escadron sont hypnotisés par le mythe de mon invincibilité. Mes pilotes se reposent trop sur leurs lauriers ; ce laisser-aller ne pardonnera pas face à l'ennemi... Mes hommes n'écoutent plus mes mises en garde. Si un Impérial me descend, c'est mon escadron entier qui s'abîmera dans les flammes.

Wedge hocha la tête.

Hormis un Chevalier Jedi et deux ou trois instructeurs, tous les pilotes de l'Escadron Rogue étaient encore dans le service actif — ou morts au combat.

Biggs Darklighter, Jed Porkins, Dak Ralter et Bror Jace comptaient parmi les pilotes les plus célèbres abattus par les forces impériales. Mais Wedge pouvait encore mettre un visage sur tous les noms, et dire dans quelles circonstances certains hommes avaient été tués.

Il comprenait parfaitement le problème de Pash Cracken.

— Lieutenant, un changement s'impose, en effet. En votre absence, votre groupe devra revoir son mode de fonctionnement — dans son intérêt. Cela dit, nombre d'autres unités de combat vous accueilleraient à bras ouverts — dont beaucoup de formations d'ailes A.

— C'est juste, monsieur. Mais aucune n'est l'Escadron Rogue.

— Pourquoi cela compte-t-il tant à vos yeux ?

Cracken baissa les épaules. Le geste — un véritable aveu corporel — n'échappa pas à l'œil d'aigle de Wedge.

— Tout autre unité me prendrait automatiquement pour chef. Ça ne résoudrait rien. En raison de mes états de service, je ne peux plus m'évaluer avec impartialité. Je commence à douter de mes capacités réelles — en d'autres termes, de moi-même. Si ça continue, le temps est proche où je perdrai *tout*.

« Avec l'Escadron Rogue, je me mesurerai enfin à l'élite de l'Alliance.

— Que pense votre père de ce revirement ?

Les yeux verts de Cracken s'embrasèrent.

— Il n'a rien à voir avec ma décision.

— Mais vous lui en avez parlé ?

— Oui.

— Il vous a approuvé ?

Cracken se redressa.

— Il a le plus grand respect pour vous, commandant Antilles.

— C'est bon à savoir...

Wedge fronça les sourcils. La conquête du système Pyria avait requis deux missions, car les Services Secrets de l'Alliance n'avaient pas pu glaner assez d'informations sur les installations de Borleias.

Que des agents ou des traîtres à la solde de l'Empereur aient ainsi planté le décor de la première défaite des Rebelles ne pouvait être ignoré. Faire toute la lumière sur l'affaire incombait au général Cracken et à son entourage.

Si Wedge avait confiance en ses pilotes, d'autres voyaient les choses différemment. Depuis longtemps, le général Salm se méfiait du capitaine Tycho Celchu. Même si Celchu n'avait livré aucune information à l'ennemi sur la première offensive — Salm le savait —, le général restait convaincu qu'il s'agissait d'un agent double prêt à trahir l'Alliance.

La conquête de Pyria avait ouvert la voie à l'Alliance Rebelle.

Coruscant, la planète-mère de l'Empire, n'était plus inaccessible. S'en emparer conférerait à la Nouvelle Alliance la légitimité qui lui avait toujours fait défaut. D'ailleurs, quelle différence, pensaient beaucoup de gens, entre les Rebelles et les seigneurs de guerre ? Les uns et les autres ne cherchaient-ils pas à se forger leur propre empire ?

Coruscant était la clé de la réussite politique de la Nouvelle République, si elle entendait devenir la première puissance galactique et succéder à l'Empire. Annexer Coruscant exigerait une convergence de facteurs indispensables à la victoire. Puisque l'amiral Ackbar l'avait chargé de participer aux délibérations du Conseil Provisoire, Antilles savait que son escadron jouerait un rôle capital.

Airen Cracken devait le savoir aussi.

A sa place, j'envisagerais d'infiltrer un agent dans l'Escadron Rogue. Mais utiliserais-je mon propre fils ?

Le jeune Cracken semblait déçu — pas indigné ni blessé dans sa fierté.

Je serais courroucé, choqué même qu'on puisse ainsi douter de mon honneur ; je nierais farouchement toute accusation d'espionnage... Pash n'est rien de tout ça. Est-il innocent ou... juste le fils de son père ?

Le chef corellien de l'Escadron Rogue s'accouda à la table.

— Dans mon unité, la confiance est la clé de tout. Non que chacun doive avouer à ses collègues ses plus noirs secrets... Il ne s'agit pas de ça. Les pilotes placés sous mes ordres font partie de l'élite. Je suis certain que vous serez tous les deux à votre place. Alors je vous le redis : bienvenue.

— Merci, monsieur.

Wedge tendit aux recrues une barrette en plastique.

— Les équipements sont plus confortables que d'habitude. Evir Derricote, en bon Impérial, aimait ses aises. Capitaine Nunb, vous aurez des quartiers privés. Lieutenant Cracken, vous partagerez une chambre avec Nawara Ven, un pilote twi'lek. Vous l'apprécierez, je crois.

Jetant un coup d'œil à son bloc-notes électronique, Wedge fronça les sourcils.

— Dans une heure, j'ai rendez-vous avec *Home One*. Je prendrai notre navette de classe Lambda puisque le général Salm m'accompagnera. Lieutenant Cracken, vous pouvez utiliser mon aile X en attendant le réarmement de la vôtre. Capitaine Nunb, je vous présenterai au capitaine Celchu. En mon absence, vous serez aux commandes de l'unité. Tycho vous secondera.

« Autre chose ?

— Non, monsieur, répondit la Sullustéenne.

— Pash ? insista Wedge.

— Non, monsieur.

— Et si je vois votre père ?

Pash sourit.

— Dites-lui seulement qu'il avait raison et que j'ai passé vos tests d'admission haut la main.

— Avec plaisir, lieutenant. (Wedge raccompagna les recrues à la porte.) Vous découvrirez qu'être un Rogue est plus difficile que de survivre à mes interrogatoires...

CHAPITRE III

Corran accueillit ses visiteurs dans la petite suite que son coéquipier, le Gand nommé Ooryl Qrygg, et lui partageaient sur Borleias. L'assaut des Rebelles ayant gravement endommagé les bâtiments impériaux, les forces d'occupation logeaient dans des abris souterrains — les fondations de la base.

L'installation était refaite à neuf.

La « suite » de Corran comprenait deux chambres de part et d'autre d'une longue salle rectangulaire aux murs gris. Le sol étant d'un bleu soutenu, l'ensemble était très sombre. Corran y avait remédié en installant le plus de sources d'éclairage possible, ainsi qu'un holoprojecteur qui diffusait des images d'autres mondes.

Corran avait fait des pieds et des mains pour obtenir de quoi meubler la pièce, allant jusqu'à utiliser des caisses de pièces de rechange. Il avait réussi à garder un des lits d'origine et à échanger l'autre, troué par un tir de blaster, contre un siège d'aile Y. Un réfrigérateur d'appoint servait de support à l'holoprojecteur.

Un homme mince, les cheveux châtains, entra le premier et sourit en voyant la projection d'Alderaan.

— Ça faisait longtemps que je n'avais plus revu les Chutes de Wuitho. (Sur le mur, un fleuve se jetait dans une gorge, formant trois cascades spectaculaires.) Avant mon départ pour l'Académie Impériale, j'étais allé les voir avec ma famille. NovaCom louait dans le secteur une cabine à répulsion, d'où on avait une vue magnifique... Aussi splendide que celle-là. Evidemment, sans le rugissement des cascades, ça paraît...

Mort.

Corran n'avait pas besoin de voir le chagrin de Tycho Celchu pour comprendre sur quel mot ce dernier avait buté. Les Alderaaniens survivants avaient durement été touchés par la destruction de leur planète.

Certains, comme Tycho ou la princesse Leia Organa, en avaient gardé une obsession : mettre l'Empire définitivement hors d'état de nuire.

— Je suis navré. Le projecteur choisit des images au hasard.

— Ne vous excusez pas, dit Tycho. Ma patrie me manque, mais ça ne signifie pas que j'ai pris les hologrammes en horreur. Si ma planète a été pulvérisée, sa beauté survit...

Le second visiteur entra. Il avait la silhouette d'une unité 3PO et le crâne crénelé en forme de coquille des droïds de contrôle affectés aux spatioports.

— Bonsoir, lieutenant Horn. Puis-je vous faire remarquer que votre invitation de ce soir est tombée à pic ? Je trouve le capitaine Nunb un peu brusque à mon goût...

Corran lança un regard à Tycho.

— Voulez-vous vous en charger ?

— De quoi ? fit le droïd. En quoi puis-je vous aider ?

Tycho sourit.

— On n'y arriverait pas sans toi, M3... Tais-toi !

— Monsieur, je proteste...

— Tais-toi ! Tais-toi !

Le droïd inclina la tête ; son menton toucha presque le blindage de son torse. A la base de son crâne, un bouton rouge apparut. M3 s'immobilisa et devint silencieux.

— Chaque fois, ça me remplit d'étonnement, fit Corran, invitant Tycho à s'asseoir. En tout cas, je crois avoir compris le phénomène.

— Merveilleux. Alors ?

Un mois plus tôt, Tycho avait remarqué le comportement étrange de l'unité M-3PO de l'Escadron Rogue. Le droïd s'était procuré au marché noir des pièces de rechange d'excellente qualité. Cela datait du jour où Corran lui avait suggéré de « dégoter » certains composants pour réparer son aile X.

— Avant l'évacuation de Hoth, expliqua Horn, M3 était au service d'un lieutenant du corps d'intendance. Son nom était Losca ou quelque chose comme ça. Après le désastre de Derra IV, cette femme se démenait pour assurer l'approvisionnement. Sans grands résultats... A l'époque, la défaite augurait mal de l'avenir de la Rébellion. Aussi, les fournisseurs se faisaient rares.

Tycho hocha la tête.

— Je m'en souviens. On avait du mal à faire fonctionner nos équipements avec un froid mortel et sans kits de conversion !

— Losca ne s'en sortait pas. Ni l'Alliance ni elle n'étaient contents des résultats. Aussi, elle voulut créer une base de données qui lui permettrait d'agir comme un acheteur classique. Mais les ressources informatiques étaient limitées et protégées pour éviter les fuites. L'Alliance répugnant à devenir une centrale d'achats, on interdit à Losca de réaliser son projet. Elle devait se débrouiller avec ce qu'elle avait.

Tycho fronça les sourcils.

— La base de Hoth était censée être un secret défense. Y installer une sorte de marché ouvert aurait conduit à ce que Vador la découvre plus vite qu'avec ses droïds sondes.

— Sans doute, mais notre lieutenant Losca semblait penser que sans commerce, la Rébellion serait bientôt à court de fournitures. La base resterait cachée, mais hors d'état de fonctionner. Losca confia à des techniciens le soin de monter M3 avec des pièces de rechange. Elle craqua un code de courtage et le grava sur des puces implantées ensuite dans le processeur de M3. Celles-ci donnèrent au droïd une seconde personnalité dont il ignore tout dans son état normal. Pour activer le « dégoteur », il suffit de prononcer ce mot, de demander au droïd de « dégoter » quelque chose, et le tour est joué... Si on lui ordonne trois fois de « se taire », la personnalité normale reprend le dessus. Et le droïd devient un simple terminal vous donnant accès à toutes ses données.

L'Alderaanien se pencha.

— Quelles mesures de sécurité Losca a-t-elle prises ?

— Je l'ignore ; elle est morte durant l'assaut contre Hoth. Depuis, M3 est passé d'unité en unité avant d'atterrir chez nous. Personne ne se doutait de rien. On a découvert par hasard le secret de ce droïd. J'ai chargé Whistler de procéder à un scan sur lui. Cet ensemble de programmes sur « l'art de la débrouille » est la seule bizarrerie de M3. Je ne crois pas qu'il présente un risque pour notre sécurité.

— Tant mieux... A propos, la plupart des dossiers provenant de Hoth restent secrets, n'est-ce pas ?

— Oui, mais grâce à son code spécial, Whistler peut accéder à tout ce qui est « basse sécurité ». (Corran haussa les épaules.) Ces dossiers sont faciles à avoir au contraire du vôtre.

Tycho ne sourcilla pas.

— Bien. Les gens qui en apprendraient plus sur Hoth ne pourraient pas faire grand mal. En revanche, mes aventures risquent de poser problème.

Corran ne cacha pas sa surprise.

— N'êtes-vous pas fâché que j'aie tenté de violer votre dossier personnel ?

— Me fâcher, à quoi bon ? Je suis déçu, ça oui...

— Déçu ? Pourquoi ?

— Si vous vouliez savoir quelque chose sur moi, pourquoi ne pas me le demander ?

— Aurais-je eu une réponse ?

— Pensez-vous que j'aurais menti ?

— Il y a deux officiers de la sécurité devant ma porte. Ils sont chargés de vous raccompagner dans vos quartiers. Vrai ou faux ?

— Vrai. Et après ?

— Le général Salm estime que vous représentez une menace pour l'Alliance. Ne devrais-je pas me poser de questions à votre sujet ?

— Sans doute. (Tycho haussa les épaules.) Mais vous pourriez aussi utiliser sur ce que vous savez de moi et décider par vous-même si je suis digne de confiance ou pas.

Corran croisa les bras. Pendant sa carrière dans la Sécurité Corellienne, il avait côtoyé toutes sortes de gens, humains, extraterrestres et droïds. Il avait toujours su qui mentait et qui disait la vérité, s'habituant à écouter son instinct pour trouver les failles dans les versions que lui servaient les suspects.

Chez Tycho, il ne percevait aucune volonté de tromper. Mais ce qu'il *ignorait* sur l'homme dépassait de loin ce qu'il en savait. Indubitablement, Tycho Celchu avait été un élément de valeur pour l'Escadron Rogue. Durant l'offensive contre la seconde Etoile Noire, il avait piloté une aile A, effectuant une diversion remarquée pour débarrasser Wedge et *le Faucon Millénium* de leurs poursuivants.

Puis Celchu s'était porté volontaire pour une mission secrète ; ses états de service avaient été codés. La faille représentait neuf mois... et plusieurs personnalités de l'Alliance ne lui faisaient plus confiance.

Il semble bien que Wedge Antilles soit quasiment le dernier.

Corran connaissait Tycho depuis six mois. Le capitaine avait plusieurs fois piloté une navette non armée dans des situations dangereuses afin de récupérer des collègues forcés de s'éjecter. Celchu avait sauvé Corran en lui fournissant les données nécessaires pour abattre des intercepteurs Tie. Cet acte de bravoure aurait pu lui coûter la vie. Pourtant, il n'avait pas hésité.

Ainsi, le lieutenant Horn lui devait *deux fois* la vie sauve. Tycho Celchu ne voulait rien dire sur les neuf mois dont toute trace avait disparu des archives de l'Alliance. Corran aurait pu ne pas s'en soucier. Mais la déconcertante facilité avec laquelle Tycho s'était joué des gardes chargés de le surveiller, la seconde fois où il avait sauvé Corran, mettait ce dernier mal à l'aise.

Apprendre la vérité sur Tycho l'aiderait certainement à y voir plus clair.

Le problème, c'était que seul Celchu pouvait tout raconter. Dirait-il la vérité ?

— Je vous ai fait confiance par le passé, et j'entends continuer. Je n'ai rien à vous reprocher. Avoir travaillé pour la CorSec a certainement surdéveloppé ma paranoïa. Surtout depuis que Salm vous a placé sous surveillance pour des motifs que j'ignore.

— Mais vous aimeriez bien savoir ce qui m'est arrivé il y a deux ans ?

— Oui.

— Entendu. (Résigné *et* soulagé, Tycho haussa les épaules.) Tout avouer à quelqu'un me fera du bien. Mais ça doit rester entre vous et moi, d'accord ?

Corran leva la main.

— Sur mon honneur.

L'Alderaanien riva sur lui son regard bleu cristal.

— Je me suis porté volontaire pour m'infiltrer sur Coruscant aux commandes d'un chasseur Tie. L'Alliance l'avait capturé à Bakura et transformé pour le truffer de capteurs. A mon arrivée, j'ai effectué plusieurs révolutions, recueillant toutes sortes de données pertinentes sur les forteresses spatiales goliennes, les boucliers de défense, les réflecteurs solaires en orbite, les griffeciel, les bassins de radoub et les chantiers navals... Bref, tout ce qui tourne autour de Coruscant. Puis j'ai atterri et téléchargé mes données, acheminées ensuite par divers canaux. Deux semaines plus tard, je devais rentrer au bercail et m'accrocher en chemin à un cargo. Je savais que le retour serait épineux, mais j'ai décidé de tenter ma chance.

— Et les Impériaux vous ont eu.

— Deux salves de canon ionique ont suffi à court-circuiter tous mes systèmes, auto-destruction comprise. Un destroyer m'a tracté à bord ; j'étais prisonnier. Un coup de gicleur anesthésiant stokhli m'a mis hors d'état de résister. Quand je suis revenu à moi, j'étais à bord d'un transporteur. Ensuite, on m'a transféré sur Lusankya.

— *Lusankya* ?

— Vous connaissez ?

— Par ouï-dire. C'est censé être la prison secrète de Cœur de Glace en personne... D'étranges choses s'y passent, paraît-il.

Tycho hocha la tête.

— Quand les gardes daignent adresser la parole aux prisonniers, ils prennent un malin plaisir à expliquer que nul homme ne quitte cet enfer avant que Ysanne Isard en ait fini avec lui...

Corran secoua la tête. Il était plus facile de croire à la flotte *Katana* qu'à Lusankya. Quand un opposant du Diktat de Corellia avait été assassiné par son bras droit — un homme de toute confiance —, Corran en avait entendu parler pour la première fois. Un an avant le drame, le meurtrier avait été capturé par les forces impériales, et libéré trois mois après. Son forfait accompli, il avait répété sans cesse un nom...

« Lusankya ».

Corran avait eu vent d'une dizaine d'autres cas où une personne apparemment normale s'était retournée contre sa famille et ses amis. D'une façon ou d'une autre, chaque affaire était liée à Lusankya.

Un lien qui apparaissait une fois le drame joué.

Corran fronça les sourcils.

— Les gens qui sortent de là sont de véritables bombes à retardement. Une fois leur conditionnement activé par l'Empire, ils commettent les pires crimes.

Tycho serra les poings.

— Je le sais bien ! Le pire, c'est que personne ne mentionne Lusankya avant qu'il ne soit trop tard ! Après coup, tout s'explique... Dans mon cas, au terme de trois mois de détention et d'interrogatoires, mes geôliers ont dû conclure que j'étais irrécupérable. J'étais dans un piètre état, vous vous en doutez... Catatonique durant mon emprisonnement, je ne me souviens de presque rien. Puis on m'a envoyé à Akrit'tar. Trois mois après, j'ai pu m'évader de cette colonie pénitentiaire et regagner enfin l'Alliance. J'ai été interrogé deux mois sans qu'on découvre rien d'anormal chez moi.

— Les autres aussi étaient tout à fait normaux... jusqu'à ce que l'Empire les active, n'est-ce pas ?

— La seule différence, c'est que je me souviens de mon emprisonnement. Le général Salm et quelques autres sont d'avis qu'on m'a laissé à dessein une partie de mes souvenirs, et qu'on a facilité mon évasion afin que je retourne dans le giron de l'Alliance — pour mieux la trahir.

N'ayant aucune preuve que Tycho était bien un agent en sommeil, l'Alliance ne pouvait l'écrouer sans paraître aussi impitoyable que l'Empire lui-même.

Cela étant, l'absence de preuve... ne prouvait rien !

Les soupçons de Salm pouvaient être fondés. Qu'on ne décèle rien chez Tycho confirmait une seule chose : les talents de Ysanne Isard et de ses suppôts.

Corran plissa le front.

— En résumé, vous ignorez vous-même si vous êtes ou non un agent impérial en devenir ?

— Je *sais* que non ! Mais comment le prouver ?

— Etre constamment suspecté, ça doit vous miner. Pourquoi le supportez-vous ? Et *comment* ?

— Je survis parce que je n'ai pas le choix. C'est la seule façon de poursuivre le combat contre l'Empire. Si je quittais la Rébellion pour attendre la fin des hostilités, ce serait un constat d'échec face à ce que Ysanne Isard *a pu* me faire. Sans coup férir, elle m'aurait éliminé au même titre que ma planète. Je refuse de m'avouer vaincu ! Ce que j'endure quotidiennement n'est rien comparé à ce que j'ai subi entre les mains des Impériaux ! Tant que l'Empire ne sera pas détruit, je ne serai pas vraiment libre. Les soupçons continueront de peser sur moi. Vivre ainsi aujourd'hui signifie qu'un jour personne n'aura plus rien à craindre de moi.

Tycho écarta les mains d'un air las et se frotta le visage.

— J'ignore si ça vous rassure, mais c'est toute l'histoire.

Corran secoua la tête.

— Ça m'aide beaucoup. Que vous soyez ou non un agent impérial vêtu d'un uniforme de Rebelle, vous m'avez sauvé la vie à deux reprises. Ça compte, vous savez.

— Bien. Que faisons-nous pour le droïd ?

— Je doute qu'il soit un danger tant qu'il ne fait pas de transactions impliquant nos futures cibles. Whistler a modifié son programme de paramètres d'achats. Aux yeux de Salm — si nous lui exposions le problème — ce droïd serait autant à prendre avec des pincettes que vous. Tant que nous n'activons pas son programme caché, le risque sera minimal.

— Vous pensez donc qu'on peut le réactiver.

— Oui.

Corran se campa devant le droïd et appuya sur le bouton.

M3 se redressa. Ses bras se déplièrent.

— J'ignore ce qui m'est arrivé... Veuillez me pardonner. Ai-je raté quelque chose ?

Corran lui flanqua une claque dans le dos.

— Rien d'extraordinaire, M3. On échangeait des potins de bonnes femmes.

CHAPITRE IV

La tête lui tournait. Surpris, Wedge prit place derrière l'amiral Ackbar. Il n'arrivait pas à y croire...

Jamais je n'aurais cru assister un jour à une session du Conseil Provisoire...

Tout excité, il se sentait presque redevenir gamin. Etre dans la même pièce que les chefs de la Nouvelle République... Si on lui avait posé la question, il aurait affirmé de bonne foi que l'éventualité ne représentait rien d'extraordinaire à ses yeux...

Et il se serait trompé.

D'évidence, les réalités de la guerre ne lui avaient pas encore coûté son innocence.

Toujours forte et sereine — même si ses cheveux grisonnaient sur les tempes —, Mon Mothma était campée devant la table circulaire.

— Je déclare ouverte cette session du Conseil Provisoire. Le conseiller B'thog d'Elom regrette de ne pouvoir y assister, mais le quorum étant atteint, nous pouvons siéger. Conseillère Organa, ayez la bonté de nous exposer vos essais de négociations avec le seigneur de guerre Zsinj.

La femme placée à droite de Mon Mothma se leva. En tunique vert pâle, la princesse Leia semblait toujours d'attaque. Son élégance n'éclipsait pas le feu de son regard ou la vivacité de son intellect. Ces qualités martiales avaient fait d'elle un des dirigeants les plus respectés de l'Alliance — et des plus efficaces.

— *Via* de nombreux canaux, j'ai tenté d'établir un contact avec le seigneur de guerre Zsinj. A chaque fois, je me suis heurtée à des rebuffades. Depuis qu'il s'est annexé le superdestroyer *Poing d'Acier*, il semble se croire un des maîtres de la galaxie. D'après ce que nous savons sur ses états de service, c'est un battant pour qui la fin justifie les moyens. Il est doué pour monter ses ennemis les uns contre les autres. Le vide qu'a laissé la défaite d'Endor dans les hautes sphères de la marine impériale lui a permis de brûler les étapes. Pour finir, il s'est auto-proclamé seigneur de guerre et entend bien passer à la conquête de l'univers !

Borsk Fey'lya se leva.

— Conseillère Organa, si Zsinj est aussi rusé que vous le dites, il devrait être ouvert aux négociations. Comment l'avez-vous approché ?

Leia laissa paraître une discrète lassitude.

— Nous avons pris diverses formes de contact au sein de son organisation. Des messages diffusés *via* l'HoloNet sont restés sans réponse, alors que *vos* agents m'ont assuré que Zsinj les avait bien reçus. Il y a plus de lumière dans un trou noir que d'informations sur sa flotte. Avant de négocier, il doit vouloir tester la puissance de l'Alliance.

Le Bothan à la fourrure couleur crème plissa des yeux violets.

— Si aucune information ne filtre, comment savez-vous qu'il cherche à se renseigner sur nous ?

— Vous permettez que je réponde, conseillère ? lança l'amiral Ackbar.

Un sourire éclaira le visage de la princesse.

— Je vous en prie, amiral.

Ackbar attendit que le Bothan se rasseye.

— Il y a moins d'une semaine, un cargo a surgi dans le système de Pyria. Il a fourni les bons codes, mais un membre de l'Escadron Rogue a voulu pousser plus loin les vérifications. Le cargo a lancé six Tie, quatre intercepteurs et deux bombardiers avant de prendre la fuite. Des douze vaisseaux, un seul a survécu à l'affrontement : un bombardier désarmé par deux ailes Y. Son examen, et l'interrogatoire du pilote ennemi, indiquent que le cargo avait été envoyé par Zsinj pour confirmer que nous tenions Pyria et — si l'occasion se présentait — attaquer notre base.

Le visage de Borsk se ferma.

— Et vos pilotes ont laissé ce cargo s'échapper ?

— Conseiller Fey'lya, le navire disposait d'un armement lourd. Face à ses six chasseurs, il n'y avait que deux ailes Y et une aile X. En infériorité, nos forces ont tout de même réussi à éliminer les six chasseurs adverses et à endommager le cargo avant qu'il prenne la fuite. Mais l'attaquer aurait été un suicide.

— Je croyais que ce type de missions était la spécialité de l'Escadron Rogue.

Wedge s'empourpra.

La dernière fois qu'on a lancé ce genre de phrase, ça venait déjà d'un Bothan !

L'amiral Ackbar écarta les mains.

— Je vous ferais remarquer une chose : faire aussi peu cas des sacrifices de l'Escadron Rogue, c'est dénigrer ceux qui furent consentis par tous les hommes qui ont donné leur vie pour la cause.

Le conseiller bothan se rassit. L'admiration de Wedge pour Ackbar monta d'un cran. La référence voilée de l'amiral aux *sacrifices* renvoyait le Bothan aux sempiternelles lamentations de ses congénères sur le nombre d'agents bothans tués pour transmettre aux rebelles les données concernant la seconde Etoile Noire. Les Bothans ne disposant pas d'une armée forte

— contrairement à celle des Calamariens, sur laquelle reposait la Nouvelle République —, ils utilisaient les sacrifices des leurs pour justifier leur participation au pouvoir. Si Fey'lya minimisait la contribution de l'Escadron Rogue à la cause de l'Alliance, il minait du même coup sa propre position au sein du Conseil.

Doman Beruss, une femme blonde représentant les exilés corelliens, se leva.

— Nous en arrivons au vrai débat. J'aimerais que mes collègues cessent de tourner autour du pot. Comme nous, Zsinj sait que la conquête de Coruscant sera déterminante. Le système Pyria est un tremplin pour Coruscant. Et Zsinj sait maintenant qu'il est à nous.

Les représentants des Wookies et des Sullustéens hochèrent la tête. Mon Mothma reprit la parole.

— Amiral Ackbar, si vous voulez bien nous exposer la situation.

— Oui.

Le général Salm, un petit homme râblé atteint de calvitie précoce, brancha son bloc-notes électronique sur un connecteur. Au centre de la table apparut l'image holographique d'une planète.

— Voilà Coruscant, le centre administratif de l'Ancienne République. Quand l'Empire l'annexa, Palpatine le rebaptisa Centre Impérial. Coruscant demeure le noyau de la galaxie. Beaucoup le considèrent comme le cœur de l'ordre et de l'autorité — peu importe qui dirige.

« A la mort de l'Empereur, un gouvernement fut formé sous l'égide de Sate Pestage. Il dura six mois, jusqu'à ce qu'un coup d'Etat fomenté par d'autres conseillers impériaux le contraignent à l'exil. Il semble que son éviction soit l'œuvre de Ysanne Isard. Elle a ensuite orchestré la traque de Pestage et sa mise à mort. Puis elle a adroitement évincé les bureaucrates qu'elle avait utilisés contre Pestage pour prendre le contrôle de l'Empire. Tout en gardant son titre de Directeur des Services Secrets...

La projection holographique devint une image d'Isard.

Grande et mince, elle semblait déborder d'énergie — une énergie que la Rébellion commençait à saper chez Mon Mothma. Isard portait les cheveux longs. Leur noirceur de jais accentuait sa beauté classique et sévère.

Le plus frappant, c'étaient ses yeux vairon. Le droit, d'un bleu arctique, lui avait valu son surnom de « Cœur de Glace ». Le gauche était rouge sang.

A l'idée de rencontrer une telle femme, Wedge frémit.

— Bien que n'étant pas issue de l'armée, continua Ackbar, elle a veillé à ce qu'il n'y ait aucun relâchement au sein des défenses impériales. Aux franges de cette zone se trouvent les stations goliennes de défense spatiale. Leur puissance de feu est comparable à celle d'un destroyer. Comme elles ne sont pas mobiles, si on en débarrasse un secteur, nous pourrons attaquer Coruscant. Ensuite, bien sûr, il faudra toutes les éliminer.

« En plus de ces stations, sept destroyers de classe Victoire défendent Coruscant. Sans compter les groupes de combat et les escadrons stationnés un peu partout. Les réflecteurs orbitaux et les griffeciel à basse altitude sont aussi des dangers.

« Si inquiétant que tout ça puisse être, le problème primordial, c'est le chevauchement des boucliers planétaires.

A mesure que le Calamarien évoquait les aspects de la défense de Coruscant, les images correspondantes apparaissaient. A la mention des boucliers, deux sphères étaient venues protéger la planète, chacune évoluant en sens inverse de l'autre.

Un treillis bleu électrique cachait Coruscant aux regards.

— Pour s'emparer de cette planète, continua Ackbar, il faut désactiver les boucliers. Aucune solution n'est simple. Un assaut direct coûterait plus que les deux batailles contre les Etoiles Noires. La seule approche raisonnable serait un blocus. Coruscant est loin de pouvoir vivre en autarcie. Même les stations de défense disposent seulement de trois mois d'approvisionnement. Confronté à la disparition de ses produits de première nécessité, Coruscant devrait envisager des négociations.

— Le problème d'un blocus est double, souligna Mon Mothma. D'abord, il mobiliserait notre flotte pour une durée indéterminée. Isard en profiterait pour rallier la sienne et nous forcer à décamper.

Ackbar hocha la tête.

— Ou ça encouragerait les officiers en poste dans des régions éloignées à couper leurs liens avec l'Empire...

— Ce qui pousserait les seigneurs de guerre comme Zsinj à nous donner encore plus de fil à retordre, dit Borsk. Placer notre flotte à un seul endroit permettrait aussi à Zsinj de s'attaquer aux planètes rattachées à la Nouvelle République.

Ackbar écarta les mains.

— C'est une possibilité à prendre en compte.

Mon Mothma intervint.

— Le second problème que poserait un blocus, c'est que les habitants en seraient victimes. Mon ami, vous avez visité Coruscant en compagnie du grand Moff Tarkin. Vous savez que de vastes populations de parias se sont implantées dans les canyons. Leur survie, à grands renforts d'expédients, tient déjà du miracle. Si

Coruscant faisait l'objet d'un blocus, ils seraient les premiers à en souffrir. On ne peut assumer une telle responsabilité.

— Je le sais pertinemment, conseillère Mothma, mais vous me placez devant un dilemme. (Ackbar pointa un index sur l'hologramme de Coruscant.) Vous voulez qu'on s'empare de cette planète, alors que le seul moyen de faire couler le moins de sang possible est inacceptable. Quoi qu'il en soit, ça nous laisse face à une réalité impossible à gérer : ce monde, nous ne pourrons pas le garder.

Wedge acquiesça. Pour traverser des boucliers planétaires, il fallait chercher la faille — souvent causée par une anomalie atmosphérique. Il suffisait ensuite de concentrer l'attaque sur le secteur affaibli pour élargir la fissure, puis achever le travail à grands renforts de lasers. Une fois les boucliers éliminés, on pouvait lancer un assaut. Mais du même coup, ça laissait le monde sans défense jusqu'à ce que les générateurs des boucliers soient remis en état.

— Ce que vous exigez de mon armée n'est pas acceptable, conclut Ackbar. Si on l'annexe à la hâte, Coruscant tombera vite entre les griffes d'un autre ennemi. Et toutes nos victoires auront été vaines.

CHAPITRE V

Wedge s'étira. Debout sur le patio du complexe, il regardait des prairies parsemées d'or. Les alizés le réchauffèrent. Il ôta sa veste et la posa sur son épaule.

Après la fin du conseil, Salm et lui étaient retournés dans les quartiers d'Ackbar pour continuer à débattre du meilleur moyen d'annexer Coruscant. En raison du climat sec et chaud de Noquivzor, on avait doté les appartements des Calamariens d'un système d'humidification. Mais pour des humains comme Wedge ou le général Salm, l'humidité ambiante était un facteur de fatigue.

Wedge s'était promis de retourner se détendre sur Noquivzor, un lieu apparemment idéal pour faire le point et trouver une certaine paix d'esprit.

Me voilà de retour... et il n'est pas question de paix.

Si la tranquillité qui nous entoure pouvait influencer nos délibérations...

— Ah, vous voilà enfin !

Wedge pivota.

— Votre Altesse...

Leia sourit.

— Pas de formalisme entre nous, je vous en prie. On se connaît depuis trop longtemps.

Il hocha la tête.

— Je sais, mais les choses ont changé. Regardez-nous. Je revois la princesse qui guettait avec anxiété le retour de Luke parti attaquer l'Etoile Noire. Les autres voient en vous la représentante d'Alderaan. Je ne veux pas vous sembler familier ou irrespectueux.

— Les choses ont peut-être changé, Wedge, mais pas nous.

— Je doute de pouvoir vous suivre sur cette voie. Yavin est bien loin. Conscient de ma valeur de pilote, je suis à la tête d'un escadron de têtes brûlées et j'aide un amiral à planifier l'attaque de la capitale de l'Empire.

Acquiesçant, Leia prit un siège.

— A Yavin, nous n'avions pas d'amiral.

— A Yavin, nous avions à peine de quoi voler. Et le général Dodona n'est plus... (Wedge s'assit près de la princesse.) Vous qui avez été la plus jeune à entrer au Sénat impérial, vous voilà le *réacteur* de l'Alliance. Mon Mothma nous dirige, et l'amiral Ackbar livre nos batailles, mais c'est vous qui assurez la cohésion de la Nouvelle République. Comment vous y parvenez — quand on voit combien d'éléments disparates doivent être intégrés à la Nouvelle République, je ne peux pas l'imaginer !

Elle sourit.

— Empêcher Yan et Luke de se fourrer dans des guêpiers a souvent été plus facile, c'est certain. J'ai parfois l'impression que les années sont autant de décennies.

— Je pensais plutôt à des siècles. (Wedge secoua la tête.) Toutes les réunions du Conseil sont-elles aussi épineuses ?

— Certaines, oui. Borsk Fey'lya veut à toute force avoir gain de cause.

— Avec l'amiral Ackbar, il a trouvé à qui parler.

— Fey'lya a de hautes visées. C'est un comploteur né, et un perfectionniste.

— Que voulez-vous dire ?

Leia le regarda avec une surprise teintée d'un rien de condescendance.

— Wedge, vous n'imaginez pas à quel point Fey'lya a tout orchestré pour miner l'autorité de l'amiral !

— Je vous écoute.

— Pour commencer, il a fait en sorte que notre réunion se déroule sur Noquivzor, où il est pour ainsi dire chez lui. Ces savanes ressemblent comme deux gouttes d'eau à sa planète natale, Bothawui. Mon Mothma, vous, moi et les autres humains ne nous y sentons pas trop mal. Kerrithrarr, le conseiller wookie, déteste ce monde aux grands cieux clairs dépourvus d'arbres. Lui demander de vivre sous terre est à deux doigts d'insulter son honneur. Et vous savez combien les Wookies sont chatouilleux sur le chapitre de l'honneur...

— C'est vrai. Maintenant que vous le mentionnez, Noquivzor et Kashyyyk ont très peu en commun. Ackbar et les autres Calamariens n'apprécient pas ce climat sec.

— Pour Sian Tevv et ses Sullustéens, les températures sont un peu trop élevées, renchérit Leia. Résultat, tous les adversaires de Borsk Fey'lya sont mal à l'aise. Dans ces conditions, les humeurs s'échauffent et de là à décréter que certains...

— ... comme l'amiral Ackbar...

— ... s'obstinent inutilement, il n'y a qu'un pas. Cela peut influencer les votes au détriment d'Ackbar et de ses plans.

« Naturellement, l'amiral en est conscient. Voilà pourquoi il a évoqué l'éventualité d'un blocus. Il savait que ce ne serait pas accepté. En y renonçant de bonne grâce, il se montre raisonnable et ouvert aux compromis. C'est au tour du camp adverse d'être conciliant.

Wedge fronça les sourcils.

Quand l'amiral avait commenté le conseil en sa présence, l'évidence que Leia venait de souligner lui avait complètement échappé.

— A ce compte-là, débusquer les chasseurs ennemis est bien plus facile que de faire de la politique.

— Tout dépend de votre échelle de valeur. Chacun de nous représente des millions d'individus. On ne peut se permettre d'être direct. Aucun conseiller responsable n'est libre d'agir à sa guise.

— Il fut un temps où c'était possible.

— Exact, mais nous étions alors membres d'un mouvement séparatiste. A présent, nous parlons et agissons au nom de planètes entières. (Leia lui prit la main.) En ce temps-là, si on m'avait dit que nous aurions des problèmes semblables à résoudre...

— En ce temps-là, nous pensions que nos enfants et nos petits-enfants continueraient la lutte contre l'Empire.

— En effet... Alors, Wedge Antilles, une conquête à l'horizon, pour donner des héros à la prochaine génération ?

— Moi ? J'ai assez d'enfants comme ça dans mon escadron. (La princesse se rembrunit.) Ce n'est pas si mal, allez. J'ai des amis. Je manque simplement de temps pour courtiser une belle. Parfois, on trouve sans même chercher. Je ne m'en fais pas. Comment ça va, entre Yan et vous ?

— On est heureux... quand on se retrouve. Il est dur, pour une femme, d'avouer son amour au moment où l'homme de sa vie va se retrouver congelé dans de la carbonite. Mais ce fut au moins un an où Yan ne m'a pas exaspérée.

Wedge sourit.

— C'est sa nature — le chaos incarné. Yan Solo... On l'aime...

— ... Ou on le congèle. Je sais... C'est un homme bon. Malgré ses bizarreries et ses côtés désagréables, j'aurais du mal à trouver mieux dans la galaxie. Non que changer de pâturage m'intéresse, d'ailleurs... Mais parfois je me demande : « *pourquoi lui ?* »

— Si vous avez un jour de sérieux doutes, venez m'en reparler. Je vous donnerai des tas de raisons.

La moindre n'étant pas qu'il faut un gars aussi vif et déluré que Yan Solo pour rester à votre niveau, Leia.

Wedge s'étira.

— Et Luke ? Comment s'en sort-il ?

— Bien. Il continue son entraînement. Il sillonne la galaxie à la recherche d'objets ou de documents susceptibles de le renseigner sur les Chevaliers Jedi. Quand il s'est agi d'exterminer l'Ordre, l'Empereur s'est montré fort efficace. Les histoires qui subsistent sont à prendre avec des pincettes. En fait d'instruction, elles n'ont rien de sérieux à offrir. Dans deux ou trois textes, les exercices semblent conçus pour attirer un Jedi potentiel vers le Côté Obscur de la Force.

— C'est moche — et typique de l'Empereur.

— Palpatine était le mal incarné. (Leia soupira.) Luke a mis au point un programme d'exercices et il m'a convaincue de commencer un entraînement. Je m'y mets chaque fois que c'est possible. Mais une Jedi est censée être calme et concentrée. La frustration inhérente à ma position me tient souvent éloignée de l'état d'esprit souhaitable.

— J'imagine. La prochaine fois que vous le verrez, dites-lui qu'il reste le bienvenu au sein de l'Escadron Rogue. J'ai des éléments solides, aux multiples talents. Conformément aux vœux de l'amiral Ackbar, nous formons désormais un groupe d'élite capable d'affronter toutes les situations, des batailles rangées aux opérations de reconnaissance. Avoir un Chevalier Jedi avec nous ne ferait pas de mal.

— Luke adorerait ça, mais être le dernier — ou plutôt le *nouveau* — Chevalier Jedi lui pèse terriblement. Il s'attache à exhumer tout ce qu'il peut sur l'Ordre dont il perpétue la tradition. Cela dit, je ne manquerai pas de lui transmettre votre message.

— Merci.

Un communicateur bipa ; Leia le sortit de sous sa manche.

— Conseillère Organa, j'écoute.

— Leia, c'est Mon Mothma. Si vous avez un moment, j'ai à vous parler.

— J'arrive.

Leia embrassa Wedge sur la joue.

— Vous avez sans doute raison. Nous avons changé. Mais pas au point de ne plus trouver le temps de bavarder deux minutes ! A plus tard, Wedge.

— Au revoir, Leia.

Se levant, il la regarda partir.

Un homme se présenta peu après. L'âge commençait à blanchir ses cheveux roux ; ses yeux verts et ses pommettes hautes ressemblaient trop à celles de son fils pour qu'on ne l'identifie pas sur-le-champ.

Wedge le salua.

Le militaire lui rendit son salut avant de tendre la main.

— Heureux de faire votre connaissance, commandant Antilles.

— Moi de même, général Cracken. Que puis-je pour vous ?

— Si vous avez un moment...

— Je vous écoute.

— Je voulais vous remercier d'avoir accepté mon fils dans l'Escadron Rogue.

— Me remercier ? Très peu de parents verraient cette promotion d'un bon œil.

— Je ne satisfais guère aux normes, commandant ; vous le découvrirez un jour. Bien des officiers auraient négligé sa candidature en raison de ses liens de parenté. Ils penseraient que je l'utilise comme agent pour les espionner.

— Est-ce le cas ?

— Le croyez-vous ?

Wedge haussa les épaules.

— Non. Mais le général Salm s'inquiète pour mon unité.

— Je suis conscient du « problème Celchu ». Pour autant, je ne m'en fais pas outre mesure. Vous signalerez la moindre anomalie, non ?

— Bien sûr.

— Je n'en attendais pas moins de vous. (Cracken se frotta les mains.) Pash est très doué. C'est le père *et* l'officier de la Nouvelle République qui parlent. Ses succès l'ont forcé à se dépasser constamment, à aller toujours plus loin... Alors qu'il n'a pas encore atteint ses limites, ses hommes n'ont pas pu le suivre. D'autant que mon fils se souciait de leur sécurité. Ses audaces risquaient chaque jour de leur coûter la vie. Dans une telle situation, il n'aurait pas tardé à craquer.

« En rejoignant votre groupe, il devra de nouveau faire ses preuves ; ses nouvelles missions le stimuleront. Vous êtes un bon chef, Antilles. Vous ne courez pas de risques inutiles et vous ne reculez pas devant le danger. Vous avez trouvé l'équilibre qui manque à mon fils. J'espère que sa quête ne lui vaudra pas une mort prématurée, mais s'il meurt en mission avec votre escadron, je sais qu'il se sera surpassé. Quitte à le perdre, que ce soit dans les étoiles...

— J'espère que l'Escadron Rogue sera à la hauteur de vos attentes.

— Je n'en doute pas.

Tant de confiance faisait un peu peur...

— Devrais-je m'inquiéter quand le chef des Services Secrets de l'Alliance vient me dire que son fils devrait trouver *stimulantes* ses missions au sein de mon escadron ?

— Vous inquiéter, commandant ?

— Oui.

L'air solennel, Airen Cracken grommela.

— Je pense bien que oui, commandant Antilles.

CHAPITRE VI

Le gazouillis de Whistler incita Corran à jeter un coup d'œil sur l'écran principal de l'aile Y.

— Cinq minutes avant que nous sortions de l'hyperespace. Merci.

Le compte à rebours marquait la fin d'un trajet en deux temps, de Borleias à Mrisst. Il avait fallu cinq heures à Corran.

Après un voyage d'affaires incluant un saut à Mrisst, Mirax Terrik était arrivée à Borleias. La contrebandière avait subtilisé les rapports sur le trafic de la base de contrôle afin de connaître ses éventuels rivaux présents dans le secteur. Un des vaisseaux était un cargo nommé *Vengeance Derra IV*.

A son arrivée à Borleias, Terrik avait demandé à M3 toutes ses données sur le navire.

D'où le vol de reconnaissance de Corran.

Trois heures plus tôt, son escadron avait reçu deux informations troublantes.

La première était la confirmation par des officiels thyferriens de la disparition de Bror Jace.

Lors des cinq premières missions de l'escadron, Jace avait été le meilleur pilote avec vingt-deux victoires à son actif — une de plus que Corran.

Puis Jace avait été rappelé sur Thyferra en raison du décès imminent de son grand-père. Il n'était jamais arrivé à destination.

Tout le monde avait craint le pire. Jusqu'à ce qu'on découvre les débris d'une aile X dans l'espace, tous avaient pourtant gardé espoir...

Rivaux ou pas, Corran et Bror s'entendaient bien. Sinon, le lieutenant aurait accepté l'idée que Jace était mort.

Selon le rapport des Thyferriens, un interdicteur avait patrouillé dans le secteur...

Jace avait-il prématurément surgi de l'hyperespace pour tomber sur des Tie ? Ça aurait pu être plausible...

Mais on n'avait retrouvé aucun débris de chasseurs impériaux.

A la place de Jace, j'aurais vendu chèrement ma peau...

Bror avait pu être abattu au premier ou au second tir ennemi. Mais c'était peu vraisemblable.

Une panne ? Toujours possible...

Le problème, c'était que le technicien en chef de l'unité, un Verpine nommé Zraii, maintenait les ailes X dans un superbe état. A moins d'un sabotage, l'éventualité d'une panne était pratiquement nulle.

L'interdicteur était l'*Aspic Noir*. Coïncidence ou pas, les Rogues avaient croisé le fer avec lui dès leur première sortie. Corran en avait réchappé d'extrême justesse — grâce à l'intervention providentielle de Tycho Celchu. Sans lui, il serait mort... ou « invité d'honneur » dans quelque colonie pénitentiaire de l'Empire.

La seconde information était plus troublante encore. M3 avait enquêté sur Gil Bastra, le supérieur de Corran à la CorSec. Gil avait fabriqué les fausses identités sous lesquelles Corran, sa partenaire et l'époux de celle-ci avaient pu fuir Corellia.

Corran avait appris par la suite la capture et l'exécution de Gil.

M3 l'avait confirmé. Gil avait été achevé lors d'un interrogatoire très mal mené par l'agent impérial Kirtan Loor — qui assurait jadis la liaison avec la division CorSec de Corran.

Loor et ce dernier s'étaient cordialement détestés.

Avant qu'il libère le meurtrier de mon père, je le haïssais déjà.

A travers sa combinaison, il toucha le pendentif légué par son père. Mirax l'avait identifiée : la médaille commémorait l'élévation d'un Chevalier Jedi de Corellia au rang de Maître Jedi.

Sentir le bijou sous ses doigts aidait Corran à se rappeler les bons moments passés avec son père.

Penser que les deux affaires avaient une relation de cause à effet était sûrement erroné. Pourtant, Corran ne pouvait se défaire d'une intime conviction... Kirtan Loor *était* impliqué dans la « mort » de Bror Jace.

D'après le rapport sur le décès de Gil, Loor, rappelé sur Corruscant, s'était vu affecté de « nouvelles tâches ».

L'agent impérial, furieux de l'avoir laissé échapper, ferait tout pour remettre la main sur Corran...

Si Loor a découvert que je faisais partie de l'Escadron Rogue, il pulvérisera toutes les ailes X passant à sa portée. Tuer mes amis les uns après les autres le comblerait d'aise...

Le lieutenant consulta le chronomètre de son cockpit.

— Dix secondes avant le retour dans l'espace réel. Accroche-toi, Whistler, ça va chauffer !

La muraille lumineuse qui se dressait devant le cockpit explosa ; l'Escadron Rogue jaillit dans le système GaTir. Le vol avait été calculé avec précision, dépassant même le niveau d'excellence des Sullustéens. Les ailes X se rematérialisèrent sous le plan de l'écliptique, fonçant vers Mrisst *via* le pôle Sud.

Pash Cracken avait suggéré cette approche : le continent polaire, réputé pour son instabilité géologique, empêchait l'installation de tout poste d'observation astronomique.

L'Escadron Rogue n'espérait pas passer inaperçu — il voulait seulement qu'on collecte le moins de données possible sur lui. Si le *Vengeance* surveillait autant le trafic stellaire que Mirax, l'arrivée de huit ailes X attirerait l'attention...

— Whistler, quel est le vaisseau qui stationne près du *Vengeance* ?

Le droïd bipa puis afficha la réponse sur le second écran de contrôle. C'était un moyen tonnage, le *Fierté du Contruum*. Whistler ajouta à son identification un code judiciaire que Corran traduisit : les vaisseaux naviguaient en tandem, prêts au transfert d'urgence d'une marchandise illégale.

Ça me rappelle le bon vieux temps de la CorSec... Repérer les contrebandiers...

Avant que Corran puisse avertir les autres que le *Fierté* était de mèche avec le *Vengeance*, la voix de Pash Cracken se fit entendre.

— Douze, attention au *Fierté*.

— Qu'est-ce qui vous fait dire ça, Quatre ? demanda le capitaine Nunb.

— Contruum est ma planète natale. Les conventions réservent les vertus aux navires les plus importants. Les cargos reçoivent des noms de bêtes de somme ou de fleuves.

Corran activa son unité com.

— Quatre a raison, Douze. Entre le *Fierté* et le *Vengeance*, il se produit des transferts bizarres. Nous avons donc deux adversaires à abattre. En position d'attaque !

Corran poussa la manette requise. Les stabilisateurs prirent la position à laquelle les ailes X devaient leur nom.

Par tribord, le lieutenant avisa les quatre chasseurs sous les ordres de Cracken. Corran servait comme coéquipier du capitaine Nunb ; Rhysati Ynr et Erisi Dlarit, respectivement les Rogues Sept et Huit, complétaient le premier groupe.

Nunb reprit la parole.

— Vaisseaux *Vengeance Derra IV* et *Fierté de Contruum*, ici le capitaine Aril Nunb de l'Escadron Rogue. Vous avez violé l'espace de la Nouvelle République. Coupez les moteurs et baissez vos boucliers. Préparez-vous à être arraisonnés.

Les navires s'éloignèrent l'un de l'autre.

— Restez en alerte, Rogues, ordonna Corran.

Entre les deux vaisseaux suspects surgit une escadrille : une dizaine de chasseurs Tie.

— Second Groupe, à vous le *Vengeance*. Premier Groupe, à nous la couverture.

— Bien compris, Douze.

Corran empoigna son manche à balai et passa en mode laser jumelé. La puissance de feu en serait amoindrie, mais la rapidité de tir augmenterait. Dans les combats entre chasseurs, la vitesse devenait vite un atout primordial.

Nunb vira sur l'aile et plongea vers la planète. Ignorant pourquoi elle avait fait ça, Corran la suivit, restant à distance de son stabilisateur tribord.

Quand elle modifia sa trajectoire, remontant en flèche, elle ouvrit le feu sur le capitaine ennemi, dont le Tie explosa.

— Bien joué, Douze.

Pour toute réponse, Nunb fit un tonneau à bâbord avant d'inverser la figure. La poupe passa à tribord, amenant le cockpit à bâbord. L'autre Tie, victime de la feinte, fut touché ; le tir de Nunb l'envoya tournoyer dans l'espace.

— A vous l'initiative, Neuf.

— Bien compris, Douze.

Sur son écran, Corran avisa deux intercepteurs qui cherchaient à le prendre à revers. Il fit un tonneau et visa la première cible. Appuyant sur la manette des gaz, il releva son stabilisateur bâbord et répéta la manœuvre de Nunb.

Il lui fallut quatre tirs pour répéter l'exploit ; le résultat n'en fut pas moins spectaculaire. Les rayons laser écarlates déchirèrent l'aile bâbord de l'intercepteur, qui s'enflamma. Les moteurs ioniques explosèrent.

Pour échapper au deuxième chasseur ennemi, Corran dévissa vers la gauche.

Ses rayons laser perforèrent le cockpit impérial. Une deuxième déflagration le fit voler en éclats. Les moteurs ioniques explosèrent enfin, enveloppant l'intercepteur dans un nuage argenté.

Le *Vengeance* tirait sans cesse. Mais avec des chasseurs aussi rapides que les ailes X, il avait bien du mal à faire mouche.

Apparemment, le lieutenant Cracken est un authentique virtuose.

Des torpilles à protons fondirent sur le cargo ennemi.

A supposer que pulvériser de tels missiles en plein vol fût envisageable, les canonniers auraient du mal à couvrir tous les angles d'approche.

Les quatre torpilles firent mouche, détruisant les boucliers avant et arrière de la cible. Le *Vengeance* dériva, exposant une brèche à bâbord. Des capsules de sauvetage jaillirent dans toutes les directions.

Le cargo s'éloignait de Mrisst. Néanmoins, il ne tarderait pas à subir l'attraction atmosphérique.

— Neuf, à tribord toutes !

Corran vira mais pas assez vite pour éviter deux rayons laser.

Il dériva toute la puissance vers ses boucliers.

Là où il se trouvait quelques secondes auparavant, un chasseur Tie surgit, une aile X aux trousses.

— Douze arrive à la rescousse, Huit.

Erisi a un Tie sur le dos et le capitaine Nunb vole à son secours...

Corran vit deux chasseurs impériaux le dépasser avant de revenir sur leurs pas. Whistler afficha un schéma montrant qu'ils étaient sur une trajectoire d'interception de Rogue Sept.

Les deux Mirettes veulent intercepter Sept et pulvériser Rhysati. Pas si j'ai mon mot à dire !

— Sept, surveillez vos arrières. J'arrive, mais préparez-vous à virer à tribord à mon signal.

— Bien reçu, Neuf. Je l'ai presque.

Corran vira à bâbord. Il mit les gaz et piqua à trente degrés pour adopter le bon angle d'attaque. Il bascula son système de visée sur les torpilles à protons, sans verrouiller immédiatement le premier Tie.

Certains modèles disposent d'une alarme contre les verrouillages ennemis. Si je leur donne l'occasion d'esquiver, ils ne s'en priveront pas.

Corran manœuvra en douceur. Quand la cible apparut sur ses réticules de visée, il ouvrit le feu.

La torpille à protons heurta le chef d'escadrille ennemi. L'épave fut aspirée par le puits gravifique de Mrisst.

Corran repassa en mode laser et glissa sur la droite, commençant la poursuite de l'autre Tie.

Ce dernier monta avant de faire un looping. Corran vira à droite, présentant le flanc à l'ennemi. Les premiers tirs de l'Impérial manquèrent la cible, mais le pilote rectifia vite sa visée.

Corran vira à quatre-vingt-dix degrés à tribord pour offrir le pire profil possible à l'adversaire. Puis le lieutenant repassa en mode torpilles ; ignorant les tirs de l'ennemi sur ses boucliers avant, il fit feu à son tour.

La torpille à protons désintégra l'aile tribord du Tie, le précipitant dans une vrille mortelle.

Le Tie ralentit ; le pilote avait dû couper ses moteurs bâbord. Les rallumer lui donnerait peut-être une marge de manœuvre appréciable.

L'explosion qui s'ensuivit prouva que son pari avait échoué.

— Whistler, objectif.

Le droïd afficha sur l'écran une vue du *Fierté de Contruum*. Celui-là n'irait plus nulle part. Corran eut vite confirmation qu'il n'y avait plus d'ennemis à affronter.

— Neuf est dégagé, Douze.

— Bien reçu, Neuf. Prenez le cap 173 puis gravitez autour du *Vengeance*. Quatre a convaincu le *Fierté* d'aider à stabiliser le *Vengeance* avant que ce dernier plonge en chute libre dans l'atmosphère de la planète.

— Bien compris, Douze. (Corran sourit.) Capitaine ?

— Oui, Neuf ?

— Votre performance était impressionnante. Bienvenue dans l'Escadron Rogue. Vous êtes définitivement des nôtres !

CHAPITRE VII

Au son de la voix, Kirtan Loor frémit. Tournant le dos à sa console, il mit un genou à terre face à la projection holographique de Ysanne Isard.

— Madame, je suis à vos ordres.

— C'était bien mon impression...

A son ton glacial, elle n'était pas d'humeur à écouter des excuses. Avait-il fait des erreurs ? Loor était certain que non. Mais il se garda de laisser parler son indignation.

On ne t'a accusé de rien. Garde ton sang-froid. Sa mauvaise humeur n'a peut-être rien à voir avec toi.

— Et c'est la vérité, madame.

— Votre rapport sur l'incompétence du coordinateur de vol de l'*Aspic Noir*, dans l'affaire Bror Jace, était tout à fait clair et complet. Je voulais Jace vivant afin de le conditionner à Lusankya. Le sachant, le major Wortin n'a pris aucune mesure. Il a stupidement prétendu que l'explosion du chasseur était accidentelle. Vous aviez raison.

— Merci.

— Cela dit, les coupes « éditoriales » de vos conclusions étaient inutiles. Il est vrai que jadis des éléments comme le major Wortin auraient été exécutés sur-le-champ. Aujourd'hui, on ne peut plus se permettre de gaspiller le personnel. J'ai approuvé votre suggestion de transfert. A bord de l'*Inexorable*, sous les ordres de Thrawn, il réapprendra vite des leçons qu'il n'aurait jamais dû oublier. Ou il paiera de sa vie.

— Oui, madame.

— J'ai reçu une autre requête du général Derricote, qui manque de cobayes. Cette fois il veut des Quarren...

Loor soupira. On l'avait souvent comparé au Grand Moff Tarkin, en plus jeune. Mais jamais l'illustre personnage ne se serait laissé intimider.

Tarkin avait un réel pouvoir. Presque autant que Cœur de Glace. Je dispose de peu de moyens. Patience...

— En effet, madame. L'équipe scientifique du général Derricote a franchi une étape décisive dans le cadre de ses recherches sur les Gamorréens. Le virus a une période d'incubation d'un mois et il est mortel dans soixante-cinq pour cent des cas.

— Un mois, c'est trop long...

— L'équipe en a conscience.

— Combien de temps les sujets restent-ils contagieux ?

— Au stade final de la maladie, quatre jours. Le virus se transmet par les fluides corporels et peut survivre un jour dans les réserves d'eau contaminées. Congelé, il subsiste indéfiniment.

L'expression d'Isard se durcit.

— Il ne peut pas être véhiculé par l'air ?

— La théorie affirme que les modifications génétiques qui le rendraient transmissible par l'air faciliteraient une mutation spontanée permettant d'affecter la race humaine.

— C'est inacceptable.

— Voilà précisément ce que j'ai dit, madame. Derricote pense qu'une partie du problème de l'incubation est liée à la lenteur du métabolisme gamorréen. Les Quarren ne garantiront pas autant qu'eux la contagion interraciale désirée, car leur taux métabolique est plus élevé que celui des Gamoréens.

— Très bien ; donnez-lui ce qu'il veut. Organisez des rafles dans les bas-fonds. Les Quarren, ce n'est pas ce qui manque... (Isard se frotta les yeux.) Ne regardez pas au nombre, surtout. Les estimations du général sont toujours trop justes.

— Oui, madame.

— Et dites à Derricote que la période d'incubation doit être ramenée à une semaine — pas un jour de plus. Il a un mois pour ça. C'est tout.

— J'ai appris que les forces de Zsinj se rapprochaient du noyau de l'Empire. Pensez-vous qu'il nous menacera ?

Ysanne Isard éclata de rire.

Loor songea qu'il avait entendu des sons plus agréables lors d'interrogatoires difficiles.

— Zsinj ? Pas tant que je serai là. Il sait que je lui arracherai le cœur... Si nous sommes vaincus, ce lâche pointera le bout de son nez pour tirer profit de la situation. Ses incursions ont pour seul but d'évaluer mes défenses et la force réelle de l'Alliance. Il les comparera. Quand les Rebelles et moi nous serons épuisés à nous combattre, il surgira et raflera la mise.

Un jour, Kirtan Loor avait eu sous les yeux le dossier de Zsinj. Les détails s'étaient gravés dans sa mémoire. Une conclusion sautait aux yeux : l'homme était un opportuniste-né.

— Si cela vous agrée, madame, je peux m'employer à *décourager* le seigneur de guerre Zsinj.

— C'est hors de question ! Il n'est peut-être pas courageux, mais il est réputé pour son esprit revanchard. Frappez-le et il s'estimera obligé de riposter. (Isard prit un air songeur.) Il faut se concentrer sur la Rébellion. Quand elle décidera de passer à l'attaque, nous devrons être prêts.

— A vos ordres, madame.

— J'y compte bien, agent Loor. Si Derricote n'est toujours pas au point quand l'heure de l'affrontement sonnera, je devrai prendre des mesures radicales afin que les participants du projet ne tombent pas entre les mains des Rebelles. (Elle eut un sourire carnassier.) A votre place, ce genre de sous-entendu me glacerait les sangs.

CHAPITRE VIII

Wedge s'essuya les mains sur ses cuisses ; à l'invitation de Mon Mothma, l'amiral Ackbar se leva.

— Merci, conseillère. Mon équipe et moi avons consacré beaucoup de temps à analyser tous les dossiers concernant Coruscant. Si nous restons d'avis qu'un blocus serait préférable d'un point de vue militaire, nous concédons que d'autres facteurs rendent cette option inacceptable.

Mon Mothma eut un sourire sincère.

— J'apprécie vos efforts, mon ami. Avez-vous une autre approche ?

— Oui. Plusieurs, en fait.

Borsk Fey'lya intervint.

— Il aurait été plus logique d'identifier l'obstacle majeur à notre conquête, ne croyez-vous pas ?

Le Calamarien acquiesça avec solennité.

— Nous n'avons pas manqué de le faire. D'évidence, il s'agit des boucliers planétaires.

Le Wookie noir assis à droite de la princesse Leia grommela une question que l'unité 3PO dorée traduisit.

— Le conseiller Kerrithrarr désire savoir si on a trouvé une façon de désactiver les boucliers ?

Le Wookie gronda ; le droïd s'empressa de se justifier.

— J'ai traduit le fond de votre pensée, conseiller, sans les images pittoresques dont vous aviez usé. Un souci de clarté, monsieur...

Ackbar leva la main.

— Je comprends. Une analogie peut être appropriée, car Coruscant est comparable à la première Etoile Noire.

Borsk Fey'lya ricana.

— Suggéreriez-vous qu'on laisse Skywalker et l'Escadron Rogue détruire la planète ?

— Je suis sincèrement navré de décevoir mon estimé collègue de Bothawui, mais je pensais à la première *visite* sur l'Etoile Noire. Grâce au sabotage d'Obi-wan Kenobi, le *Faucon* avait pu fuir... Avec Coruscant, la difficulté majeure est de déterminer : le « où est quoi ». D'immenses droïds de terrassement ne cessent d'abattre de vieux immeubles pour en ériger de nouveaux à leur place. Nous avons sur les lieux des agents qui font le maximum pour nous tenir au courant, mais la plupart de nos données émanant de l'administration impériale.

Doman Beruss se tourna vers Ackbar.

— Vous voulez envoyer une équipe de militaires sur Coruscant en prélude à notre offensive ?

— Le temps est à l'orage, mais notre entreprise sera un premier pas vers le redoux.

Doman regarda Mon Mothma puis un de ses conseillers.

— Général Cracken, ce genre d'opération est de votre ressort. Y êtes-vous préparé ?

— Conseiller Beruss, j'ai pris connaissance des ordres et je les ai approuvés. Afin de seconder l'amiral Ackbar, je suis prêt à utiliser nos agents infiltrés sur Coruscant. Néanmoins, la division des tâches au sein de l'Alliance — en raison de nos ressources limitées —

signifie que mes hommes ne sont pas qualifiés pour ce genre de mission.

— C'est-à-dire ?

— Ce ne sont pas des pilotes. L'amiral Ackbar a suggéré que le choix de l'Escadron Rogue s'imposait. Je suis d'accord.

— L'Escadron Rogue ? se récria Borsk Fey'lya — un rien trop mélodramatique. Je vous renvoie à votre comparaison avec l'Etoile Noire, Ackbar ! L'Escadron Rogue a peut-être accompli des miracles par le passé, mais de là à percer les défenses de Coruscant... !

— Priver la planète de ses boucliers n'est pas notre objectif, conseiller Fey'lya. En reconstituant cet escadron, nous avons eu soin de choisir les meilleurs éléments — autant pour leurs talents de pilotes que pour une multitude d'autres aptitudes. L'Escadron Rogue est qualifié pour cette mission.

— Est-ce votre avis, général Cracken ?

— Oui, conseiller Fey'lya.

— Vous seriez prêt à risquer la vie de votre fils ?

— Les faits parlent d'eux-mêmes...

La fourrure du Bothan se hérissa. Il riva sur Wedge son regard violet.

— Vous acceptez cette mission, commandant Antilles ?

Avec l'assentiment d'Ackbar, Wedge répondit :

— Oui. On travaille encore à la mise au point du projet.

— Pensez-vous être efficace sur le terrain ?

— Au vu des paramètres de l'opération, oui.

Leia leva une main.

— Pourriez-vous préciser votre pensée, commandant Antilles ?

— Naturellement, conseillère Organa. (Wedge lui adressa un sourire de gratitude. Son intervention sabotait l'interrogatoire en règle de Fey'lya.) En raison de son urbanisation virtuellement totale, Coruscant présente des problèmes particuliers. Comme l'expérience nous l'a appris sur Hoth, les Impériaux ont commencé par désactiver nos générateurs de boucliers avant de procéder à des frappes stratégiques. Sur Coruscant, il faut repérer avec précision les centrales d'énergie et les centres de communication afin de mieux perturber le commandement impérial. Il faut brouiller les déflecteurs. Si on coupe l'énergie alimentant les armes défensives, notre succès est assuré.

Songeuse, Leia hocha la tête.

— Vous avez besoin de localiser les cibles, avez-vous dit. En quoi des talents de pilotes de chasse peuvent-ils entrer en ligne de compte ?

Des questions simples appelant des réponses capitales. Frapper Coruscant au cœur devrait être aussi aisé...

— Conseillère, repérer nos futures cibles est une chose. Passer à l'attaque en est une autre. Etant pilote, je peux évaluer les différentes approches d'une cible donnée. Je peux aussi aider à déterminer quelle puissance de feu sera nécessaire.

« J'aimerais souligner l'importance de la précision pour chaque phase de cette opération. Nous aurons à prendre en compte des facteurs tels que le seigneur de guerre Zsinj ou les autres chefs impériaux qui voudront nous arracher Coruscant avant que nous ayons fini de tirer les marrons du feu... Prenons un exemple : mieux vaut endommager un conduit d'alimentation que le réacteur du générateur d'énergie. Pourquoi ? Vous conviendrez tous avec moi qu'un conduit se remplace plus aisément.

Le Bothan se lissa le menton.

— Soudoyer un gardien pour fermer les vannes serait encore plus facile, n'est-ce pas ?

— Certes, mais ce n'est pas mon boulot.

— Je vois. (Borsk Fey'lya croisa les mains.) Malgré mes réserves, je suis d'accord avec mon ami calamarien sur un point : réunir des informations est capital si on veut conquérir Coruscant. Toute perturbation des installations impériales par l'Escadron Rogue ou les troupes du général Cracken serait aussi appréciable.

— En effet, admit Ackbar. Ce n'est pas une nécessité, mais ça nous aiderait bien.

— Surtout si cette diversion pouvait détourner l'attention ennemie de l'Escadron Rogue...

— Sans doute.

Ackbar hésitait visiblement à abonder dans le sens du Bothan. Il se méfiait.

Selon Leia, l'amiral serait amené à faire des compromis. Il a renoncé à un blocus, mais il faut croire que Borsk Fey'lya veut plus que ça..., songea Wedge.

— Bien, car l'opération à laquelle je pense devrait nous offrir cette diversion.

— Laquelle ?

Fey'lya appuya sur un bouton. L'holodisque forma l'image d'un planétoïde ovoïde dont la couche atmosphérique s'échappait en volutes dans l'espace. Une grande lune gravitait autour.

Les glyphes bothans se convertirent en basic.

Kessel !

Wedge secoua la tête. Cette colonie pénitentiaire utilisait les détenus comme esclaves pour la récolte des épices. Une des recrues de l'Escadron Rogue en était issue. L'homme y avait encore de la famille — son père étant éducateur. A la mort de l'Empereur, les prisonniers s'étaient révoltés. Ils administraient les mines et les usines atmosphériques, produisant assez d'oxygène pour permettre aux gens de survivre à la surface avec un « reniflard ». C'était une existence très dure, dans un dénuement inhumain.

Que ce monde soit considéré comme viable était davantage dû à la ténacité de ses résidents qu'aux analyses scientifiques.

Borsk Fey'lya se leva.

— Kessel était un des centres de détention impériaux regroupant autant de dissidents que de criminels endurcis. Quand les détenus se sont emparés du pouvoir, ils ont élu à leur tête un Rybet nommé Moruth Doole — un officiel délégué au commerce des épices, d'où ses bonnes relations avec les prisonniers. Les Impériaux et les détenus politiques travaillaient dans les mines. Une poignée d'entre eux ont été relâchés — après que des parents ou des amis sur d'autres mondes eurent versé de belles rançons.

3PO traduisit l'intervention du conseiller wookie.

— Kerrihrarr aimerait savoir quel rapport il y a entre les criminels de Kessel et Coruscant ?

— J'y viens, dit le Bothan. Sur Coruscant végètent d'anciens adeptes du Soleil Noir. Comme la plupart d'entre vous, je croyais le putsch du prince Xizor voué à l'échec. Mais l'organisation du Soleil Noir lui permit de s'opposer au Seigneur Noir. Je propose de libérer de Kessel certains chefs du Soleil Noir pour les infiltrer sur Coruscant. Là, ils travailleront à saboter l'Empire.

Ackbar lorgna Fey'lya d'un œil soupçonneux.

— Vous voulez faire resurgir ce fléau ?

— Non, seulement le précipiter sur la cible. L'ennemi de notre ennemi est notre ami. N'est-ce pas le principe qui sous-tendait la démarche de la conseillère Organa quand elle contacta les Hapiens ? Il a poussé nos forces à faire cause commune avec les Impériaux à Bakura pour repousser les Ssi-ruuk. En arrachant de Kessel des hors-la-loi triés sur le volet — et incidemment en débarrassant Doole de ses rivaux —, nous pourrons aussi négocier la liberté des nôtres encore détenus là-bas. Pour ce qui est de garantir l'adhésion du

Soleil Noir à nos vues, il nous suffira de garder quelques-uns de ses membres en otages, comme garants de la bonne conduite des autres.

Ackbar secoua la tête.

— Je n'aime pas ça du tout. Vous parlez de lâcher sur Coruscant un ramassis de voleurs et de tueurs.

— Afin qu'ils détruisent les bâtiments impériaux et massacrent les officiers ennemis. Préférez-vous que *vos* troupes versent leur sang ? Que les militaires paient le prix fort au lieu d'accepter une assistance possible, d'où qu'elle vienne ? (Le Bothan croisa les bras.) Vous avez déjà admis que des diversions aideraient l'Escadron Rogue, augmentant ses chances de succès. Avouez que cette solution réduirait les pertes humaines.

Doman acquiesça.

— Le conseiller Fey'lya vous suggère simplement de combattre le feu par le feu.

Le Calamarien baissa à demi les paupières.

— Je me méfie de telles analogies. Comme nous disons chez nous : « Surfe sur la vague et noie-toi avec le ressac. »

Leia se leva à son tour.

— Ou, comme l'a dit un Corellien de ma connaissance, « Enerve un Wookie et ne t'étonne pas ensuite qu'il t'arrache un bras ». Une alliance avec le Soleil Noir, ou ce qui en reste... ? Nous pourrions nous en mordre les doigts. Naturellement, face aux difficultés qui nous attendent sur Coruscant, il ne faut écarter aucune possibilité. Comme l'a souligné l'amiral Ackbar, tant que l'Escadron Rogue n'aura pas pu se poser à la surface de la planète, nous n'aurons aucune certitude sur les moyens à utiliser. Se gagner les bonnes grâces d'une partie de la faune de Coruscant ne sera pas un mal.

Mon Mothma acquiesça.

— J'aimerais rappeler que certains de nos chefs actuels étaient jadis considérés comme des brigands, des escrocs et des contrebandiers. En leur permettant de rallier notre cause, on leur a offert une chance de se racheter.

— Et si ceux de Kessel étaient l'exception qui confirme la règle ? (Ackbar frappa la table du poing.) Je n'aime pas du tout le principe. Mais puisque beaucoup d'entre vous lui trouvent un certain mérite, je veux m'assurer que tout se déroulera comme prévu. Zsinj lui-même n'a pas eu la stupidité de libérer de Kessel la lie de la galaxie. Je détesterais voir mes hommes pris en otages et nos équipements utilisés à des fins criminelles. Ce sera une opération purement militaire ; je refuse que ça tourne au désastre comme ce fut le cas sur Borleias.

Le conseiller Fey'lya se hérissa, sa fourrure formant une crête sur son crâne.

Le premier assaut contre Borleias avait été planifié et mené par le général Laryn Kre'fey, un Bothan ayant une lointaine parenté avec Borsk Fey'lya. Les choses avaient été de mal en pis, coûtant la vie à Kre'fey et manquant détruire l'Escadron Rogue.

Si le général Salm n'avait pas désobéi aux ordres, l'escadron entier aurait bel et bien disparu.

Et l'Alliance ne serait plus en position d'envisager une offensive d'envergure contre la capitale impériale.

Fey'lya répondit d'une voix sourde :

— Loin de moi l'idée de vouloir reproduire un tel désastre. A vous les opérations militaires, Ackbar. Je n'ai aucun désir de vous supplanter. Néanmoins, j'ai préparé à votre intention une liste de noms accompagnée de fichiers complets. Ainsi vous pourrez prendre les précautions idoines.

— C'est très bien vu, conseiller Fey'lya.

— Nous combattons pour une même cause, amiral. Je veux autant que vous conquérir Coruscant. Je ne doute pas que vos meilleurs agents mettent tout en œuvre pour que l'entreprise soit couronnée de succès. Si l'Escadron Rogue se charge en partie de l'opération, cela nous assurera une meilleure coopération avec les détenus libérés. Une occurrence qui jouera en notre faveur.

— Je prêterai à votre proposition toute l'attention qu'elle mérite, conseiller.

Wedge chuchota :

— Amiral, délivrer des criminels n'est pas le genre de mission à confier à mon escadron.

Le Calamarien lui décocha un regard en coin.

— Ysanne Isard ne veut pas nous donner Coruscant sur un plateau, commandant... Nous faisons tous des choses qui nous déplaisent. Espérons que nous n'aurons pas trop à le regretter.

CHAPITRE IX

Wedge activa son bloc-notes électronique ; l'holoprojecteur de la salle de conférence reproduisit la vue de Kessel présentée au Conseil Provisoire.

Les membres de l'Escadron Rogue prirent place. Corran Horn et Nawara Ven, un Twi'lek qui était avocat avant de rejoindre la Rébellion, occupaient le dernier rang. En planifiant avec les capitaines Nunb et Celchu les étapes initiales de la mission, Wedge s'était attendu à ce que Horn et Ven émettent le plus d'objections.

Le premier envoyait des gens sur Kessel ; le second tentait d'éviter ce destin aux prévenus. Ils ont tous deux des liens avec la population, ce qui risque de me compliquer la tâche, songea Antilles.

— Cette opération compte trois volets. Le succès final dépend du bon déroulement de chacun. L'amiral Ackbar m'a délégué tout pouvoir à ce sujet. Si quelque chose ne se déroule pas comme prévu, je peux suspendre cette mission à tout moment. Que ça nous plaise ou non, nous exécutons les décisions du Conseil Provisoire. Là encore, ce sera le cas. Mais à *notre* façon. (Il désigna la lune de Kessel.) Les Impériaux avaient une base sur ce satellite naturel. On l'a dit à l'abandon, mais méfiance... Elle peut être truffée de défenses automatiques. La première étape sera de les neutraliser. Puis le lieutenant Page et ses commandos viendront l'investir. La Sécurité de l'Alliance prendra le relais.

C'est la phase numéro un. Bien compris, tout le monde ?

Les pilotes qui lui faisaient face hochèrent la tête avec plus ou moins d'enthousiasme.

— La phase numéro deux se déroulera sur Kessel. Après un vol de reconnaissance, et le dégagement d'un terrain d'atterrissage protégé par des soldats, Page et les siens suivront. Aux commandes de sa navette, Tycho transférera nos sujets sur la lune. Là, ils seront traités au cas par cas avant d'embarquer pour une insertion sur Coruscant ou un rapatriement dans leurs mondes d'origine.

« Le traitement de ces gens et leur *ventilation*, si j'ose dire, constituent la phase numéro trois. Elle s'effectuera en même temps que la deuxième. Tout problème avec les prisonniers libérés entraînera la fin de l'opération. (Wedge croisa les bras.) Deux éléments clés à souligner : d'abord, c'est une mission aussi délicate que dangereuse. Nous aurons affaire à de grands criminels. Notre mode d'opération sera simple : un avertissement général d'entrée de jeu. Puis l'usage systématique de la force afin d'étouffer les problèmes dans l'œuf.

« Ensuite, tout n'est pas noir. Nous avons une liste des rebuts de la galaxie à libérer, mais les prisonniers ignoreront qui nous sommes vraiment venus chercher. Notre but sera de délivrer autant de détenus politiques que possible en échange des criminels que nous convoierons. Doole est la clé de voûte de cette stratégie. Après tout, que nous proposons-nous de faire ? Le débarrasser de ses rivaux, réduire la population à risques dont il a la charge, faciliter la distribution des maigres ressources disponibles et augmenter son contrôle sur la production d'épices ! Dans notre plan, c'est lui qui a le plus à gagner !

Corran leva une main.

— Commandant, que ferons-nous quand certains menaceront de tuer des innocents si on ne les emmène pas ? Lujayne Forge avait... a de la famille sur Kessel. Les forçats ne reculeront devant rien afin de fuir. Pour ce qu'on en sait, Doole aussi serait heureux de partir.

— C'est bien possible. Mais nous avons prévu des mesures d'urgence contre ce genre d'incidents. Dans les résumés des briefings, vous trouverez une liste de sites stratégiques. Ils incluent les usines atmosphériques et, plus important, les entrepôts de stockage des épices. Moruth Doole désire assurer ses vieux jours. S'il ne tient pas ses hommes en laisse, je me verrai dans l'obligation de détruire ses entrepôts. Puisque la convoitise est le moteur de l'économie locale, il saura vite se mettre à notre diapason.

Corran acquiesça.

— Quand la persuasion échoue, rien ne vaut la contrainte.

— Je l'espère, lieutenant Horn.

Nawara Ven se pencha, ses tentacules ondulant sur ses épaules.

— Commandant, j'ai lu la liste des prisonniers politiques à libérer. Si je ne m'abuse, ce sont surtout des Bothans ?

— Cela vous pose-t-il un problème, lieutenant Ven ?

— A première vue, non, monsieur. Toutefois, j'ai remarqué que certains noms — mes anciens clients, en fait, et de *véritables* prisonniers politiques —, ne figurent pas sur cette liste. Je ne crie pas au boycott ; je fais simplement remarquer qu'on a laissé de côté bien des innocents. Sont-ils condamnés à rester prisonniers sur Kessel jusqu'à la fin de leurs jours ?

A la surprise de ses pilotes, Wedge sourit.

— Je suis heureux que vous souleviez ce point. En présentant ce plan au Conseil, l'amiral Ackbar a stipulé que nous devions rester en position de force. Le conseiller Fey'lya a présenté sa liste et de « bons » bagnards. Fort de votre expérience dans ce domaine, lieutenant Ven, je compte racheter la liberté de davantage de prisonniers. J'ai toute latitude en ce qui concerne les conjoints et les enfants. J'entends exploiter cela au maximum.

« D'autres questions avant qu'on en vienne à l'objection suivante du lieutenant Horn... ? Alors, à vous la parole.

— Ce n'est pas tant une objection qu'une question, monsieur. Pouvons-nous exclure des gens de la liste des « mauvais » ? Certains ne devraient pas quitter Kessel — à moins qu'on les précipite dans La Gueule en chemin.

Jeter des criminels dans le trou noir avoisinant Kessel fit sourire Wedge.

— Le Conseil a déterminé que ces éléments — peu recommandables, je vous l'accorde —, nous seraient des plus utiles. Qui aviez-vous en tête ?

— Zekka Thyne — également surnommé le « Rapiécé » quand il a le dos tourné. Mon père et moi l'avions pris en flagrant délit de contrebande, ce qui a permis son incarcération. Mais il a une dizaine de meurtres au moins sur la conscience. Des exécutions d'opposants au Soleil Noir. Le Rapiécé était en passe de devenir l'homme de main du prince Xijor sur Corellia. Xijor a essayé de craquer certains fichiers afin de faire sortir Thyne de Kessel. Hélas pour lui, l'agent de liaison impériale, Kirtan Loor, a accidentellement altéré les données concernant Thyne. Sans cette erreur, preuve d'une incompétence caractérisée, Thyne aurait depuis longtemps filé de Kessel. C'est la seule bonne action de Loor. A son corps défendant !

— Avec un peu de chance, lieutenant Horn, Thyne sera mort.

Corran sourit.

— Ça peut encore s'arranger...

— Un assassinat, lieutenant ? (Wedge plissa le front.) Même s'il est aussi mauvais que vous le dites...

— Minute ! (Corran écarta les mains tandis que tous les regards convergeaient vers lui.) Je serais le premier à aller danser sur sa tombe, et le premier aussi à le pulvériser s'il dit un mot de travers... Mais jamais je n'ai envisagé une exécution de sang-froid ! Cela dit, nous pourrions modifier certains dossiers à notre avantage... Et faire *notre* tri.

Wedge était très tenté. La liste fournie par Borsk Fey'lya était un annuaire du crime organisé. Le commandant n'avait aucun amour pour l'Empire, mais il avait démantelé le Soleil Noir, une organisation qui rongeait la société comme un cancer. L'Empire n'avait pu la dissoudre ; à défaut, il l'avait plongée dans une éclipse durable. Faire renaître le Soleil Noir de ses cendres pour l'opposer à l'Empire ne manquait pas d'ironie. Et la suggestion de Corran permettait d'envisager l'élimination des pires éléments...

Mais la lueur d'espoir qui naquit chez Wedge mourut vite, étouffée par la réalité.

— Le but de notre mission est de transférer sur Coruscant les gens qui donneront le plus de fil à retordre à Ysanne Isard et à son équipe. Les pires criminels sont ceux qui flanqueront le plus de coups de pied à la fourmilière impériale... Ce sera alors à nous de tirer profit de la confusion.

Pash jeta un coup d'œil à Corran.

— Si nous affaiblissons trop le Soleil Noir, l'Empire l'écrasera.

— Certes. Mais si nous lui lâchons trop la bride, nous perdrons le soutien de ses victimes et nous pourrions bien entrer en compétition avec lui pour l'annexion de Coruscant. (Corran secoua la tête.) S'il avait pu, Xizor aurait déposé l'Empereur ; Zekka Thyne cherchera à abattre Isard à la première occasion.

Wedge haussa les épaules.

— C'est le genre d'homme que Fey'lya veut avoir sur Coruscant.

— Et le dernier que nous voudrions y voir.

Corran plissa le front.

— Pouvons-nous l'inclure dans notre liste ?

— Sur cette question, je me fierai à votre jugement, lieutenant Horn. Voilà pourquoi vous m'accompagnerez sur Kessel. Si Zekka Thyne fait des difficultés, nous aviserons sur place. Autre chose ? Plus d'objections ? Lieutenant Horn ?

Corran haussa les épaules.

— C'est une mission comme une autre, monsieur.

— Libérer des criminels... J'aurais cru que cela vous pousserait à émettre des réserves.

Corran sourit.

— Je ne dis pas que ça me plaît, monsieur. Mais dans la CorSec, il fallait aussi composer avec des criminels. Hier comme aujourd'hui, il s'agit de la même chose : entre deux maux, choisir le moindre. Je préférerais de loin utiliser Zekka Thyne et les autres rebuts comme appâts pour une chasse au rancor. Mais s'ils nous aident à mettre Cœur de Glace hors d'état de nuire, mes réserves n'ont guère d'intérêt.

Le commandant hocha la tête.

Il a raison, même si cette situation ne lui plaît pas plus qu'à moi. Enfin... C'est une mission comme une autre ; l'Escadron Rogue s'en acquittera avec les honneurs.

— Des questions de dernière minute ? (Wedge désactiva l'holoprojecteur.) Dans douze heures, il faudra être prêt. Avant de prendre du repos, donnez à M3 une liste de vos effets personnels. En notre absence, nos quartiers généraux seront relocalisés à Noquivzor. Dans un proche avenir, nous travaillerons à partir de là.

— Par peur des représailles du seigneur de guerre Zsinj ? s'étonna Pash.

Wedge se contenta de sourire.

CHAPITRE X

Dans l'atmosphère raréfiée de Kessel, des rampes de lancement de missiles en ruine surplombaient la piste d'atterrissage.

Page et les siens avaient délimité une zone entourée par des collines.

Whistler bipa doucement.

— Ça me paraît aussi dégagé...

Corran entama un long virage à tribord qui lui fit survoler le complexe minier. Les seules infrastructures visibles étaient le centre administratif et les hangars des véhicules de surface. Une piste presque droite conduisait vers l'usine atmosphérique la plus proche, au nord. Les autres voies s'enfonçaient entre les collines, au sud, et vers la plaine où le pilote atterrirait.

— Neuf est dégagé, chef Rogue.

— Bien reçu, Neuf. Venez vous poser et n'oubliez pas votre masque respiratoire.

— Merci.

Corran replia ses ailes, tira en douceur sur la manette des gaz et enclencha les moteurs à répulsion. L'aile X plana cinq mètres au-dessus du sol. Corran positionna son chasseur pour former un triangle avec ceux de Wedge et de Nawara. Aux commandes de sa navette de classe Lambda, Tycho se plaça au centre.

Corran sortit le train d'atterrissage, se posa puis coupa les moteurs.

— Whistler, souviens-toi : tire en cas de nécessité, *ensuite* recharge-toi en énergie. S'il le faut, dévisse jusqu'à ce que le reste de l'escadron puisse te couvrir.

Le droïd émit des bips plaintifs.

— Non, rien n'arrivera, promis. Mais reste vigilant. On ne sait jamais...

Whistler émit d'autres sifflements où perçait un agacement certain.

Horn ôta son casque puis sortit son pistolaser pour le vérifier avant de le remettre dans son holster.

Muni d'un masque respiratoire et d'une paire de lunettes de sécurité, il fit coulisser la verrière du cockpit et sortit du chasseur.

Il trouva la gravité plus faible que sur Borleias ou sur Noquivzor.

Wedge et Nawara se tenaient près d'une tente orange en forme de champignon.

Horn les rejoignit.

— Comment s'est passée votre prise de contact avec Moruth Doole ?

Wedge se rembrunit.

— Je pense avoir transmis le message, mais il n'en faudrait pas beaucoup pour que Doole bascule dans la paranoïa aiguë.

— C'est sans doute un Brille-mordant.

Le Twi'lek tendit un tentacule vers Corran.

— Je ne crois pas avoir déjà entendu ce terme.

— De l'argot de la CorSec, pardon. Le Brillestim est l'épice de Kessel sous sa forme la plus concentrée. Ce qui est commercialisé est tellement coupé et dilué que les gens en retirent un *zeste* d'euphorie. Les Brille-mordants la consomment à l'état pur ; chez certains, ça a l'effet d'un coup de fouet cérébral : leurs capacités mentales se développent à toute allure. Ils croient lire les pensées d'autrui. S'ils se heurtent à un mur mental, ils concluent que le sujet complote leur perte, puisque son esprit leur est inaccessible. Doole a dû perdre de vue qu'il s'adressait à votre hologramme, commandant. Ne pouvant déchiffrer vos pensées, il vous a jugé hostile et croit que vous voulez sa peau.

Le lieutenant Page, un homme de taille et de corpulence moyennes aux cheveux noirs, les rejoignit et désigna l'horizon.

— Un landspeeder. Il vient par ici.

Wedge activa son comlink.

— Chef à Douze. Qu'en pensez-vous ?

— Un seul véhicule, chef.

— Merci, Douze. (Wedge répéta à Page :) Le landspeeder est seul. Si vous le laissez passer, qu'il vienne jusqu'ici.

— A vos ordres, monsieur.

Avec quelques hommes, Page partit intercepter le landspeeder. L'engin ralentit et s'arrêta ; une portière s'ouvrit. Page parla à quelqu'un d'invisible tandis que ses hommes examinaient le véhicule sous tous les angles.

Puis Page ferma la portière et sauta du marchepied, faisant signe au conducteur de redémarrer.

A cent mètres du périmètre, d'autres soldats arrêtèrent le véhicule. Deux personnes en descendirent ; un lieutenant les escorta jusqu'à Wedge.

L'homme était d'une taille et d'une maigreur hors du commun. Il lui restait de rares mèches blanches sur le crâne.

La femme qui l'accompagnait, plus jeune à en juger par sa démarche et sa silhouette, était pourtant très ridée. Au seul vu de son visage, on lui aurait donné le même âge que son compagnon.

Le lieutenant fit passer le couple par le sas de la tente ; ôtant leur masque respiratoire, Corran et Nawarra suivirent Wedge à l'intérieur. Sentant l'odeur âcre du plastique chaud, Corran faillit remettre le sien.

Résolu à respirer le plus superficiellement possible, il s'assit près de Nawarra sur un des sièges pliants. Au-dessus de la table où était posé un holoprojecteur, Wedge tendit la main à l'homme.

— Je suis le commandant Antilles, des Forces Armées de la Nouvelle République. Je dirige l'Escadron Rogue et je connaissais bien votre fille.

Courageux et digne, le vieil homme lui serra la main — mais le tremblement de sa lèvre inférieure en disait long sur ses véritables émotions.

— Je suis Kassar Forge. Voici ma femme, Myda. Je voulais vous remercier pour l'hologramme que vous nous avez fait parvenir après que Lujayne...

Sa voix se brisa.

— Son rêve était de devenir un héros. De prouver que quelque chose de bien *pouvait* sortir de Kessel.

— Elle a réussi, assura Wedge. Voici Nawara Ven et le lieutenant Corran Horn.

Kassar leur serra la main.

Corran se força à soutenir son regard et à sourire.

— Votre fille avait *vraiment* l'étoffe des héros, monsieur. Elle assurait la cohésion de notre groupe de combat. Elle m'avait parlé de votre travail d'éducateur, qui aidait les détenus à ne pas replonger... Elle passait beaucoup de temps à nous éduquer, à sa façon...

— Merci.

— Merci à vous. (Corran tapota la main du vieil homme, qu'il n'avait pas lâchée.) Je lui devais beaucoup — et je n'ai pas eu le temps de lui rendre ses faveurs. Si je peux faire quoi que ce soit, n'hésitez pas...

Hochant la tête, Kassar se tourna vers Wedge.

— C'est sûrement à moi de poser la question, commandant : que puis-je pour vous ? Vous n'êtes pas ici en visite de courtoisie. Votre coup de force sur la base lunaire a soulevé beaucoup d'excitation. Doole n'est pas heureux d'avoir perdu ses rampes de lancement de missiles.

— S'il cherche à se réjouir, ce ne sera pas pour aujourd'hui. (Wedge se lissa le menton.) Nous sommes là pour emmener certains détenus. Nous prendrons aussi autant de bons éléments que possible. Vous figurez en tête de liste avec votre famille. *Si* vous êtes partant. De toute façon, j'aurai besoin de vos conseils. Vous connaissez ces gens mieux que personne.

Kassar croisa les doigts, les yeux rivés sur le sol orange de la tente.

— Il y a de nombreuses années — bien avant vos naissances —, j'ai choisi de m'installer ici. C'était avant la Guerre des Clones. J'ignore si j'ai vraiment fait œuvre utile et je me suis efforcé de ne nuire à personne. Je resterai. Myda ?

— Je ne suis pas venue de gaieté de cœur, mais je voulais rester à tes côtés. *Nous* resterons ensemble, comme une famille soudée !

Kassar hocha la tête.

— Je suis prêt à vous apporter toute l'aide que vous jugerez utile, commandant. Néanmoins, je refuse de décider qui doit partir ou rester. Je vous dirai ce que je sais.

— Si vous craignez des représailles...

— Non. Tout le monde me juge inoffensif. A chaque dossier, la décision vous reviendra entièrement.

— Je comprends. Le lieutenant Ven a la liste des bons éléments que nous voulons arracher à cet enfer. J'aimerais que vous la passiez en revue avec lui. (Wedge activa l'holoprojecteur.) Moruth Doole me prend pour un intermédiaire dans cette opération. Je lui ai dit que j'étais prêt à emmener certains prisonniers — dont il sera trop heureux d'être débarrassé. C'est une description précise de ce que nous nous proposons de faire. Mais ce n'est pas notre but ultime. Quoi qu'il en soit, Doole doit être convaincu que je n'hésiterai pas à abattre ses séides, à pulvériser ses entrepôts et à le balancer dans un trou noir.

Myda lança à Wedge et à Corran un regard perçant.

— En êtes-vous capables ?

— Capables, oui, confirma le commandant. Et pas particulièrement réticents à le faire.

Elle sourit.

— Bien. La peur est la force dominante de Kessel. Maîtrisez-la et tout ira bien.

Wedge activa l'holoprojecteur. Une image de Moruth Doole apparut. Le batracien rybet sautilla d'un pied sur l'autre, battant de ses mains palmées. Sa chair verte se confondait avec une veste de même couleur.

Quand il se pencha vers l'objectif, sa tête grossit de façon si démesurée que Corran faillit éclater de rire.

— Est-ce vous, Antilllllles ?

Le Rybet roulait les « l » à plaisir.

— C'est moi, Doole. J'ai un premier échange à vous proposer. (Wedge interrogea du regard Nawara Ven, qui hocha la tête.) Dix Sullustéens contre Arb Skynxnex.

— Non !

— Non ?

— Si je vous vends les prisonniers, c'est moi qui décide de la mise à prix ! Skynxnex m'appartient ; il ne part pas. (Doole recommença à sautiller.) Pour les Sullustéens, je vous donnerai Zekka Thyne.

Ça ne surprit guère Corran. En revanche, la réaction de Kassar l'étonna. Le vieil homme frémit ; Myda se pendit à son bras.

Ils semblent aussi effrayés par Thyne que Doole.

Corran leva une main ; Wedge coupa le son de la communication.

— Commandant, il est trop anxieux. Il veut se débarrasser de Thyne à tout prix. On pourrait lui soutirer plus de choses en échange.

Wedge hocha la tête puis rétablit la liaison.

— Thyne ne m'intéresse pas. Il faudrait que je sois fou pour laisser une vermine comme lui s'échapper du bagne.

— C'est à prendre ou à laisser.

Wedge activa ostensiblement un comlink.

— Chef Rogue à Douze, visez l'entrepôt numéro un.

Doole s'éloigna de l'holocaméra pour consulter un dispositif de surveillance. Quand ce fut fait, il se retourna vers l'objectif.

— Vous n'oseriez pas !

— Ici Douze, chef. J'ai la cible dans ma ligne de mire.

— Antilles !

— Vous vouliez ajouter quelque chose, Doole ?

— Les Sullustéens, et...

— Douze, suspendez votre tir jusqu'à nouvel ordre, mais gardez la cible en mémoire.

— A vos ordres, chef.

Doole passa nerveusement une épaisse langue pourpre sur ses lèvres fines.

— Les Sullustéens sont à vous. Qui d'autre ?

Se détournant de l'objectif, Wedge feignit de réfléchir. Hors caméra, Nawara leva les doigts correspondant aux têtes qu'à son avis, on pouvait ajouter à la rançon de Thyne.

— Nous vous transmettons des données sur cinq Bothans, dont Esrca Plo'kre.

— Plo'kre. Marché conclu. Et Thyne sera accompagné d'un autre homme.

— Qui ?

— Son cutter...

— Corran ? s'enquit Wedge.

— C'est un terme d'épicier, si je me souviens bien... Quand Thyne était encore sur Corellia, on parlait souvent de « cutter ». C'est quelqu'un qui prépare la dose à vendre ou à consommer. Par association d'idée, ça désigne une personne fiable. Doole parle sans doute de l'assistant de Thyne.

— Non : de sa maîtresse, intervint Kassar.

Corran haussa les épaules.

— Ça peut être ça aussi...

Wedge hocha la tête.

— Savez-vous qui c'est ?

— Oui, répondit Myda. Elle s'appelle Inyri.

Corran consulta son bloc-notes électronique.

— Je n'ai rien à ce nom.

— Bien sûr que non. Elle n'a commis aucun délit.

Quelque chose cloche, songea Corran, les sourcils froncés.

— Voyons, personne n'est envoyé sur Kessel pour rien. A quel point connaissez-vous cette Inyri ?

— Je croyais *très bien* la connaître, souffla Myda. C'est notre fille.

CHAPITRE XI

— Marché conclu, Antilles ?

— Envoyez-les.

Wedge fit un arrêt sur image. A l'autre bout de la liaison, Doole reçut un hologramme des armes de l'Escadron Rogue.

Wedge se tourna vers les Forge.

— Un mot de vous et nous les séparons. Nous protégerons votre fille.

Myda lui serra la main.

— Faites-le, je vous en prie ! Ne la laissez pas entre ses griffes !

Kassar saisit sa femme par les épaules et la tira en arrière.

— Myda, ça n'est pas possible. Elle a pris sa décision.

— Une mauvaise décision !

— Est-ce une raison pour lui retirer son libre-arbitre ? Prendre de mauvaises décisions n'est pas un crime — même sous le régime dictatorial de l'Empire.

— Beaucoup de gens ont fini sur Kessel parce qu'ils avaient mal analysé une situation, lâcha Corran. Je connais Thyne. Il ne vaut pas la corde pour le pendre. Le choix de votre fille lui causera les pires ennuis...

Kassar se redressa.

— Seulement si elle s'y tient.

— Mais elle vit avec lui.

Le vieil éducateur haussa les épaules.

— Elle lui aura trouvé de bons côtés, sans doute. Peut-être espère-t-elle l'arracher à ses démons.

Corran tressaillit.

— Autant vouloir réhabiliter un trou noir !

— J'ai passé ma vie à préparer les gens à leur réinsertion. Faire plus n'est pas possible. On ne peut pas vivre leur vie à leur place, ni choisir pour eux. (Kassar essuya les larmes qui sillonnaient les joues de sa femme.) Nous avons donné à nos enfants tout l'amour et le soutien dont nous étions capables. Nous leur faisions confiance. Lujayne a rejoint la Rébellion et elle a sacrifié sa vie pour elle. Il faut accorder à Inyri la même confiance.

Corran secoua la tête.

— Ça ne me plaît pas du tout, commandant.

— Ça ne me remplit pas de joie non plus, Corran, mais ce n'est pas notre combat — d'autant qu'on ne pourrait pas gagner. Pas maintenant, en tout cas. Peut-être parviendra-t-elle à contrôler les bas instincts de son compagnon.

— Et quand elle ne réussira plus ?

— Vous avez sûrement prévu une solution de rechange.

Corran fit redéfiler sa liste sur son bloc-notes électronique. La première mouture, tirée des dossiers impériaux puis annotée, attribuait à chaque candidat une valeur potentielle. Sur des milliers de condamnés, dix-sept présentaient un intérêt pour la Nouvelle République. Arb Skynxnex éliminé par Doole, il restait seize bombes humaines. Ne manquant ni d'énergie ni d'esprit d'initiative, ces gens étaient jadis les étoiles montantes du Soleil Noir. Si leurs espoirs de carrière n'avaient été ruinés par une arrestation et une condamnation, ces loups auraient vite été à égalité avec Jabba le Hutt en termes de puissance et d'influence.

Corran se souvint des propos de son père... Le crime organisé avait bien changé ! Jadis, le Soleil Noir était une organisation respectable, avec son propre code de l'honneur. Ceux qui jouaient les indics n'avaient pas une mort rapide. Et les officiers chargés de faire appliquer la loi étaient sous haute surveillance.

Cela dit, l'organisation avait alors un côté... artisanal.

La « nouvelle génération » faisait volontiers sauter un bar entier aux heures d'affluence pour éliminer un individu.. Tuer un informateur *et* sa famille était devenu monnaie courante. L'épice qui se vendait sous le manteau était de plus en plus pure. L'assassinat des politiciens opposés au cartel du crime devenait une affaire banale.

Ce n'était plus l'exception, mais la règle.

Hal Horn ne trouvait pas que de bons côtés à la victoire de la Rébellion sur l'Empire. Elle avait contribué à un relâchement généralisé des codes de conduite et de la morale. Des associations de malfaiteurs comme le Soleil Noir en avaient profité pour multiplier leurs sinistres exploits.

Derrière le sas translucide, trois silhouettes se découpèrent. Le garde ouvrit le sas et poussa Thyne manquant le faire trébucher.

Le criminel pointa le menton.

— Je suis Zekka Thyne.

Après cinq ans passés dans le pire bagne cosmique, il n'avait pas changé, n'était qu'il avait beaucoup maigri et cultivé sa hargne. La lueur malveillante dansant au fond de ses yeux en témoignait.

On dirait que les années ont été un agent réducteur, le ramenant à son noyau dur.

Dépassant Corran d'un ou deux centimètres, Thyne était sec et noueux. Sa calvitie congénitale faisait luire son crâne comme du cuir satiné.

Le prisonnier avait une pigmentation bicolore. Sur un fond rose crème, on eût dit qu'on avait appliqué une seconde couche bleu roi qui ne s'était pas vraiment délayée. La plus grande tâche courait sur l'arête du nez et sous la pommette gauche, jusque sur la tempe.

Ses oreilles pointues, sa dentition sombre acérée et ses yeux achevaient de le couper du genre humain. Les globes oculaires, envahis par le sang, étaient divisés par une pupille noire piquetée d'or. Ces diamants noirs, capables de réfléchir la lumière la nuit, l'avaient trahi sur Corellia. Corran et son père avaient pu l'épingler et l'envoyer en villégiature sur Kessel.

Wedge haussa un sourcil.

— Est-ce vraiment lui ?

Corran hocha la tête.

— C'est bien le Rapiécé.

— Horn, ici ? cracha Thyne. N'as-tu pas reçu mon message ?

— Lequel ?

— Ton père est mort, pas vrai ?

Corran eut l'impression que son cœur allait exploser. Il faillit crier... Le souffle lui manqua.

Thyne avait toujours su manier l'intimidation. Corran et son père l'avaient traité par le mépris. Ce n'était ni le premier ni le dernier bandit à les couvrir d'invectives.

Ce n'est pas le premier non plus qu'on rend responsable de la mort de mon père...

Thyne en avait sans doute entendu parler ; il cherchait à retourner le couteau dans la plaie. Bien sûr, arranger des exécutions, même au fond d'un pénitencier, était tout à fait dans ses cordes. Mais Hal Horn avait péri plus d'un an et demi après l'arrestation de Thyne. Ça ne cadrait pas.

Le Soleil Noir ne laissait jamais traîner d'ardoises.

Corran plissa le front.

— Vous auriez *pu* arranger l'exécution de mon père — après tout, vous nous avez menacés... Mais vous vous êtes montré négligeant, comme toujours.

Thyne regarda Wedge.

— Etes-vous le Jedi ?

— Non, juste celui qui décide si vous partez ou non. Dans votre cas, ça commence mal...

— Ciel, mille excuses... J'avais oublié que les Rebelles sont devenus tout sucre tout miel ! C'est ce qu'on nous serine à longueur de journée, en tout cas. Alors, vous seriez prêts à libérer des gens comme moi ? La pureté n'est plus ce qu'elle était, je vois...

On fit entrer Inyri Forge. Dès qu'elle enleva son masque, sa ressemblance avec Lujayne devint frappante. Toutes deux avaient les mêmes yeux et cheveux bruns, la même silhouette fine. Inyri portait les cheveux plus longs que sa défunte sœur ; une mèche était du même bleu que la peau de son compagnon.

D'abord choquée de voir ses parents, elle se détourna, posant les mains sur l'épaule de Thyne.

Wedge la dévisagea avant de s'adresser de nouveau au prisonnier.

— La Nouvelle République m'a autorisé à vous emmener pour que vous accomplissiez une mission. Si vous nous donnez satisfaction, on vous accordera un pardon conditionnel. C'est compris ?

— Supposons que j'accepte... et que je disparaisse sans laisser de traces ?

Wedge sourit.

— Nous vous traquerons et nous vous ramènerons ici.

— La galaxie est vaste.

— C'est ce que vous croyez. En réalité, elle ne cesse de rétrécir. (Nonchalant, Wedge haussa les épaules.) Si l'Empereur en personne n'a pas réussi à nous échapper, ne vous faites aucune illusion.

Corran acquiesça.

— On n'a guère eu de peine à vous avoir, le Rapiécé. N'imaginez pas que ça changera.

— Tu ne me fais pas peur, Horn.

— Ce n'est pas effrayer qui m'intéresse, c'est capturer. Où que vous alliez, je vous retrouverai, Diamant Noir ! Comptez là-dessus.

Wedge fit signe aux gardes.

— Emmenez-le. Mademoiselle Forge, j'aurai un mot à vous dire en privé.

Un soldat retint la jeune femme alors qu'elle faisait mine de suivre Thyne.

Inyri se retourna avec une réticence marquée.

— Nous ne sommes pas seuls, que je sache.

— Vous n'avez pas à suivre Thyne partout.

Elle décocha un regard furibond à ses parents.

— J'ai fait mon choix. Ne vous en mêlez pas. Ce sont mes affaires.

— Ecoutez, dit Corran, lui tendant la main, nous pouvons vous protéger contre lui.

— Comme vous avez protégé ma sœur ?

Corran laissa retomber son bras. Il revécut l'instant où il avait vu Lujayne mourir. Le chagrin faisait trembler la voix d'Inyri.

Il n'y pouvait rien.

— Nous avons tout fait pour protéger Lujayne, affirma Corran. Vous savez mieux que nous qui était votre sœur. Combien elle était douée pour que les gens se sentent à l'aise avec elle, et appréciés...

Après avoir marqué une pause, il désigna le sas.

— Ce que vous faites avec Zekka Thyne ne me regarde pas. Mais je suis certain que votre sœur aurait désapprouvé. Lujayne n'est plus ; est-ce une raison pour que ceux qui l'aimaient et la respectaient vous laissent courir à votre perte ? Thyne est tout ce que votre sœur haïssait.

— Vous ne le connaissez pas.

— Peut-être que vous ne le connaissez pas non plus. (Corran lui tendit de nouveau la main.) Vous n'avez pas à le suivre !

— Si.

Elle croisa résolument les bras.

Wedge secoua la tête.

— Jusqu'au tout dernier décollage, vous aurez le temps de réfléchir.

— Est-ce tout ?

Wedge fronça les sourcils.

— Peut-être aimeriez-vous dire au revoir à vos parents ?

— Pour quoi faire ? Ça n'a pas gardé Lujayne en vie.

— Ça ne l'a pas tuée non plus.

Inyri lança un regard indécis aux Forge.

Allait-elle se radoucir ?

Son visage se ferma. Elle remit le masque respiratoire, tourna les talons et franchit le sas.

Désemparé, Wedge regarda le couple.

Kassar étreignit sa femme.

— Vous avez essayé, commandant. C'est tout ce que nous pouvions vous demander.

Le reste des tractations se déroula sans encombre. L'escadron obtint de Doole la libération de cent cinquante détenus politiques en échange des seize criminels les plus endurcis et les plus méprisables de la galaxie.

Corran trouva quelqu'un capable de tenir Thyne à l'œil.

D'abord réticent, le Rybet dut vite faire preuve de bonne volonté...

— C'est la dernière fois que je traite avec la Rébellion. Dorénavant, Kessel décidera seule de son sort !

Wedge adressa un sourire à l'image de Doole.

— Nous ne reviendrons pas, sauf pour vous ramener quelques-uns de vos « amis »...

Il coupa la transmission avant que le hurlement indigné de Doole lui transperce les tympans. Dix minutes plus tard, deux soldats escortèrent le dernier prisonnier sous la tente. Sur les hologrammes, il n'avait pas un teint aussi cireux ni une chair aussi flasque. Mais ses yeux noirs pétillaient encore. Plus petit que Corran, une tignasse blanche lui conférait un peu de dignité.

— Moff Fliry Vorru, je suis le commandant Antilles.

Vorru sourit avec courtoisie.

— Ravi. Y a-t-il bien un rien de corellien dans votre basic ?

— Mais oui.

— Un patriote venu me libérer ?

— Peut-être.

Corran rencontrait le Moff Vorru pour la première fois. Mais son grand-père lui en avait appris de belles sur son compte. Administrateur complaisant du secteur corellien sous l'Ancienne République, Vorru avait laissé la contrebande se développer. Corellia en était devenu le centre galactique. Une réputation qui lui collait à la peau...

Quand le sénateur Palpatine s'était proclamé Empereur, il avait trouvé Vorru sur son chemin. Le prince Xijor avait trahi le Moff.

Mais Palpatine, loin de l'exécuter, lui avait trouvé une grande utilité.

Vorru avait monnayé sa survie en livrant au compte-gouttes à l'Empereur ses fichiers sur les membres du Sénat Impérial.

Nombre de criminels voyaient en Corellia une fabuleuse utopie. Dans les bas-fonds de l'Empire, Vorru était entré dans la légende. A la CorSec, on parlait toujours à mots couverts des nouvelles tentatives visant à arracher l'ancien administrateur au bagne.

L'ex-Moff haussa les épaules.

— Qu'attendez-vous de moi ?

— Connaissez-vous Zekka Thyne ?

Vorru soupira.

— Oui. Agressif et intelligent. La hargne est son principal défaut. Surprenez-le et il ripostera. Pour le reste, il est imprévisible.

— Nous comptons l'utiliser contre l'Empire, mais nous aimerions éviter que des innocents paient les pots cassés.

Le vieil homme sourit.

— Selon le lieutenant Horn, continua Wedge, vous pouvez contrôler Thyne.

— Le contrôler, non. (Vorru ferma un instant les yeux.) En revanche, tenir à l'œil ceux dont il aurait besoin pour aller trop loin est dans mes possibilités.

— Le ferez-vous ?

— Avec joie. Ce sera dangereux, je vous l'accorde. Mais si je peux revoir le Centre Impérial, le jeu en vaut la chandelle.

Stupéfaits, Corran et Wedge échangèrent un regard.

Comment sait-il qu'on l'emmène sur Coruscant ?

Vorru éclata de rire.

— Au lieu de vous étonner de mes pouvoirs de déduction, vous devriez vous en réjouir ! Si j'étais incapable de deviner une chose aussi évidente, je n'aurais aucune chance de mener ma mission à bien, messieurs !

CHAPITRE XII

D'ordinaire, remonter un des longs couloirs sombres qui couraient sous le Palais Impérial aurait déprimé Kirtan Loor — surtout pour revoir le général Evir Derricote.

Ce dernier avait frôlé l'hystérie. Ce n'était pas la première fois qu'il s'emportait, vociférant des chapelets d'exigences.

Cette fois, la perspective de subir un autre éclat ne pouvait gâter la bonne humeur de Loor.

Corran Horn joue les grands libérateurs sur Kessel !

Loor se permit un rire dont les échos sinistres se répercutèrent le long des parois.

Les deux dernières semaines, des criminels en cavale avaient été infiltrés dans le Centre Impérial. Les Rebelles avaient pris une kyrielle de précautions pour réussir leur coup.

Si on ne l'en avait pas averti, Loor n'aurait pas soupçonné la présence de criminels d'envergure dans les bas-fonds de Coruscant.

Il admirait presque les plans des Rebelles. Au fond, les grands malfaiteurs ne détestaient pas qu'on les prenne pour cibles. Ça flattait leur ego. Or, l'Empire avait besoin de maintenir l'ordre dans sa capitale. En y infiltrant des agents perturbateurs, l'Alliance avait redonné vie au Soleil Noir moribond. Des rapports alarmistes commençaient à circuler.

Mais les plus sombres prédictions s'évanouissaient face à ce que Loor avait appris.

Corran Horn avait escorté vers une liberté nouvelle des criminels qu'il avait contribué à mettre hors d'état de nuire !

Ça a dû le tuer de voir quelqu'un comme Zekka Thyne faire un pied-de-nez à la justice ! Que n'aurais-je pas donné pour voir sa tête !

Kirtan Loor lâcha un autre ricanement.

Un peu forcé, peut-être ? A ses propres oreilles, il sonnait faux. Le lieutenant Horn lui faisait peur.

Sur Corellia, Corran Horn, Gil Bastra et Iella Wessiri avaient réussi à le tromper assez longtemps pour lui filer entre les pattes avant qu'il les fasse arrêter.

Après un an et demi de recherches, il avait retrouvé la trace de Bastra.

Wessiri et son mari avaient disparu.

Si ces trois-là l'avaient grugé une fois, ils pouvaient recommencer. Par le passé, avant que Ysanne Isard le mette face à son penchant pour les déductions hâtives, Loor aurait *suppos*é qu'on ne pouvait pas le tromper une seconde fois.

Et ça n'aurait pas fait un pli.

Ç'aurait été mon arrêt de mort.

Travaillant à ne plus préjuger de rien, Loor avait révisé son opinion sur Corran Horn.

Et sa peur avait grandi.

Depuis toujours, il avait conscience que Horn était capable de tuer. Il savait canaliser sa violence sans en être l'esclave.

De cette analyse, il ressortait que l'homme était plus rusé qu'il n'y paraissait.

Si on ajoutait à cela son audace... Horn n'était pas un ennemi à sous-estimer.

Pour mieux « motiver » Loor, chargé de superviser le projet du général Derricote, Ysanne Isard avait laissé filtrer une information sensible dans les réseaux clandestins des Rebelles : l'exécution de Bastra, ordonnée par Loor.

Elle avait également fait savoir que Loor séjournait au Centre Impérial.

Cela y attirerait Corran.

Quand il sera là, je devrai redoubler de prudence. Et l'affronter sur mon *terrain, selon* mes *règles.*

La porte du laboratoire s'ouvrit à l'instant où Loor arrivait. Le général surgit, rayonnant.

Malgré sa maigreur cadavérique, Loor n'aurait pas pu se glisser entre l'encadrement et le très rondouillard Derricote.

— Vous vouliez me montrer quelque chose, général ?

L'homme frappa dans ses mains d'allégresse.

— Absolument ! Les Quarren m'ont été fort utiles.

— Faites un rapport...

— Non. Vous devez voir ça par vous-même.

Loor hésita. Les hologrammes joints aux premiers comptes rendus de Derricote lui avaient donné la nausée. L'idée de se trouver face à des cobayes ne l'emballait nullement.

Ou juste un peu... Mais seulement par curiosité.

— Je suis à vous, général.

Au contraire des suites opulentes du Palais Impérial, le laboratoire disposait d'aménagements austères et fonctionnels. Des lumières crues se réfléchissaient sur des surfaces blanc et argent. Seuls des voyants rouges et jaunes rompaient la monotonie chromatique — biorisques, câbles sous tension ou lasers en fonction. Des parois vitrées offraient une vue plongeante sur un labyrinthe de cellules où des hommes en blouse blanche disséquaient des cobayes vivants — quand ils ne les « reconstituaient » pas avec l'assistance de droïds chirurgicaux.

La porte se referma.

— Nous sommes ici sous une pression négative, expliqua Derricote. En cas de fuite, rien ne peut filer dehors.

— Je croyais les humains immunisés contre le virus.

— Ce n'est pas tout à fait exact, corrigea le général. Nous sommes partis de certains virus auxquels les non humains étaient sensibles. Qu'une mutation spontanée y rende les humains vulnérables est possible. Mais peu probable. D'abord parce qu'il faudrait une altération massive des séquences génétiques utilisées. C'est envisageable, évidemment, mais au taux moyen de mutation, il faudrait un millier d'années avant que ça arrive.

— Vous pourriez fabriquer un vaccin, n'est-ce pas ?

— Lutter contre un virus n'a rien de simple. Pour perfectionner ce vaccin, il faudrait sans doute des années. Là encore, c'est possible — à condition de multiplier par dix ou vingt les délais qui nous sont impartis.

Au moins, les Rebelles ne risquent pas de trouver la parade avant un certain temps... Surtout qu'ils ne disposent pas de labo comme celui-là.

— Néanmoins, vous pouvez combattre le virus ?

— Avec du bacta.

— C'est tout ?

Panacée galactique, le bacta guérissait tout et n'importe quoi, de simples coupures aux traumatismes graves, et d'un rhume des foins jusqu'au paludisme bandonien.

— Si le bacta suffit contre votre virus, c'est sans intérêt !

— Détrompez-vous. Plus virulente est la maladie, plus il faut de bacta. (Les yeux noirs du général luisaient de malveillance.) Aux tout premiers stades de la maladie, le bacta retarde son évolution. Mais certains organes peuvent être tellement endommagés qu'il faut les remplacer très vite par des implants cybernétiques. Venez voir.

Derricote entraîna son visiteur dans les profondeurs du laboratoire, jusqu'à un couloir en acier. Des fenêtres en transpacier offraient une vue sur les cellules. A gauche se trouvaient les Gamorréens aussi nus que les Quarren à tête de calmar parqués à droite.

Dans un environnement à la stérilité clinique, ils avaient tous l'air plus misérables les uns que les autres. Ils semblaient presque normaux — mais pas au point que Loor ait le cœur d'y regarder à deux fois.

— Vous noterez que les fenêtres sont munies d'un triple vitrage. La découpe centrale réfléchissante empêche les cobayes de nous voir. Les cloisons sont insonorisées. C'était nécessaire pour maintenir l'ordre.

— Je vois.

En réalité, Loor comprenait mal ce luxe de précautions. Les Gamorréens qu'on voyait par les vitres devaient se douter qu'ils étaient sous surveillance, car ils tournaient le dos par pudeur.

Dans les cellules suivantes, ils semblaient plongés dans une sorte de stupeur clinique. Leurs yeux noirs vitreux fixaient le vide.

Sur leur chair, des furoncles s'étiraient comme des fils d'araignée, les connectant les uns aux autres. Un cobaye en avait un sur la langue, d'autres en portaient sur la plante des pieds.

Ces furoncles les faisaient visiblement souffrir.

Les Gamorréens avaient la peau très sèche. Le mucus et la salive qui d'ordinaire donnaient un aspect luisant à leurs visages brillaient par leur absence.

D'évidence, ils étaient très malades.

Puis Loor découvrit un patient en phase terminale.

Les furoncles avaient éclaté. Du sang noir en suintait. La victime laissait des traces immondes partout où elle allait, courant d'un bout à l'autre de sa cellule comme si le sol était de la lave en fusion.

La créature se jetait contre les parois, qu'elle maculait de miasmes et tombait à la renverse, vomissant des litres de bile. Puis elle se relevait et continuait.

Pour finir, le Gamorréen se liquéfia littéralement sur la vitre.

L'agent de renseignement lutta contre la nausée, se forçant à respirer par le nez.

— C'est... horrible.

— Je sais. (Derricote lui tapota le dos.) Les Quarren « noircissent », puis leur système immunitaire s'emballe. Ils deviennent une outre ambulante, pleine de fluides et grouillante de Krytos.

— Krytos ?

— Mon nom pour le virus. (Il soupira d'aise, savourant l'agonie de sa victime.) Un millilitre du sang d'un mourant suffit à contaminer un adulte. La période d'incubation diminue lentement. Mais l'intervalle entre l'apparition des premiers symptômes et la phase terminale reste constant. Je doute qu'on l'améliore beaucoup.

— Pourquoi ?

— Ce que vous avez vu, les furoncles et les hémorragies, font partie d'un tout. Le virus se développe dans l'organisme-hôte. La première cellule infectée, en explosant, contamine ses proches. Le système sanguin véhicule le mal. Cellule après cellule, le cobaye meurt à petit feu. Au stade final, le processus s'accélère de façon spectaculaire, comme vous venez de voir. La douleur est incroyable. Ai-je précisé que le virus ne s'attaquait pas aux nerfs ? C'est remarquable !

Loor se releva. Ignorant les convulsions qu'il apercevait du coin de l'œil, il se concentra sur le général.

— Combien de temps entre le début et la fin ?

— Il y a sept phases. Une pour chaque jour de la maladie. Les Quarren expirent avec plus de dignité... si on peut dire, en parlant de liquéfaction.

— Quels genres de rafistolage avez-vous dû faire pour que ça affecte plusieurs espèces ?

— Moins que j'aurais cru. Avec la version quarren du virus, on devrait pouvoir infecter les Calamariens. J'aurai besoin d'autres sujets pour tester plus de croisements. Un raid sur Kashyyyk serait...

— *Kashyyyk* ? (Derricote avait-il perdu toute raison ?) Eliminer une espèce très utile, en terme d'esclavage, me paraît peu souhaitable. Je doute que notre chef approuve. Votre équipe et vous devriez comparer les prédispositions connues des différentes espèces et élaborer un virus susceptible d'en contaminer le plus grand nombre.

— C'est possible, quoi qu'il serait plus élégant de...

— *Rien* de ce qui concerne votre Krytos n'est élégant.

Derricote cilla.

— Quoi ? Pas élégant ?

— Ne le prenez pas mal, général. Ce n'est pas ce que je voulais dire. (Loor se força à sourire.) Vos travaux sont très impressionnants. Inoubliables en fait...

Imaginer des millions et des millions de non-humains se liquéfiant dans les sous-sols du Centre Impérial avait de quoi rendre malade.

— Les Rebelles débarqueront, assoiffés de conquête, conclut Loor. Ils ont rendez-vous avec la mort et rien ne les sauvera.

CHAPITRE XIII

Corran Horn attendait derrière le bouclier en transpacier placés sous les moteurs à répulsion du *Pulsar*.

L'équipage du yacht modifié de classe Baudo s'enorgueillissait des longues lignes délicates de ses ailes. L'épure du vaisseau était vraiment belle.

Pourtant, Corran Horn et son père n'avaient pas ménagé leurs peines pour mettre hors service le *Pulsar* et son *vieux* commandant de bord.

Horn senior et Booster Terrik avaient été des ennemis jurés. Booster était doué pour offrir des biens de contrebande aux gens influents. Autant d'amis haut placés pour le vieux renard...

Booster aurait pu jouer les courtiers, mais il aimait trop piloter. Hal Horn l'avait épinglé ; Booster avait tiré cinq ans sur Kessel.

La fille de Booster, Mirax, descendit la rampe d'accès.

A la vue de Corran, elle s'arrêta et sourit.

La rivalité qui opposait les pères des deux jeunes gens les avait rapprochés. Un lien paradoxal, renforcé par leurs origines : Mirax et Corran étaient tous deux nés sur Corellia.

Grâce à cela, ils avaient su éviter d'hériter de l'inimitié de leurs pères.

Corran rendit son sourire à la jeune femme.

— Comment était ton vol ?

— Sans complications... impériales. (Elle roula des yeux.) Cela dit, avoir supporté une vingtaine de Sullustéens pleins de jubilation à bord du *Pulsar* pendant une semaine m'a rappelé pourquoi je préfère convoyer des marchandises...

— Ils mangent leurs poids en rations ?

— Entre autres. Mais là n'était pas le problème. Heureux, les Sullustéens sont bruyants. Crois-moi, ça devient vite fatigant. Liat ne m'a été d'aucune aide. Il est tombé fou amoureux d'une des réfugiées. Je me demande même s'il n'y a pas un mariage dans l'air.

Corran haussa les épaules.

— J'ignore tout des coutumes sullustéennes. Nous pourrions demander au capitaine Nunb.

— C'est une possibilité... (Mirax posa une main sur l'épaule du lieutenant.) Des conséquences fâcheuses à votre excursion sur Kessel ?

— Que voulez-vous dire ?

— Beaucoup de bons éléments ont pu en partir, mais de la véritable chair à rancor a aussi été libérée. C'était le prix à payer. Après tout, je doute que Doole aurait accepté des traites en échange des prisonniers. Ce chien ne fait rien pour rien.

— Contrairement à certains contrebandiers ?

Mirax sourit de plus belle.

— Je compte sur Wedge et sur toi pour en finir avec l'Empire et me permettre de toucher ensuite ce qu'on me doit.

— Et si nous échouons ?

— Je collectionnerai des pièces de musée comme vos écussons et j'attendrai qu'elles prennent de la valeur. (Elle lui lâcha l'épaule pour lui flanquer un coup de poing taquin sur le bras.) Bien essayé, en tout cas.

— Quoi ?

— De changer de conversation.

— Oh... Navré.

En fait, Corran n'y avait guère réfléchi. Libérer des criminels... Comme tout organisme policier, la CorSec devait traiter quotidiennement avec les hors-la-loi afin de prendre dans ses nasses les requins et non le menu fretin. L'opération Kessel reposait sur le même principe. Il s'agissait d'opposer à l'Empire un Soleil Noir regonflé à bloc. Restait à espérer que Fliry Vorru aiderait à limiter la casse...

Corran aurait mieux respiré si le vaisseau transportant ces caïds s'était perdu corps et biens dans un trou noir.

Leurs activités contribueraient à la ruine de l'Empire. Mais combien d'innocents en paieraient le prix ?

— J'ai des réserves, pourquoi le nierais-je ? L'Empire ne reculerait devant aucune ignominie pour nous balayer de la galaxie. Alors, au nom de quoi s'embarrasser de scrupules ? (Il s'assombrit encore.) Quand Coruscant sera à nous, je traquerai ces montres et les réexpédierai sur Kessel.

— S'il te faut de l'aide, n'hésite pas. Je ne te présenterai même pas la facture !

Corran sourit.

— Nous ne dirons jamais à ton père que tu t'es associée à un Horn !

Mirax lâcha un petit rire.

— Surtout pas ! Je ne voudrais pas qu'il fasse une apoplexie... La nourriture de Noquivzor s'est-elle améliorée depuis ma dernière visite ?

— Tu serais surprise... Beaucoup de bonnes choses ont été importées à l'occasion de la réunion du mois dernier ; l'amiral Ackbar a laissé le surplus. Je pense que M3 en a utilisé une partie pour ses transactions, mais il reste de quoi se régaler. Ça te dit ?

— Je te suis !

Ils gagnèrent le mess. Mirax raconta quelques anecdotes amusantes sur son pilote sullustéen et sa fiancée. Détendu, heureux d'être en compagnie de la jeune femme, Corran riait de bon cœur.

Il la trouvait de plus en plus attirante.

Il n'en était pas amoureux — pas encore. Mais il se savait sur une pente très savonneuse. Il n'en faudrait pas beaucoup...

Pour lui, s'éprendre de quelqu'un ne s'était jamais limité à un coup de foudre. Quand ça lui arrivait, les choses étaient plus claires : du désir pur et simple.

Si Mirax était assez jolie pour éveiller les convoitises, Corran savait pertinemment que ce n'était pas tout. Son éducation l'avait convaincu qu'il n'y avait pas de relations valables sans stabilité. Il ne s'agissait pas de supernovae promises à s'effondrer très vite dans des trous noirs émotionnels.

Le meurtre de son père l'avait laissé à la dérive. A la CorSec, il avait dépendu de Gil et d'Iella pour ne pas perdre le nord. Sa liaison de l'époque avait duré six mois à peine.

Dans la clandestinité, il avait gardé ses distances de crainte d'être démasqué et livré aux autorités impériales. On ne se faisait pas d'amis dans ces circonstances.

De ce point de vue, son admission dans l'Escadron Rogue n'avait rien arrangé. La féroce compétition avec les autres pilotes avait bâti entre eux un véritable mur.

Lujayne Forge y avait pratiqué une brèche. D'autres l'avaient élargie jusqu'à ce que Corran accepte les échanges avec autrui.

Et qu'il puisse de nouveau faire confiance à des amis...

— *Corran* ?

Mirax et lui se retournèrent en entendant le cri aigu. Il venait d'un Gand élancé qui arrivait à leur hauteur.

Son exosquelette unicolore était plus pâle, devenant crayeux aux contours de certains méplats et sur l'avant-bras droit.

Corran le désigna.

— On vous a retiré la capsule de bacta.

— Oui, répondit le Gand en basic. Ooryl est ravi.

Deux mois plus tôt, lors du premier conflit sur Borleias, Ooryl Qrygg avait été éjecté de son aile X, le bras droit arraché à hauteur du coude. En greffant à leur patient une capsule de bacta, les médics rebelles avaient accéléré son extraordinaire régénération cellulaire.

Jusqu'à cet incident, l'Alliance ignorait que les Gands possédaient de telles aptitudes.

Le convalescent fléchit sa main à trois doigts.

— Une fois sa carapace durcie, Ooryl redeviendra votre co-équipier.

— Il me tarde que ce jour arrive ! Se maintenir au niveau du capitaine Nunb n'est pas du gâteau ! C'est un sacré numéro...

Mirax sourit.

— Nous allions nous restaurer. Voulez-vous manger avec nous ?

— Ooryl serait charmé, mais le commandant Antilles l'a envoyé chercher Corran.

— Pourquoi veut-il me voir ?

— Allons-y, dit Mirax. Je saluerai Wedge au passage. Ensuite, nous irons manger.

Ooryl posa une main sur son bras.

— Qrygg regrette de vous informer qu'il s'agit d'une affaire officielle. Le commandant Antilles savait qu'Ooryl vous trouverait ensemble. Il veut voir Corran en privé. Ensuite, il vous recevra, et vous expliquera tout.

— Si c'est officiel, c'est officiel... Corran, je ferai durer mon repas au cas où l'entrevue serait brève. Rejoins-moi.

— Je n'y manquerai pas.

— Ooryl, si vous voulez m'accompagner ?

— Ooryl est honoré.

— Bien. Je n'aime pas manger seule. Et puisque vous partagez une chambre avec Corran, vous pourrez me raconter toutes sortes de choses embarrassantes sur lui ! lança-t-elle avec un clin d'œil espiègle au Corellien. Prends tout ton temps avec Wedge, Corran. Je sens que je ne vais pas m'ennuyer !

Le jeune homme rit de bon cœur.

— Je doute de m'amuser autant que toi, ma chère...

Corran entra dans les bureaux attribués à Wedge depuis le retour de l'escadron à Noquivzor. La pièce centrale, pourtant moyenne, semblait trop grande pour quelqu'un comme le commandant Antilles.

Là où d'autres auraient couvert les murs et les étagères de trophées, à part un hologramme de ses défunts parents et un autre où il posait avec son escadron, rien ne troublait l'austérité des lieux.

Wedge fit signe au lieutenant de prendre un siège.

— Ce ne sera pas long, mais des changements sont au programme. Vous êtes tous deux concernés.

Wedge désigna la femme qui occupait le troisième siège : Erisi Dlarit.

Elle avait rallié la Rébellion et l'Escadron Rogue à la même époque que Corran. Une coupe sévère, des yeux bleus séduisants comme des saphirs... Sa beauté et sa classe la rendaient vraiment plus jolie que Mirax. Issue de l'élite humaine de Thyferra, Erisi avait bénéficié des richesses accumulées par son entourage grâce au bacta. Plus d'une fois, Mirax l'avait surnommée la « reine du bacta » — sur un ton où l'envie se mêlait au dégoût.

Corran sourit à la jeune femme.

— Voilà qui devrait être intéressant.

— En effet. Nous allons enfin piloter ensemble.

Wedge se racla la gorge.

— M3 vous fournira les codes d'accès de certains fichiers. Un virus détruira les données une fois qu'elles auront été consultées. Lisez avec attention et mémorisez les indications concernant les contacts initiaux.

Corran se souvint des briefings de Gil Bastra, quand Iella et lui partaient en mission secrète.

— Vous ne nous préparez pas à un simple vol d'escorte, n'est-ce pas ?

— Non. Pour diverses raisons, le Conseil Provisoire a estimé indispensable la conquête de Coruscant. Pour cela, il nous faut des données fiables sur les défenses planétaires, et la localisation des cibles. Vous êtes les meilleurs candidats.

Erisi eut l'air aussi surprise que Corran.

— Commandant, nous ne pouvons accomplir seuls un tel tour de force ! Même en étant épaulés par tous les effectifs de Noquivzor. Car c'est bien ce qui est prévu, n'est-ce pas... ?

— Je ne peux confirmer ni infirmer, lieutenant Dlarit. Vous savez comment fonctionne un système compartimenté. Nul n'en apprend davantage que ce qu'il doit savoir. Ce que vous ignorez ne fera courir aucun risque aux autres.

— A qui ferons-nous nos rapports ?

— Vous trouverez toutes les précisions utiles dans vos fichiers. J'ignore quelle sera votre couverture ou les coordonnées de vos trajets. Et je doute que vous puissiez me contacter à l'avenir.

— Pourtant, vous serez aussi de l'aventure, n'est-ce pas ? (Erisi fronça les sourcils.) Envoyer *deux* pilotes pour une telle mission serait ridicule.

Wedge secoua la tête.

— Le général Cracken a ses propres systèmes de références au réel. Il affirme que ces précautions sont nécessaires. Votre sécurité dépend d'elle.

Corran n'y tint plus :

— Depuis quand être isolé est synonyme de sécurité ?

Erisi lui tapota la main gauche.

— Ne vous en faites pas, je serai près de vous.

— C'est déjà ça, sourit Corran. Combien de temps avons-nous avant le départ, commandant ?

— Dès que vous sortirez d'ici, votre mission aura commencé. La navette de Celchu vous attend.

— Tycho nous pilotera jusqu'à notre destination secrète ?

— Non. Le général Cracken a placé un de ses hommes aux commandes.

Corran hocha la tête.

— Si possible, commandant, faites-lui mes adieux en mon nom. Ainsi qu'à Mirax.

— Entendu. (Wedge croisa les bras.) Une dernière chose, assez gênante... Il nous faut votre aval pour que M3 puisse retirer de l'argent sur vos comptes personnels et le transférer vers ceux que vous utiliserez sur Coruscant.

— On aura des reçus ? ironisa Corran.

— Ils veulent nos corps *et* notre argent pour financer la guerre, répondit Wedge. L'opération a un budget, bien entendu, mais il ne suffira pas. Si les choses tournaient mal, des apports supplémentaires seraient...

— J'ai de l'expérience dans ce domaine. Ce n'est pas un bon souvenir... Je m'inscris pour dix...

Erisi regarda tour à tour Corran et Wedge.

— Dix, ce sera assez ?

Corran lui sourit.

— Je parlais de dix mille crédits.

— Oh ! Et moi de dix millions... (Elle battit des cils.) Vous croyez que ça ira ?

Wedge toussota, un poing pressé sur la bouche.

— A mon avis, oui.

— Pouvoir s'offrir une escadrille entière sera sacrément commode, lâcha Corran. Pourrons-nous revenir après cette opération ?

— Je l'ignore. Mais je l'espère. Que la Force soit avec vous.

— Et avec vous, monsieur. On en aura bien besoin.

CHAPITRE XIV

Nous allons voir si ce déguisement marche ou pas...

Wedge se cala dans le siège élégant du vaisseau de ligne, accordant à peine un regard à l'écran allumé devant lui : des rapports holographiques défilaient sur la Rébellion et le combat qu'elle menait contre l'Empire. En substance, on affirmait que les meurtriers de Palpatine paieraient bientôt le prix fort ; chaque victoire sur les Rebelles était un nouveau pas vers la restauration de la justice dans la galaxie.

Méconnaissable, Wedge pouvait ricaner sous cape en entendant ça. Une sorte de masque métallique lui couvrait le front, l'œil droit et la joue, descendant sur l'oreille droite puis jusqu'à la nuque. Une autre plaque lui protégeait le cou. Une lentille ronde ajustée sur son œil droit l'agrandissait, faisant ressortir le bleu de la pupille.

La gravité gardait le masque en place. Du fait de son poids et de l'inconfort, Wedge avait la tête inclinée à droite — une bizarrerie qui ajoutait à son déguisement.

L'officier des douanes — monté à bord dès que le vaisseau de ligne dairkien, le *Bijou de Churba*, était entré dans le système de Coruscant — interpella Wedge.

— J'ai besoin de votre identification.

Antilles glissa sa main droite gantée dans son uniforme impérial.

Le gant ne cachait pas beaucoup la difformité des doigts épais qui saisirent la carte requise avec un léger vrombissement. Le poignet rotatif la présenta au douanier.

— Voilà, monsieur, croassa Wedge.

C'était autant l'effet de la pression sur son larynx que celui du modulateur vocal inséré dans son masque.

Le douanier jeta un vague coup d'œil sur l'identification avant de la glisser dans son bloc-notes informatique.

— Colonel Antar Roat...

— Ro-at.

— Quoi ?

— Mon nom se prononce *Ro-at*.

Le bourdonnement rendait ses paroles presque inintelligibles.

— Pardon. Colonel Ro-at. Vous vous rendez au Centre Impérial pour une reconstruc... Oui, bien sûr. Tout semble en ordre, colonel.

Wedge tendit sa main mécanique.

— En êtes-vous certain ? Mes bagages sont dans ma cabine.

— Oui, j'en suis sûr, s'impatienta l'homme.

— Je comprends que la sécurité est primordiale.

— Je n'en doute pas, colonel.

— Si vous avez des problèmes, n'hésitez pas à me solliciter..., acheva Wedge. (Sa tête s'inclina. Il feignit de se reprendre au prix d'un gros effort.) Je vous apporterai toute l'aide nécessaire. Comptez sur moi.

Le douanier hocha la tête.

— Je m'en souviendrai, colonel.

Wedge reprit la carte et la rangea maladroitement.

— Je ne vis que pour servir.

L'homme des douanes s'éloigna en maugréant.

— Tu es mort et tu sers encore... Les médics auraient dû te laisser crever.

L'amplificateur dont était pourvu le masque de Wedge lui permit d'entendre la remarque. Il étouffa son sourire dans l'œuf. Le colonel Antar Roat ne devait certainement plus rien trouver d'amusant à la vie.

Et me faire épingler par les douanes en tentant d'arriver en douce sur Coruscant n'aurait rien de drôle non plus.

Wedge ne s'était pas demandé comment il s'infiltrerait sur la planète avant de se rendre à son briefing secret. Naturellement, piloter une aile X était hors de question. Et aucune contrebande ni immigration clandestine ne devait atteindre Coruscant sans l'approbation de quelqu'un de haut placé.

Si on lui avait dit qu'il devrait revêtir l'uniforme d'un officier de la flotte impériale !

Wedge avait trouvé fascinant le briefing sur sa nouvelle identité. L'équipe du général Cracken en avait concocté plusieurs à son intention.

La première, le colonel Roat, était réutilisable pour quitter Coruscant.

Wedge en aurait une deuxième quand il survolerait la planète en mission de reconnaissance.

Et une troisième.

Les cartes à puces nécessaires pour ces deux dernières identités d'emprunt lui seraient fournies sur Coruscant.

La division des renseignements avait privilégié la version « colonel Antar Roat » pour plusieurs raisons. Pour commencer, les prothèses cachaient presque entièrement les traits de Wedge. Et le subterfuge avait un attrait pervers non négligeable : l'aspect insolite du commandant lui vaudrait d'attirer l'attention. Mais les gens verraient le masque — non l'homme caché derrière. Gênés, ils détourneraient vite le regard, lui jetant à peine des coups d'œil furtifs.

On se souviendrait d'un grand blessé de guerre, en raison de ses implants biomécaniques.

Des implants aisément démontables...

Ainsi, les autorités impériales seraient amenées à traquer un homme qui cesserait d'exister à la seconde où l'espion se débarrasserait de son déguisement.

Ensuite, Wedge était avant tout un pilote. Si on le pressait de questions, il pourrait soutenir un interrogatoire sur les combats entre chasseurs. D'après son identité d'emprunt, il avait été blessé en défendant Vladet, dans le système Rachuk.

Wedge pourrait en parler en toute connaissance de cause.

J'étais dans le camp des Rebelles, mais j'y étais.

Wedge appuya sur un bouton du moniteur, passant à un canal externe relié à une holocaméra montée à l'arrière du *Bijou de Churba.* Sur l'arête dorsale du vaisseau, une navette prenait son envol. Les passagers de la classe *nec plus ultra* avaient voyagé dans une opulence censée être incomparable, sur les ponts supérieurs du vaisseau de ligne.

Ceux qui en avaient les moyens disposaient également de navettes, évitant ainsi les files interminables du débarquement.

Comment pouvait-on s'offrir un tel luxe en des temps si troublés ?

Du point de vue de la Rébellion, les jours de l'Empire étaient comptés. Qui remporterait la victoire finale, les rebelles ou les seigneurs de guerre comme Zsinj, seul le temps le dirait.

Mais jeter les crédits par les hublots ne semblait guère prudent...

Pour Wedge, c'était un manque flagrant de bon sens.

Il comprenait que certains veuillent s'étourdir dans un tourbillon de fête, cocon doré où la Rébellion n'existait pas. Pour qui pouvait dépenser sans compter, entretenir l'illusion d'un Empire robuste n'était pas difficile. A n'en pas douter, dans de lointaines enclaves impériales, on refusait sûrement de croire à la mort de l'Empereur.

Pour certains, un tel symbole politique devait vivre des siècles.

Je peux comprendre l'ignorance. Mais pas l'aveuglement.

Non sans peine, Wedge réprima un autre sourire.

Ceux qui selon lui gardaient des œillères le jugeraient à coup sûr malavisé et plein d'illusions.

La moitié nierait en bloc les problèmes inhérents au système impérial — comme si l'esclavage, la phobie anti non humains et un armement lourd capable d'atomiser des planètes pouvaient aisément s'oublier.

L'autre moitié reconnaîtrait peut-être l'existence de ces problèmes, mais elle refuserait d'envisager une rébellion ouverte contre l'autorité.

Pour ces gens-là, les changements venant de l'intérieur, au sein des infrastructures, étaient les seuls acceptables. Ils refusaient d'admettre l'évidence : quand un système devenait aussi corrompu que l'Empire, aucune évolution significative n'était possible sans éliminer le pouvoir central.

Le plus beau — qui donnait à Wedge l'envie de sourire —, c'était que chaque camp pouvait présenter des arguments logiques et raisonnables.

De son point de vue...

C'était le problème avec la politique. On pouvait mener des débats à l'infini sans parvenir à un accord. Les seuls changements valables se produisaient quand un individu était prêt à mourir pour ses idées.

En l'absence de cet engagement de base — que nombre de citoyens impériaux préféraient éluder —, l'Empire continuerait sous une forme ou sous une autre, institutionnalisant le mal.

Un homme approcha du commandant.

— Colonel Roat ?

Wedge tourna lentement la tête.

— Préfet Dodt. Ça fait des années, dites-moi...

Le préfet aux cheveux bruns grisonnants et aux yeux marron — alias Pash Cracken — acquiesça.

— C'était, si je ne m'abuse, lors de la cérémonie de clôture de l'année de deuil, juste avant votre transfert. Le douanier de service m'a dit où je pourrais vous trouver — et comment vous reconnaître, je l'avoue. La galaxie ne cesse de rétrécir...

D'un geste saccadé, Wedge désigna le siège vide à côté du sien.

— Joignez-vous à moi, si le cœur vous en dit. Ma carcasse est peut-être brisée mais j'ai encore toute ma tête. Allez-vous au Centre Impérial pour affaires ?

— Colonel, vous savez que ce ne sont pas des questions à poser. Comme j'évite de vous demander où vous avez été ainsi blessé... (Pash s'assit.) Notre vol a été impeccable.

— En effet...

Le commentaire de Pash confirmait les conclusions de son compagnon. La sécurité impériale n'était pas stricte au point de pouvoir démasquer des espions comme eux. Elle n'était pas non plus aussi laxiste qu'on eût pu le croire.

La remarque de Pash lui apprenait en outre qu'il n'avait eu aucune peine à s'intégrer aux autres passagers.

C'était le premier contact que tentaient Wedge et Pash. En cas de difficulté, ils ne s'y seraient pas risqués avant l'atterrissage. Mais se parler faciliterait leur rendez-vous au spatioport.

Sur l'écran s'afficha le visage souriant du coordinateur de vol.

— Nous serons bientôt à destination. Veuillez ramener vos sièges en position...

Wedge coupa le son.

— J'espère que l'atterrissage se passera aussi bien que le reste.

— Moi aussi, lâcha Pash avec un soupir. Je déteste les spatioports. Quand quelque chose déraille, c'est généralement à l'arrivée ou au départ.

Le spatioport où se posa le *Bijou de Churba* était un complexe à plusieurs étages érigé sur une triade de tours, à une cinquantaine de kilomètres du Palais Impérial. La baie d'amarrage était elle-même à niveaux multiples, permettant un débarquement des passagers par classe. Les riches qui n'étaient pas partis à bord de leurs navettes découvraient une aire spacieuse et opulente. Wedge en eut un aperçu à travers le hublot quand le *Bijou* atterrit.

Les passagers de première, deuxième et troisième classe débarquèrent en masse. Les douanes effectuèrent quelques contrôles au hasard ; Wedge ne vit personne avoir des problèmes.

Après l'aire d'immigration, Pash et Wedge s'apprêtaient à récupérer leurs bagages quand une femme brune en uniforme gris de médic, les aborda.

— Colonel Roat ?

— C'est moi. Voici mon ami le préfet Parin Dodt. Et vous êtes ?

— Irin Fossyr, de la clinique biomécanique Rohari. On m'a envoyée vous chercher.

— Vraiment.

— A ce qu'on m'a dit, vous étiez prévenu... J'ai laissé un mot à votre assistant, le capitaine Seeno.

— Voilà qui explique tout. Seeno a été tué juste avant mon départ.

— Vous avez toute ma sympathie, monsieur.

— Merci.

La femme avait utilisé les phrases prouvant qu'elle était un agent de Cracken.

Bagages repris, elle conduisit les deux hommes jusqu'à un glisseur. Son écusson le rattachait à la Clinique Biomécanique Rohari ; à part ce détail, le véhicule était parfaitement standard. Les affaires placées sur le porte-bagages extérieur, tous trois s'installèrent. Le chauffeur démarra.

Assise face aux agents rebelles, à l'arrière, la femme précisa :

— Il faudra un quart d'heure pour atteindre notre destination. Nous pourrions y arriver plus vite mais...

Wedge sourit autant que le lui permettait le masque.

— Pure précaution. Nous comprenons. Je me demandais si je pouvais enlever ces satanées prothèses.

— Je vous en prie.

Wedge activa à mi-voix la commande régulant le passage de l'air entre la peau et le masque : les cellules en caoutchouc souple se gonflèrent.

Il s'en débarrassa avec soulagement, retirant ses doigts pliés du gant-serre.

— Luke ne semble pas gêné par sa main synthétique. Ce doit être son entraînement de Jedi...

Devant la déconfiture de la femme, Pash étouffa un gloussement. Rougissante, elle détourna la tête.

— Pardonnez-moi. On m'avait dit que vous étiez un personnage important, mais je n'avais pas réalisé à quel point. Les autorités avaient mis votre tête à prix... Vous êtes Wedge Antilles, n'est-ce pas ?

Il hocha la tête.

— Vous avez vu des affiches avec mon portrait dessus ?

— Elles connaissent une circulation très limitée. Le Diktat s'était peut-être allié à l'Empire, mais pas tous les Corelliens. (Elle tendit la main.) Je suis Iella Wessiri. C'est un plaisir de faire votre connaissance.

Iella Wessiri ? Où ai-je entendu ce nom ? J'y suis : c'était la partenaire de Corran...

— Vous avez vu ces avis de recherche quand vous étiez à la CorSec.

D'un hochement de tête, Iella indiqua que oui.

— Je vois que votre dossier était très complet.

— Pas tant que ça, mais j'ai entendu parler de vous. (Il haussa les épaules.) Vous m'excuserez, je ne peux pas citer mes sources.

— Bien sûr. Je comprends.

— En tout cas, dit Wedge, notre mission commence sous les meilleurs auspices. Cela augure bien de la suite.

CHAPITRE XV

Corran Horn se sentait misérable. Son identité d'emprunt l'obligeait à supporter de multiples couches d'habits rouges et pourpres, tous plus épais et chauds les uns que les autres. Son col empesé aux bords coupants pressait sur son larynx. Un vieux chapeau cylindrique extravagant complétait le tableau.

Les pans de sa toge balayaient le pont supérieur du *Bijou de Churba*.

Comme tout *telbun* kuati digne de ce nom, il gardait les mains cachées sous ses longues manches. Le but du déguisement était de le rendre sexuellement indéfinissable. Sur Kuat, s'il avait voyagé en compagnie d'Erisi, l'élite de la société l'aurait ignoré.

A bord du *Bijou,* c'était un objet de curiosité, d'envie et de pitié.

Tous les mâles appartenant à la classe *nec plus ultra* avaient couvé des yeux Erisi. Sous une tunique bleue, aux reflets or et argent, elle portait des guêtres assorties.

Une tunique fendue sur toute sa longueur.

Seul le port d'une ceinture cachait l'essentiel aux regards lubriques.

Ainsi, bien qu'on ne puisse accuser Erisi d'indécence provocatrice, tout homme plus malin qu'un lézard-singe kowakien n'avait aucune peine à l'imaginer nue. Sans conteste, l'idée de partager une cabine avec une telle femme devait émoustiller quantité de séducteurs.

La pitié suivait l'admiration quand on voyait comment elle traitait le *telbun*.

Erisi le tançait sans pitié — quand elle daignait se souvenir qu'il existait. La plupart du temps, il la suivait respectueusement, réglant ses achats, portant ses paquets et se répandant en excuses dans son sillage.

La belle semblait tirer toute son énergie des cruautés qu'elle lui infligeait. Dans cette relation bancale, Corran devait subir humiliations sur humiliations en échange de faveurs sexuelles.

En dernière analyse, malgré la beauté d'Erisi, personne ne jugeait une telle situation supportable. De l'avis général, le jeu n'en valait pas la chandelle.

Une douanière imposante avança en direction d'Erisi, qui tapait du pied avec impatience.

Les bras croisés, elle écrasa la fonctionnaire de son mépris.

Après une brève hésitation, la douanière afficha un sourire qui n'augurait rien de bon. Manifestement, elle venait de se rappeler *qui* faisait la loi...

Consultant son bloc-notes informatique, elle lança :

— Ris Darsk ?

Erisi hocha la tête avec froideur.

— J'ai un dossier avec les visas appropriés. Mais seulement pour vous, pas pour lui.

— Darsk Ristel est là-bas...

Elle désigna une vague direction.

— Je vous répète que je n'ai qu'un passager enregistré.

Erisi appuya sur un bouton du bloc-notes de la douanière.

— Là. Les bagages, voyez ?

La femme se renfrogna.

— Pourquoi vous rendez-vous au Centre Impérial ?

— Pour affaires privées.
— Ça ne suffit pas.
Corran se rapprocha. Erisi se fendit d'un sourire carnassier.
— En ce qui me concerne, c'est un voyage d'agrément. Mais je doute y trouver beaucoup de plaisir...
La douanière se tourna vers le *telbun*.
— Le but de votre visite, monsieur ?
Erisi répondit à sa place :
— Il voyage pour affaires.
— Agrément et affaires ? Ne devrait-ce pas être l'un ou l'autre ?
Erisi secoua la tête.
— Pas quand mon plaisir est son affaire. C'est un *telbun.*
Le double menton de la fonctionnaire en tressauta.
— Un *telbun* ?
— Exactement. Mon *telbun* m'ayant conçue dans le Centre Impérial, pour ne pas déroger aux traditions familiales, je suis venue concevoir avec celui-là.
— Concevoir ? Un enfant ?
— Vous avez tout compris.
— *Telbun*. Je vois.
Elle regarda Corran, qui détourna les yeux.
Sur Kuat, les *telbun* venaient des couches moyennes de la société. Leurs familles veillaient à ce qu'ils excellent en tout. Puis ils subissaient une batterie de tests d'intelligence, de grâce, de santé et de viabilité génétique. Ensuite, les clans de marchands achetaient à prix d'or les *telbun* à leurs familles à titre d'étalons aux pedigrees en béton armé.
Les enfants issus de ces arrangements en étaient les premiers bénéficiaires, financièrement parlant.
Le processus, qui séparait reproduction et engagements émotionnels, paraissait inhumain. Mais l'aristocratie kuatie y trouvait son compte — à plus d'un titre.

Ses membres étaient libres de contracter des alliances et des accords sans jamais mettre en péril la vie d'un enfant. Les dangers de la consanguinité étaient écartés ; les jeunes héritiers avaient des tuteurs qui leur étaient très attachés.

Si les *telbun* n'étaient pas toujours très heureux, qu'importait ?

— Très bien. Le *telbun* et vous pouvez y aller. Le sas franchi, votre navette vous attendra. Bon voyage...

Elle s'éloigna avec un soulagement manifeste.

Erisi et Corran se placèrent au centre du terrain d'accostage. La plate-forme circulaire s'éleva jusqu'au niveau requis, où elle s'immobilisa avec un « clic ». Corran sentit des roulements mécaniques sous ses pieds. Puis le sas cylindrique effectua une lente rotation de quatre-vingt-dix degrés avant qu'un panneau coulisse sur l'écoutille de la navette. La pilote du vaisseau de classe Lambda modifié leur fit signe d'avancer.

L'écoutille se ferma derrière eux.

— Si vous voulez bien vous asseoir et boucler vos ceintures, je vous emmène à l'*Hôtel Impérial*.

Erisi acquiesça.

— Nous avons l'autorisation d'approche ?

— Oui, maîtresse Darsk.

Corran s'installa au quatrième rang du compartiment passager. Erisi jeta un coup d'œil vers le cockpit avant de le rejoindre sans un mot. Elle posa discrètement sa main sur la sienne.

Le vaisseau prit son envol, s'arrachant au dos du *Bijou*. Ses ailes se déployèrent. Le long des parois, des affichages holographiques s'animèrent, rappelant du transpacier.

— Pardonnez-moi de vous avoir si mal traité, souffla Erisi.

— Tout ce que vous voudrez, maîtresse.

La voix froide de Corran la choqua. Elle tourna vers lui des yeux ronds.

Puis elle réalisa.

Qu'ils soient seuls ne signifiait pas qu'ils n'étaient pas sous surveillance.

Erisi se pencha vers son compagnon, inhalant la douce fragrance de son parfum de fleurs *nlorna*. Elle l'embrassa sur les lèvres, chuchotant :

— Tu es *telbun*. Tu comprends.

Corran hocha la tête.

— Je suis *telbun*. Je comprends.

Un échange apparemment bien anodin.

Mais ces paroles banales avaient un tout autre sens. C'était le lien qui les rattachait à leur personnalité profonde.

Ainsi la cruauté d'Erisi ou l'indifférence de son chevalier servant redevenaient ce qu'elles étaient : un simple rôle à jouer.

Ça ne préjugeait pas des vrais sentiments d'Erisi à l'égard de Corran.

Bien sûr, j'ignore ce qu'ils sont vraiment...

Il aimait bien Erisi ; c'était une amie des plus attirantes. Leur promiscuité forcée était à deux doigts de basculer dans l'intimité physique.

Par le passé, Erisi n'avait jamais fait mystère de son attirance pour Corran.

S'ils avaient franchi le pas et étaient devenus amants, personne ne leur aurait jeté la pierre. Mais le lieutenant Horn préférait ne pas succomber à la tentation.

Ne voulait-il pas baisser sa garde ? On ne pouvait pas faire l'amour en restant sur la défensive. Un mot de trop, un aveu fatal, un nom lâché dans un moment d'abandon, et ils signaient leur arrêt de mort.

Garder ses distances était la seule façon de ne pas courir de risques inutiles.

La théorie était bien belle, mais en pratique... Au fil du temps, les résolutions s'érodaient.

S'il *dormait* avec Erisi, trahirait-il l'affection de Mirax ? Il avait *aussi* de tendres sentiments pour elle... Mais pour ce que Corran en savait, Mirax pouvait avoir un amant dans chaque port spatial d'un bout à l'autre de la galaxie.

Il en doutait pourtant. La jalousie qui le traversa à cette idée le surprit. De toute façon, ça ne le regardait pas. S'ils se décidaient finalement à former un couple, leur vie antérieure respective ne devrait être que cela : *antérieure*.

Sa résistance avait deux sources. La première avait étonné Corran.

Erisi n'était pas de son milieu social. Elle venait d'une aristocratie hors de portée d'un simple pilote de chasse — fût-il de l'Escadron Rogue.

L'argent, les occasions en or, les avantages matériels... et le meilleur en tout. Voilà ce qu'Erisi connaissait depuis toujours.

Qu'elle ait rejoint les rangs de la Rébellion prouvait sa noblesse.

Mais elle vivait dans le luxe, et considérait cela comme son dû.

Corran l'avait plus d'une fois observée durant leur voyage. Elle était autant dans son élément dans l'or et la soie qu'un Sarlacc dans sa mer de sable.

Telbun ou non, Corran en profitait. Mais sa propre incapacité à s'y faire le surprenait. Pendant qu'Erisi posait les épluchures d'un fruit sur l'accoudoir d'un divan en peau de nerf, Corran s'inquiétait à l'idée de tacher le tissu.

Au contraire de sa compagne, il n'avait pas les moyens de remplacer un élément aussi luxueux du mobilier.

Le mépris d'Erisi pour les considérations bassement matérielles avait plus d'une fois donné des sueurs froides au lieutenant Horn. Elle lui avait ordonné de verser des pourboires exorbitants aux serviteurs. Récompenser un service souvent nul ou médiocre déplaisait à Horn. Le personnel des ponts *nec plus ultra* était d'une obséquiosité et d'une flagornerie écœurantes. Si Corran avait cédé à ses envies sauvages de les battre comme plâtre, ces êtres veules et sournois l'en auraient remercié profusément !

Jamais il ne se sentirait bien dans le monde d'Erisi. Elle devait s'en douter. Si les insultes dont elle l'accablait étaient assez outrées pour qu'on ne puisse pas les prendre au sérieux, le ton qu'elle prenait était un peu trop convaincant au goût de Corran.

Erisi devait savoir qu'il ne partagerait jamais sa vie dorée. D'où une anxiété qui se traduisait par des tirades venues en partie du cœur.

Face au ressentiment inavoué de sa compagne, Corran aurait voulu lui démontrer qu'il *pouvait* s'adapter à son train de vie.

Mais l'échec serait au bout du chemin. Pour lui, la vraie vie n'était pas là. A l'instar de son père et de son grand-père, il avait rejoint la CorSec avec fierté.

Sa compagne lui serra le bras.

— Regardez ça !

La navette abordait la planète Coruscant, navigant entre les plates-formes orbitales de la Défense Spatiale Golienne et les réflecteurs solaires.

Tout à fait habitable, Coruscant n'en avait pas moins une orbite si éloignée du soleil que capturer et ré-orienter l'énergie de l'astre était une nécessité.

La navette entama son approche du côté diurne de la planète. D'immenses tours lui conféraient un aspect angulaire. Des griffeciel — véritables îles de pierre massives semées de jardins vert et pourpre — flottaient au-dessus du sol en ferrobéton. De son point d'observation, Corran ne voyait là rien de naturel, sinon les balafres laissées par l'industrie humaine et les travaux incessants de reconstruction.

Le côté nocturne étincelait de mille et une couleurs convoyées par des canaux invisibles. Des millions de lueurs signalaient des tours que Corran ne pouvait distinguer.

Au pied des tours, d'autres éclats visibles par intermittences témoignaient d'une vie cachée et insoupçonnable.

A mi-distance des côtés diurne et nocturne, Corran avisa ce qui devait être le Palais Impérial. L'arrogant édifice se posait en rival des Monts Manarai, au sud.

Cette montagne artificielle abritait une bureaucratie capable de décider l'anéantissement de planètes.

C'est une ruche de malfaisants. Tant qu'on n'aura pas fait de purge définitive, on ne vivra jamais en paix.

— Impressionnant, non ?

Corran releva la tête, découvrant la pilote de la navette campée devant lui.

— Ne devriez-vous pas être aux commandes ?

— Nous sommes en approche automatique. Mon copilote droïd est tout à fait compétent. (Elle gesticula en direction des hublots.) Vous avez de la chance : la nuit est claire. Si on était tombé sur des tempêtes, je serais en train de zigzaguer entre la foudre et les griffe-ciel. Vous ne verriez rien de tout ça.

Erisi pointa le menton avec arrogance.

— Mon *telbun* et moi...

— ... Voulez la suite impériale. Il y a une réservation antérieure à la vôtre.

Corran pesa ses mots.

— Nous pensions que c'était arrangé.

— Ça peut encore l'être.

Erisi plissa le front.

— Un millier de crédits, ça suffirait ?

— Comme acompte, oui.

Corran sourit.

— Vous êtes notre contact ?

La pilote acquiesça.

Pour la première fois, il la dévisagea.

Jolie. De beaux yeux aux éclairs passionnés.

Mais il y avait autre chose...

La promptitude de la jeune femme à passer du rôle de pilote standard à celui d'espion ?

Cette versatilité était la griffe d'un excellent agent clandestin.

Iella était exactement comme ça : capable de changer de peau et de personnalité en un clin d'œil...

Quand la femme approcha, Corran comprit : malgré ses cheveux blancs tirés en arrière, elle lui rappelait beaucoup la princesse Leia.

Il y avait fort à parier qu'elle était aussi originaire d'Alderaan.

Elle s'assit face à Corran.

— Le temps presse, mais nous pouvons parler en toute sécurité. J'ai pour nom de code la Traceuse. Dans mon escadron, je suis Rima Borealis. A l'hôtel, vous aurez la suite désirée. De nouvelles identités vous seront fournies sur place.

Erisi hocha la tête.

— Ne nous dites pas que tout repose sur nos épaules ? Ce serait une pression considérable.

— Je l'ignore. Navrée. Mais ne vous en faites pas. A ce que je crois comprendre, les Rogues sont une épine dans la chair de l'Empire. Voilà l'occasion de la planter plus profondément !

— Une belle analogie, approuva Corran.

— C'est ce que je pensais. Il n'est rien dans cette mission dont deux Rogues émérites ne puissent triompher. Même si s'infiltrer sur Coruscant sera probablement plus facile que le reste.

CHAPITRE XVI

Gavin Darklighter regarda sans mot dire le *Pulsar* repasser dans l'espace normal.

Son silence ne résultait pas des avertissements de Liat Tsayv, ni de ceux prodigués par l'équipe du général Cracken lors des briefings.

Ce qu'il voyait le rendait muet.

Coruscant.

Mirax pivota sur son siège.

— Impressionnant, pas vrai, gamin ?

Gavin avait moins baroudé que certains Rogues. Sans parler du personnel du *Pulsar*. Pour autant, il ne se considérait pas comme un simple d'esprit. Il en savait un rayon sur un tas de choses — comme piloter une aile X ou craquer des codes informatiques. Il avait peut-être grandi dans une ferme, du côté d'Anachore, mais il était allé en ville au moins une fois par mois. Sans parler des fêtes de famille, où son oncle avait toujours été invité.

Il avait même vu Mos Eisley. *Une fois*.

Mais Coruscant...

— En réalité, s'écria Gavin les bras écartés, c'est une ville démesurée, une mégalopole qui s'étend d'un bout à l'autre de la planète.

— D'un pôle à l'autre et d'un horizon à l'autre, en effet, dit Mirax. On n'a pas encore bâti sur certaines zones des glaciers — des réservoirs naturels irremplaçables. L'eau est importée des pôles, ou d'autres planètes.

Une lumière s'alluma sur la console. Le pilote sullustéen s'adressa à Mirax, qui pivota et pressa trois boutons.

— Ici l'*Espoir Merisee*.

— Coordination du Trafic Spatial de Coruscant en ligne. D'après nos informations, vous transportez des exotiques ? Notre scan montre huit individus à bord.

— Affirmatif. Trois humains, cinq exotiques.

— Bien reçu. Vous avez le vecteur 34293AFX.

Liat fit un signe de tête à Mirax, qui répondit :

— Bien reçu. Merci, coordinateur.

Elle coupa la liaison.

— Ça semblait presque trop facile, s'étonna Gavin.

— La méfiance est salutaire, tant qu'on ne verse pas dans la paranoïa.

— Je crois entendre Corran !

Mirax regarda Gavin, une expression indéchiffrable sur le visage.

— Il pourrait dire quelque chose dans ce genre, c'est vrai. Lui aussi penserait que c'est trop facile. Si vous voulez tout savoir, certains agents de la Coordination du Trafic Spatial de Coruscant ont été soudoyés. Quand les satellites de surveillance ont interrogé le *Pulsar*, ils ont reçu un message les informant que nous étions l'*Espoir Merisee*. C'est un transporteur d'esclaves bien connu qui approvisionne en chair fraîche les bordels de l'Invisec.

— L'Invisec ?

Mirac fronça les sourcils.

— Je croyais qu'on vous avait mis au courant.

Gavin haussa les épaules.

— C'est le cas, mais ce nom m'échappe. Qu'est-ce donc ?

— Un gros morceau de la cité impériale communément appelé le Secteur Invisible. D'abord parce que la plupart des gens refusent d'admettre son existence. Invisec est la contraction inversée de « Secteur Invisible ».

— Vous voulez parler de la Zone de Protection Anti Non Humains.

— Pour reprendre les termes usités par l'Empire, oui. Mais seuls les militaires l'appellent ainsi. Les citoyens n'en parlent pas, ou à mots couverts. Les gens spirituels avouent leurs incursions là-bas en parlant de petites *disparitions*. L'Invisec est avant tout constitué par la ZPANH, mais compte également des secteurs satellites. Voyez cela comme Mos Eisley, en plus laid, plus vicieux et moins accueillant encore.

Pire que Mos Eisley ?

Gavin ouvrit des yeux ronds.

— Est-ce possible ?

— C'est typique du mal, Gavin. Répandez-le à grande échelle et il prospérera. On murmure que Vador avait construit un palais près de l'Invisec. Pour un personnage comme lui, c'était aussi attrayant qu'un coucher de soleil sur la côte. Le marché noir y prospère. Les non humains munis d'une carte de travail peuvent quitter l'Invisec pour partir trimer ailleurs. Les autres se voient contraints de s'échiner dans les usines alentour.

Sur l'écran du cockpit, Gavin vit la mégalopole impériale grandir à vue d'œil. Les tours parurent bondir pour empaler le *Pulsar* ; le pilote sullustéen les esquiva de main de maître.

Le vaisseau commença la descente. Rasant les tours et contournant les canyons, il traversa des strates d'ombre et de lumière jusqu'à ce que Liat doive allumer les feux de position.

Le Sullustéen ralentit à l'approche d'un édifice. Des moisissures maculaient les murs. D'étranges symboles les accompagnaient.

— De quoi ça parle ? demanda le jeune homme.

Mirax sourit.

— Ce ne sont pas des mots, mais les traces laissées par les limaces de granit. Les chauves-faucons ne s'aventurent pas si profondément.

— Des limaces de granit ? Des chauves-faucons ?

— Les chauves-faucons font plaisir à voir quand ils planent sur les courants thermiques. Tant qu'ils ne sont pas aspirés par des moteurs... Ils se nourrissent de limaces de granit, ne crachant pas à l'occasion sur les borrats, même ceux de deux mètres de long.

— Ça me rappelle les Rats-spides de Tatooine.

— Excepté que ces créatures-là ont des défenses, des crêtes dorsales, une carapace et des griffes capables de creuser le ferrobéton ! Leur seul bon côté, c'est leur tendance à la solitude. Ce ne sont pas des êtres grégaires... (Mirax poussa quelques manettes, au-dessus de sa tête.) Toutes sortes de créatures sont piégées sur Coruscant et abandonnées à leur sort. La plupart ne sont pas nuisibles. Mais certaines...

Gavin frémit.

Pourquoi m'a-t-on laissé m'embarquer dans cette galère ?

Le *Pulsar* atteignit un orifice béant dissimulé sous la corniche de l'édifice.

— C'est pratique, lâcha Gavin.

— Une grande partie du transport de marchandise s'effectue dans les niveaux inférieurs de la cité. Ça décharge le trafic aérien. Ce bâtiment était jadis extérieur à l'Invisec. A mesure que les droïds terrassiers démolissent des quartiers entiers, les vagabonds envahissent de nouvelles zones. C'est une lente migration.

Pour chaque kilomètre que l'Invisec perd, il en grignote deux.

Le *Pulsar* sortit son train d'atterrissage et se posa près de l'édifice, entre des dépôts d'ordures, des systèmes d'hydro-régénération et la centrale de chauffage. Liat coupa les moteurs à répulsion.

Mirax se leva du siège de pilote et appuya sur un bouton. Un sifflement précéda l'ouverture de l'écoutille d'accès.

— Allons, gamin, voyons ce qu'on nous a préparé.

Gavin déboucla ses ceintures de sécurité et suivit Mirax.

Dans l'édifice régnait une odeur de moisi. Elle rappela à Gavin le début d'une tempête de sable sur Tatooine.

C'était assez familier pour le rassurer.

Mirax alla s'agenouiller devant un tas d'ordures.

— Gavin, venez m'aider à tirer cette caisse.

Imitant sa compagne, il saisit une poignée en duraplast. Ils traînèrent la boîte rectangulaire de deux mètres de long jusque sous les projecteurs du *Pulsar*.

Les autres Rogues descendirent à leur tour du véhicule.

Nawara Ven s'agenouilla devant le clavier de verrouillage, sa cape noire formant une corolle sur le sol.

— On dirait bien que c'est pour nous. On y trouvera l'équipement et les cartes prévus. Devriez-vous assister à l'ouverture ?

Mirax haussa les épaules.

— Vous avez raison, je ne devrais pas en savoir plus. Mais j'ai deux heures à tuer avant que mes autorisations de circuler prennent effet.

Gavin fronça les sourcils.

— Nawara, elle est digne de confiance, vous savez.

Le Twi'lek leva une main.

— Je ne remets pas en cause sa loyauté, Gavin. Mais moins elle en saura et mieux ça vaudra. De même, je me réjouis que nous ignorions son vecteur de fuite et son identité de rechange. Au cas où ça tournerait mal, on ne risquera pas de la trahir.

Mirax tapota l'épaule de Gavin.

— Ne vous en faites pas. J'ai des calculs de navigation à faire. Que la Force soit avec vous.

Nawara saisit le code du clavier de verrouillage, et ouvrit la caisse. Deux paquets numérotés attendaient.

Nawara fit la distribution.

Muni du sien, Gavin partit l'ouvrir à l'écart.

Il y avait des vêtements de rechange, un petit sac de ville pour leur transport, un pistolaser d'assaut et une série de cartes d'identification. Gavin trouva aussi une carte de crédit permettant d'effectuer des retraits sur un compte et une carte médicale truquée afin que les docteurs interviennent sans savoir qui était vraiment leur patient.

Son nom d'emprunt était Vin Leiger, un jeune homme des Mondes de la Bordure qui s'était fourré dans de sales draps. Acoquiné à un Shistavanen — rôle tenu par Riv Shiel alias Shaalir Resh —, il avait tout quitté. Tous deux avaient vécu d'expédients sur un certain nombre de planètes. L'innocence apparente de Vin militait en sa faveur.

Vin jouant le rôle d'appât, Shiel dépouillait les escrocs pris à leur propre piège. Puis les deux partenaires passaient à de nouveaux pâturages...

A la lecture du dossier détaillé de son personnage, Gavin frémit.

Vin Leiger avait vécu plus de choses que lui ! Vouloir se faire passer pour un paria venu d'un monde lointain... Quelle gageure !

Et que dire de la réalité ? Quoi de plus absurde, pour Gavin, que d'être membre d'un escadron d'élite de la

Rébellion en mission secrète au cœur de la capitale ennemie !

Comment me suis-je retrouvé là ?

Il se souvint... Debout au bord de la vallée où vivait sa famille, il avait contemplé les étendues sauvages de Tatooine. Luke Skywalker avait-il jamais regardé des spectacles semblables ?

Gavin se rappela la fête qui avait rassemblé sa famille le jour de ses seize ans.

La sécurité, l'amour, la chaleur humaine... Tout cela au fond d'une cuvette de sable.

Une bulle de bonheur perdue au milieu d'un univers hostile, inhospitalier et implacable.

Un soir, son père l'avait rejoint...

— L'esprit des Darklighter t'anime, mon garçon. (Il soupira.) Je savais que ce jour viendrait, mais pas si vite...

— Que veux-tu dire ?

— A un moment de notre vie, nous nous tournons vers l'extérieur. Certains, comme mon père, le font au soir de leur existence. Et ils regrettent tout ce qu'ils auraient pu vivre. Ton oncle Huff l'a fait aussi et il a choisi d'ignorer ce qu'il a vu. Voilà pourquoi il est devenu un magnat de l'agro-alimentaire. Trop occupé à bâtir son petit empire, il ne voit pas ce qui se passe ailleurs.

La main râpeuse de son père se posa sur le cou de l'adolescent.

— A ton âge, ton cousin Biggs avait les mêmes dispositions que toi. Il était résolu à entrer à *l'Académie et à inscrire son nom en lettres de feu dans les étoiles... Il a réussi au-delà de tous ses espoirs. Pour ma part, j'aurais préféré qu'il vive plus longtemps. Maintenant, Gavin, c'est ton tour. Je le vois bien.*

— Quelque chose m'attire loin d'ici, père. Je rêve peut-être, mais j'ai l'impression que mon destin m'appelle.

— Il n'y a pas trente-six façons d'en avoir le cœur net.

— Tu veux dire... Tu me laisserais rejoindre la Rébellion ?

Darklighter soupira.

— Je ne pourrais pas davantage te retenir que Huff l'a pu avec son fils. Quand il a vu que c'était une cause perdue, il a fait entrer Biggs à l'Académie. De la sorte, il gardait un certain ascendant sur lui. Biggs en a toujours voulu à son père de s'en être mêlé. Cette brouille ronge ton oncle. Surtout depuis que son fils est mort.

« Alors, tu as le champ libre, mon garçon. Peu importe ce que tu feras ou pas, rappelle-toi que tu seras toujours le bienvenu ici. Tu es un Darklighter avant tout. Mes vœux t'accompagnent. Pars à la conquête des étoiles ! Et que la Force te protège toujours.

Souriant, Gavin continua de fixer l'horizon.

— J'ai l'impression que l'univers me tend les bras. Que j'ai un pas, un geste à faire pour que tout change enfin ! As-tu ressenti cela quand tu as ouvert les yeux, *père ?*

— Je ne l'avais encore jamais fait, fiston. La peur m'en empêchait. A présent, je ne vois que douleur et chagrin. Je regrette de ne pouvoir t'accompagner. Quoi que tu fasses, rappelle-toi toujours qui tu es et d'où tu viens. La Rébellion s'est trop longtemps passée de Darklighter. Il est grand temps d'y remédier !

Et me voilà devenu un Rebelle en mission secrète... Quelle vision était la plus juste, père : la mienne ou la tienne, faite de chagrin et de regret ? Dans le cocon familial, je me sentais en sécurité. Le but ultime de cette mission est de redonner à tous *un havre de paix. Tu me soufflerais sans doute qu'avec un Darklighter dans le coup, notre expédition ne peut qu'être couronnée de succès... J'espère que tu as raison.*

Shiel posa une main sur l'épaule du jeune homme, l'arrachant à ses réflexions.

— Il est temps d'y aller, Gavin.

— Je ne connais aucun Gavin, Shaalir... (Il fourra ses habits dans la sacoche, glissa le pistolaser sous sa ceinture et empocha ses cartes.) Mon nom est Vin Leiger ; je suis là pour découvrir ce qui fait tourner ce monde et pour trouver un moyen de l'arrêter.

CHAPITRE XVII

Wedge Antilles réalisa que la mission confiée à Pash et à lui devait être la phase clé des opérations. Les autres Rogues avaient sûrement pour tâche le repérage des réseaux électrogènes ou des générateurs de boucliers. Les localiser serait vital pour une offensive d'envergure. Mais tant que Pash et Antilles ne seraient pas de retour avec un rapport positif, rien ne pourrait se faire.

Ils avaient pour mission d'évaluer la loyauté de la population. Iella Wessiri avait pu fournir ses impressions sur le climat général — tout en reconnaissant volontiers qu'elle était sans doute très pessimiste.

— A Coruscant, on devient vite parano !

Wedge sourit. Tous deux quittèrent une des salles d'exposition du musée galactique de la Sith.

— Surtout quand on voit ces horreurs...

— ... D'une puissance fascinante. Ce n'est pas aussi direct qu'un mètre cube de crédits, néanmoins il y a quelque chose de terriblement séduisant là-dedans, qui fait appel à des pulsions plus viles encore que la convoitise.

Iella baissa les yeux.

— Exactement le fond de ma pensée, admit Wedge.

Le commandant avait décidé qu'une visite des divers établissements impériaux ouverts au public s'imposait. Depuis une semaine, sa compagne et lui n'arrêtaient pas. Il s'était attendu à voir l'Empire se présenter sous son meilleur jour, ne ratant pas une occasion de dénigrer l'Alliance.

Il n'avait pas été déçu.

En apprenant ce que les autorités professaient, Wedge pouvait évaluer le succès de la propagande impériale sur les civils.

A cet égard, la visite du musée était édifiante. Les deux niveaux inférieurs glorifiaient la flore, la faune et les trésors minéraux présents d'un bout à l'autre de l'Empire.

Plusieurs légendes attribuaient l'extinction de certaines espèces aux exactions des « hors-la-loi et des mécontents ». Parmi les races disparues figuraient les Ewoks ; les taxidermistes s'étaient ingéniés à les rendre plus mignons qu'en réalité.

Cela étant, les expositions étaient impressionnantes. Elles rappelèrent à Wedge que l'Empire ne se limitait pas forcément aux visions réductrices de Rebelles comme lui.

Les deux niveaux suivants étaient clairement conçus pour écraser les visiteurs de leur munificence.

Les quatre derniers capitalisaient les impressions favorables que généraient les autres. Ils couvraient les aspects socio-culturels du développement de l'Empire.

Un niveau entier était consacré à l'Empereur et à sa famille. Les hologrammes de gens l'ayant connu servaient de guides tandis que des droïds veillaient au grain.

Etait-il besoin de préciser que tout ce que l'Empereur avait fait visait le bonheur de ses loyaux sujets ?

Du moins, à en croire l'habile présentation des faits.

Le « clou du spectacle » véhiculait un message limpide : présenté en gisant sous un éclairage de veillée funèbre, Palpatine — plus jeune et beau que la description qu'en avait fait Luke — semblait endormi, prêt à se réveiller pour sauver encore son empire.

Comme si la corruption et le mal n'avaient pas fini par le défigurer.

A l'approche de Wedge, un hologramme de Dark Vador s'activa.

« *Contemplez mon maître et pleurez. Il nous a été arraché par ceux que seule la haine anime. L'Empereur a su que les Rebelles avaient volé les plans d'un extracteur planétaire ; ils comptaient utiliser celui qu'ils fabriquaient sur Endor contre des planètes habitées. Il mobilisa sa flotte et, au mépris du danger, il m'ordonna de l'emmener sur Endor.*

« *Sur le site du chantier clandestin, il offrit aux Rebelles son pardon et la main de l'amitié. Non contents de refuser son offre magnanime, ces félons attaquèrent la flotte impériale. Mon maître n'eut d'autre alternative que de détruire l'Etoile Noire au sacrifice de sa propre vie, afin que ses sujets soient sauvés.*

« *J'ai péri à ses côtés.* »

Une simulation fantaisiste de la bataille d'Endor accompagnait l'oraison funèbre. La flotte impériale, pourtant écrasée par un ennemi supérieur en nombre et mieux armé, livrait un superbe combat, martelant la formation rebelle par des tirs d'une précision redoutable.

Tandis que la guerre faisait rage au milieu des étoiles, un Empereur à l'expression bienveillante implorait un Rebelle invisible. De chagrin et de douleur, il serrait les poings avant d'être pulvérisé avec l'Etoile Noire.

Emportant avec lui une grande partie de la flotte rebelle...

Seuls de petits vaisseaux, soufflés par l'explosion, parvenaient à prendre la fuite.

Le spectacle fit frissonner Wedge. Il était à Endor pour aider à détruire l'Etoile Noire. Pourtant, cette version imaginaire des faits était convaincante ! S'il n'avait pas su ce qui s'était vraiment passé, il y aurait presque ajouté foi !

Les Etoiles Noires étaient présentées comme des inventions bénéfiques. Les Rebelles devenaient des monstres sans cœur, capables de retourner des extracteurs contre des populations innocentes.

Ainsi, le souvenir de la destruction d'Alderaan, qui hantait encore les mémoires, était occulté par la peur de la Rébellion. L'Empereur s'était sacrifié pour ses sujets. Comment ne pas lui en être reconnaissant ?

Plongé dans ses réflexions, Wedge passa dans le Hall de la Justice avec sa compagne.

— Les gens qui imaginent ces expositions sont sacrément compétents...

— Et on n'a pas tout vu, fit Iella. Sans le sacrifice héroïque de l'Empereur, nous serions tous aujourd'hui sous le joug tyrannique des Jedi.

Présenté de façon linéaire, l'historique des Jedi condensait des millénaires afin de mieux souligner les mérites des maîtres d'antan au détriment des nouveaux chevaliers. Si on lisait entre les lignes, la corruption de l'Ordre avait commencé par l'acceptation de disciples non humains. De gardiens et de garants de l'Ancienne République, les Chevaliers Jedi étaient devenus les maîtres occultes du régime. Ils avaient abusé de leurs pouvoirs pour manipuler les chefs de la République.

Au terme de la Guerre des Clones, les Jedi avaient tombé le masque. Le sénateur Palpatine les avait vaincus, chassant leurs marionnettes politiques.

En renversant l'Ancienne République corrompue, l'Empereur avait arraché leurs pouvoirs aux Jedi.

A l'exception d'un seul, les Jedi avaient tout nié en bloc.

Dark Vador avait échappé à une tentative d'assassinat, prenant fait et cause pour Palpatine. Il l'avait aidé à anéantir le mal qui avait mené la Chevalerie à sa perte.

L'Empire n'avait pas compté meilleur champion que Dark Vador.

Wedge sourit.

— Tout n'est pas faux... Vador était plus impérial que l'Empereur.

— Avez-vous remarqué la destruction des Chevaliers Jedi à Endor, dans l'explosion finale ? Il n'est pas fait mention de Luke Skywalker, même si on insinue qu'il est l'héritier d'une tradition corrompue. Ou est-ce trop subtil pour le commun des mortels ?

— Pour ce genre de suggestions effrayantes, la subtilité sert l'efficacité. (Wedge observa une des extrémités de la salle.) Il me semble que cette pièce conduisait à une autre, mais on a dû la murer.

— J'ai vu une vieille version d'un holotour de musée. Les gens archivent ce genre de choses afin de garder trace des changements. A l'époque de l'Ancienne République, trois autres salles étaient consacrées à la gloire de Chevaliers Jedi. (Iella haussa les épaules.) Elles sont condamnées depuis trente ans. On murmure qu'elles contiennent des abominations, et qu'en comparaison, les artefacts siths ont l'air inoffensifs.

Pash Cracken rejoignit le couple.

— Voulez-vous prendre l'air ?

Wedge ne répondit pas. Le centre circulaire du musée comportait à chaque niveau une ouverture en forme de croissant. Les portes nord en transpacier, par où accédait le public, offraient une vue vertigineuse sur le palais impérial.

Entre le musée et le palais flottait un nuage d'un noir menaçant. Des éclairs dorés en surgirent.

Un lien d'énergie relia le nuage au bouclier planétaire intérieur. Durant les secondes qui suivirent, la déflagration fit trembler l'édifice.

— Quel orage ! lâcha Wedge. Sommes-nous en sécurité ici, Iella ?

— Certainement. Un compresseur a dû imploser dans le secteur ; la vapeur d'eau s'est condensée. Or, une forêt de paratonnerres hérisse les tours et les griffe-ciel environnants. Si c'était un orage violent, les griffe-ciel largueraient leurs amarres.

Wedge vit une foule de gens se presser à l'entrée du musée, impatients de s'y réfugier.

— Des tempêtes si soudaines doivent compliquer la tâche des météorologistes...

— Ceux de Coruscant qui prédisent le temps qu'il fera trois fois sur dix sont interdits d'accès dans le sous-marin-casino *Coral Vanda*. Ils ont trop de chance ! Cela dit, les gens sortent rarement, donc personne ne se soucie de la météo.

Wedge désigna la sacoche de Pash.

— Vous avez trouvé des choses intéressantes à acheter ?

— J'ai les objets les plus populaires, à en croire un vendeur. (Pash examina ses acquisitions.) Une statue de l'Empereur, notamment, réalisée en résine de pierre de Corusca moulée à froid — braquez un rayon laser sur la base, et vous aurez des images de Palpatine. J'avais promis à mon père de lui rapporter un souvenir. Il sera ravi !

Wedge hocha la tête.

— Il adorera.

— Je l'espère. J'ai aussi deux holodisques sur les chapitres les plus populaires de la vie de l'Empereur : la Guerre des Clones et le « sacrifice d'Endor ». On m'a assuré que c'était le succès du moment ; les touristes venus d'autres mondes se les arrachent.

— Intéressant.

Observer leurs achats permettait de connaître les gens. Dès leurs premières conversations sur la mission, Pash l'avait rappelé à Wedge. A en juger par le succès de cette statue, nombre de citoyens révéraient le défunt Empereur. Les disques, eux, indiquaient un intérêt aussi réel pour l'Empire : sa fondation, son déclin... Le « Sacrifice d'Endor » devait « clarifier les choses » sur maintes planètes éloignées et ôter aux colons leurs derniers doutes.

C'est un début... On commence à accepter que l'Empereur est mort. Quelles que soient les circonstances de sa disparition, l'Alliance était assez puissante pour l'obliger à réagir. Et à prendre des risques qui lui furent fatals. Tout le monde, sur Coruscant, doit se poser des questions. A quel point la Rébellion a-t-elle été touchée ? Et de quelle façon affectera-t-elle leurs vies ?

Wedge sourit.

— Merveilleux. Voilà qui comblera tout le monde.

— Je l'espère..., fit Pash. L'orage se calme. Si nous sortions ?

Wedge marchait vers les ascenseurs quand une femme lui prit le coude.

Se tournant avec un sourire poli, il eut la surprise de la voir se jeter à son cou.

— Mon chéri ! cria-t-elle en plaquant un baiser sonore sur ses lèvres. Je suis si heureuse de te retrouver ici !

Wedge se dégagea, embarrassé.

Quand il vit qui c'était, il ouvrit des yeux ronds.

Mirax !

— Oui, mon amour, nous allions justement aller à ta rencontre. Où étais-tu ?

— J'ai raté plusieurs correspondances, et la foule m'a empêchée de descendre où je voulais. (Avec une gaieté forcée, Mirax se tourna vers Pash et Iella.) Vous me connaissez, quand il s'agit de voyager, je m'en remets trop à ma bonne étoile... J'ignore que faire maintenant. Mais vous aurez sûrement des idées à ma place...

CHAPITRE XVIII

Après une semaine sur Coruscant, Corran s'était accoutumé à être constamment sous surveillance.

Pourtant, quelque chose clochait. Il ne se débarrassait pas de cette impression tenace.

Naturellement, certains hommes avaient des raisons de le garder à l'œil.

Attablé à une salle de café, il était accompagné par deux femmes à la beauté frappante. Erisi avec ses cheveux noirs courts et Rima avec ses cheveux blancs longs offraient un contraste assez frappant pour attirer les regards. Leur compagnon suscitait l'envie.

Pour l'étude de Coruscant, Corran et Erisi s'étaient vus confier deux domaines : la sécurité et le maintien de l'ordre public. Ayant été un agent de la sécurité, Corran savait quoi observer pour avoir une idée du moral, de la discipline et de la rapidité des forces d'intervention.

La semaine s'était passée à noter les agissements de la police et des commandos.

Sa visite au Grand Couloir du palais avait été le couronnement de l'enquête concernant les zones les plus huppées de Coruscant. De prime abord, Corran avait été très réticent. Au cœur du centre névralgique de l'Empire, la sécurité devait être plus sévère que partout ailleurs. Mais prendre le pouls de l'ennemi était indispensable.

Une tentative de coup d'Etat avait des chances de finir par un affrontement à travers les halls et les couloirs du palais. Quand on en arriverait là, chaque information sur la sécurité des lieux sauverait des vies.

Le Grand Couloir était impressionnant de... grandeur. Long de plusieurs kilomètres, ses sections à ciel ouvert auraient pu accueillir un destroyer. De multiples étendards flottaient aux arches et sur les balustrades.

Des arbres *ch'hala* pourpre et vert couraient le long de l'immense artère et des niveaux supérieurs. Leur écorce réagissait aux vibrations et aux sons, offrant aux regards des variations multicolores. Si c'était l'œuvre de l'Empereur, il avait au moins accompli *une* bonne action dans sa vie.

La sécurité semblait relâchée. Mais à l'inverse d'Erisi, Corran remarqua certaines choses. Des escouades de commandos patrouillaient dans l'artère impériale, procédant à des contrôles. Elles paraissaient s'intéresser surtout aux groupes de non humains, poussant les uns à circuler, les autres à rejoindre des visites organisées ou à vider les lieux.

Dans les galeries supérieures, on remarquait peu de non humains. Les passages latéraux menant aux escaliers ou aux ascenseurs se rétrécissaient considérablement, forçant les visiteurs à avancer en files indiennes. Des gardes veillaient au grain, renseignant à l'occasion les touristes égarés.

Les paliers semblaient normaux, mais Corran se doutait de la vérité. Il existait une dizaine de façons de piéger les indésirables qui s'y aventuraient. Il suffisait de canons laser dissimulés derrière des panneaux, sans que le personnel impérial coure le moindre risque.

Bien qu'extraordinaire, le Grand Couloir n'avait pas été créé sans un souci constant de la sécurité.

De là à formuler des hypothèses sur d'autres sortes de précautions... Les couloirs devaient abriter des détecteurs d'armes illicites. La technologie permettant de repérer les objets pressés contre la chair ou insérés sous la peau d'un être vivant n'était pas nouvelle.

D'autres engins de surveillance pouvaient localiser les bombes grâce à leurs signatures moléculaires.

Pour ce que Corran en savait, les *ch'hala* pouvaient aussi avoir été génétiquement altérés afin d'en faire des « renifleurs » botaniques. Qui savait si les motifs colorés des troncs n'avaient pas une signification précise, alertant les autorités au premier danger ?

Cesse de te creuser la tête, Corran...

Il adressa un sourire à Rima, visiblement absente.

— Centre Impérial à Rima. Me recevez-vous ?

Elle sourcilla puis sourit d'un air penaud.

— Navrée. J'étais plongée dans mes pensées.

— Ça se voit. A quoi réfléchissiez-vous ?

Rima hésita.

Cela lui mit la puce à l'oreille.

Pendant le peu de temps que Corran avait passé avec elle, il avait réalisé deux points essentiels à son sujet : Rima avait un don d'observation incroyable, doublé d'une mémoire phénoménale. Rien ne semblait lui échapper. Et elle corrigeait souvent les affirmations du jeune homme.

Les seules fois qu'il l'avait vue hésiter, c'était quand la confidentialité de la mission était en jeu.

L'expression de Rima s'adoucit.

— Je pensais que nous avions peut-être un ami commun. Il était de retour de chez lui... Comment s'en sort-il ?

Corran leva son espresscaf froid.

Depuis le début, il supposait que Rima était originaire d'Alderaan. Elle ne l'avait ni confirmé ni nié. D'où, sans doute, cette référence oblique à une planète disparue.

— Parlez-vous de Sel ?

En abrégeant le patronyme de Tycho, il réduisait les risques de laisser échapper un nom compromettant.

— Oui.

Erisi sourit.

— Il s'en sort bien. Récemment, il m'a rendu un fier service. C'est un vrai chou.

— Vraiment ? Ça fait plaisir à entendre.

Corran surprit une lueur de contrariété dans le regard de Rima. Elle se reprit vite. Elle devait être jalouse des badinages de la jeune femme.

Sel et elle ont dû en voir pas mal ensemble...

— J'imagine que vous le connaissez mieux que nous, Rima. Nous sommes tout au plus de vagues relations.

Le regard de Rima se fit perçant.

— Rien de plus ? J'aurais pourtant cru que vous étiez des amis proches.

— Ç'aurait pu être le cas. Mais l'homme garde bien ses secrets.

La préparation de la mission avait encouragé les tendances à la paranoïa de Corran. Le fond du problème, avec Tycho ?

Nul autre que Ysanne Isard savait s'il était *sa* marionnette ou pas.

Corran avait pris ses distances avec Tycho. Pour la première fois, il réalisait à quel point.

— Les mystères, ajouta-t-il, minent vite la confiance.

Rima eut l'air peinée.

— Il a eu une vie difficile.

— Comme nous tous.

— Vous ne comprenez pas. Sa famille est morte...

— Détrompez-vous, je comprends parfaitement. (Prenant garde de ne pas hausser le ton, Corran lâcha néanmoins la bride à sa rancœur.) Moi aussi, je n'ai plus de famille. J'ai vu mon père assassiné sous mes yeux. Un chasseur de primes a surgi et a lâché une bombe, tuant deux autres personnes. Je n'ai rien pu faire. Je me suis précipité et j'ai tenu mon père dans mes bras... C'était trop tard. Alors, s'il vous plaît, ne venez pas me parler de la dureté de la vie.

Corran serra les poings. Erisi se pencha au-dessus de la table pour lui serrer brièvement la main.

Il soutint le regard de Rima, la défiant de minimiser ce qu'il avait vécu. Il aurait voulu qu'elle perde l'air de supériorité qu'elle affichait en toutes circonstances.

Qu'elle admette que tout ce que Tycho avait enduré, jusqu'à la destruction de sa planète et sa captivité, ne pouvait se comparer à ce que *Corran* avait subi.

Erisi lui chuchota des mots apaisants à l'oreille.

Il réalisait qu'il avait réagi de façon excessive.

Qu'est-ce qui m'a pris ?

Soudain, il comprit...

En lui sauvant la vie, Tycho avait intégré une auguste compagnie. Son père, son superviseur à la CorSec, Gil Bastra, et Wedge Antilles étaient les seuls hommes que Corran considérait comme ses mentors. Son père et Gil étant morts, il s'était tourné vers Wedge et Tycho pour qu'ils continuent à lui servir de boussole morale.

Qu'on ne puisse accorder une confiance aveugle au capitaine Celchu minait Corran. Ayant pris ses distances, Horn se sentait trahi. Une colère sourde l'agitait. Et il s'en voulait d'avoir élevé au même niveau que son père quelqu'un d'aussi peu fiable.

C'est fou ! Il faut que j'analyse tout ça pour y voir plus clair ; Tycho n'a trahi personne, que je sache. Il faut que je présente des excuses à Rima...

La femme le battit de vitesse.

— Je ne doute pas de la sincérité de votre chagrin, et vous m'en voyez navrée. Mais l'histoire de Sel est pénible. Reconnaissez-le.

Corran aurait voulu lui dire qu'elle n'avait pas besoin d'insister. Mais il ne put pas.

— Diplôme de l'Académie en poche, il a été nommé à bord d'un destroyer, l'*Accusateur*. Le jour de son anniversaire — un événement toujours célébré par les pilotes en raison de la précarité de leurs existences —, il reçut une communication de son foyer *via* l'HoloNet. Toute sa famille était là : son père, sa mère, son frère, ses sœurs, ses grand-parents et sa fiancée. Il leur parlait quand la liaison fut coupée. Ce genre d'incidents n'est pas inhabituel ; il comptait taquiner son père, qui dirigeait Novacom, le premier serveur de l'HoloNet. Il n'en eut jamais l'occasion... Toute sa famille venait de périr.

Corran sentit le cœur lui manquer.

Tycho bavardait avec les siens quand la planète a explosé. J'ai vu mon père mourir, mais lui... C'est tout un monde qui a disparu sous ses yeux, même s'il n'en savait rien sur le moment. J'ai pu donner des funérailles décentes à mon père, réconforter ses amis et être réconforté... En comparaison, la vie a été clémente avec moi.

Il entendit Erisi étouffer un sanglot. Il lui prit le visage, lui releva le menton et l'embrassa passionnément. Elle fit mine de s'écarter ; il la retint.

Elle s'abandonna à son étreinte, lui rendant son baiser avec une telle force que Corran en oublia ses souvenirs.

Ce qu'il aurait voulu faire était une folie qui eût compromis la mission.

Potentiellement, cela pourrait empêcher la Nouvelle République de conquérir Coruscant et de donner le coup de grâce à l'Empire.

Ça risquerait de détruire tout ce que la Rébellion défendait.

Mais bon sang, quel bien ça me ferait !

Par-dessus l'épaule d'Erisi, Corran venait d'apercevoir Kirtan Loor. Sa silhouette élancée, sa démarche vive et son maintien impérial étaient reconnaissables partout.

A la mort de son père, la haine et le mépris de Corran avaient trouvé avec cet homme leur cible de prédilection.

Plus que tout au monde, Horn aurait voulu bondir et le pousser dans le vide.

Il regrettait de n'être pas au dernier niveau, pour que la chute fût plus longue...

Mais dix mètres à peine ? Si Corran cédait à son impulsion, l'autre s'en tirerait avec des os brisés et des contusions.

Une main s'abattit sur l'épaule du jeune homme. Rima souffla :

— Le danger est passé. *Il* se dirige vers un autre niveau.

Après un léger baiser sur son nez, Corran s'écarta d'Erisi.

— Comment...?

— La présence de Kirtan Loor sur Coruscant n'est pas passée inaperçue. Mettre en équation ce que je savais sur lui et sur vous ne fut pas difficile.

— De quoi parlez-vous ? demanda Erisi, les yeux embués de larmes.

— Vous m'avez sauvé la vie, dit Corran. Pardonnez la liberté que j'ai prise, mais...

Elle lui rendit son sourire.

— Je comprends. Si vous avez encore besoin que je vous sauve la mise, je serais honorée.

Il lui tapota le genou.

— Merci. Je saurai m'en souvenir ! Rima, il ne me fait pas peur.

— Ça ne m'a jamais effleuré l'esprit.

— Je veux sa peau. Savez-vous pourquoi ?

— Je sais beaucoup de choses, mais pas tout.

— J'avais capturé le Trandoshan qui assassina mon père. Loor le libéra. Un jour, il le paiera cher. Plus tôt qu'il ne pense, si j'ai mon mot à dire. Mais ne vous en faites pas. J'ai conscience des priorités. Son rendez-vous avec la justice peut attendre le jour où nous renverserons le gouvernement qui permet à ces monstres de sévir sur plus de mondes qu'on ne peut en compter.

CHAPITRE XIX

S'il s'était douté qu'il finirait un jour par descendre à la cantine *Dianoga Azur*, jamais son père n'aurait laissé Gavin quitter la ferme. Si Mos Eisley faisait figure de poubelle de la galaxie, cette zone-là de Coruscant tenait de la fosse septique.

Dans une alcôve obscure située entre le bar et l'entrée, un orchestre kubaz utilisait des instruments à percussion et des flûtes-fourreaux. Ses mélodies ne couvraient pas la cacophonie ambiante.

Une âcre fumée verte planait, piquant les yeux de Gavin.

Dans les bas-fonds de l'Invisec, il s'était accoutumé à s'habiller par couches, transformant quotidiennement ses chemises de corps en tuniques et vice versa.

Depuis une semaine, plus il sentait mauvais, moins les extraterrestres avec qui son groupe traitait se plaignaient.

Dans les grandes lignes, la mission consistait à déterminer à quel point l'Empire contrôlait les pauvres de la cité. Ensuite, il devrait prendre le pouls de la communauté non humaine.

Si Coruscant reposait sur des fondations sociales fragiles, renverser le gouvernement en serait d'autant facilité.

Gavin et Shiel étant partenaires, ils avaient dû voyager sans les autres, explorant les tunnels et les ruines des bas-fonds.

L'homme-loup shistavanien avait conseillé de commencer près des frontières de l'Invisec.

Ces lignes de démarcation étaient fascinantes en raison des mélanges de styles architecturaux réunis dans un mouchoir de poche. Là où les droïds terrassiers n'avaient pas fait le détail, creusant une nouvelle brèche dans l'Invisec, les murs étaient en ferrobéton. Aussi neufs fussent-ils, tous étaient déjà couverts d'invectives anti-impériales. Sans parler des traces de griffes ou de morsures.

Face à ces murs pourtant solides, les Borrats devaient être les pionniers de la démolition. Les trous couverts de striures faisaient deux fois la taille d'un casque de pilote. D'autres créatures les avaient élargis par endroits pour s'y faufiler.

Dans le jargon local, le périmètre de l'Invisec, lentement grignoté, s'appelait la Frange. Les brèches y étaient assez nombreuses pour permettre toutes sortes de commerce. Quand les Impériaux faisaient une descente afin d'endiguer les flots de migration non humains, les fenêtres et les portes étaient condamnées.

La Frange était riche de possibilités. Hélas, c'était le seul bon point d'un rapport qui serait des plus maussades.

Après avoir erré des jours dans les ruelles de l'Invisec, Gavin commençait à se décourager. Il faudrait une invasion massive pour s'emparer d'une planète surpeuplée à ce point ! Comment l'Alliance arriverait-elle à pacifier la population tout en tenant tête aux commandos ?

Il faudrait beaucoup plus d'effectifs que la Rébellion n'en a. Les boucliers font de Coruscant une noix difficile à craquer. Mais l'avaler ne nous aidera guère plus.

La tête ailleurs, Gavin leva sa chope de bière.

— L'avenir ne s'annonce pas radieux, dis-moi ?

Shiel posa sa bière et s'essuya la bouche d'un revers de la manche.

— Faute de proie... on ne part pas en chasse. C'est bien connu.

Emergeant de la fumée, Nawara Ven et Rhysati Ynr les rejoignirent dans leur alcôve. D'une coupe plus classique, les vêtements du Twi'lek se limitaient à une couche. Rhysati portait un collant moulant bleu roi et des bottes montantes. Diverses ceintures, chaînes et accessoires mettaient en valeur ses charmes.

Gavin se força à croiser son regard... et rougit quand elle lui fit un clin d'œil.

Nawara attira l'attention d'un droïd.

— Du cognac churban pour moi, ou ce qui s'en rapproche le plus. Pour elle, ce sera un Durindfamme.

Il enroula un de ses tentacules autour des épaules de Rhysati.

Ooryl et Aril Nunb arrivèrent.

— On est tous en un seul morceau, je vois, fit le Twi'lek.

Ooryl se frappa le torse.

— Gand a beaucoup sillonné la zone. On trouve de tout par ici. Et en quantités illimitées.

Nawara pianota sur la table crasseuse.

— Des estimations sur la qualité de ces produits ? Combien de temps dureront-ils ?

Aril inclina la tête.

— Un mois, peut-être plus. Les Impériaux surveillent les transactions. Tout le monde se fait racketter : par les autorités, par le Soleil Noir, et par les bandes de l'Invisec.

Gavin et Shiel échangèrent un regard. L'homme-loup aurait opté pour un blocus pur et simple, afin d'affamer les Impériaux. En deux ou trois mois, selon lui, l'affaire aurait été réglée. D'après les estimations d'Aril, la population non humaine de Coruscant serait la plus durement touchée.

Ysanne Isard serait capable de rançonner l'Invisec ou d'ordonner un massacre pour redistribuer les vivres aux humains.

Le brouhaha diminua quand des commandos entrèrent. Ils portaient l'armure blanche standard connue d'un bout à l'autre de la galaxie. Ceux-là avaient en outre de petites lueurs clignotantes sur l'épaule droite et des fusils-laser.

L'escouade fit le tour de la salle ovale. Dehors, Gavin aperçut d'autres soldats et un véhicule.

— Une autre rafle ? souffla Aril.

Nawara acquiesça.

Les non humains s'agitaient...

Dans l'alcôve d'à côté, un Gotal baissa sa tête cornue.

Cette espèce-là avait des dons de télépathie, se rappela Gavin.

Savoir ce qui se passe dans le crâne des Impériaux serait intéressant... Que cherchent-ils ?

Un commando s'arrêta devant deux Quarren et un Duros pour leur demander leur identification. L'officier glissa les cartes dans le bloc-notes informatique fixé sur sa jambe droite, puis rendit la sienne au Duros.

— Vous venez avec nous.

Les soldats levèrent leurs carabines-blaster.

— Qu'avons-nous fait ? protesta un des Quarren.

— Enquête de routine. Si vous n'avez rien sur la conscience, vous n'avez rien à craindre non plus.

Les Quarren se levèrent et suivirent les soldats.

Discrètement, tout le monde les regarda sortir.

Le ressentiment général était presque palpable.

Gavin dut à son tour sortir son identification.

— On est loin de chez soi, pas vrai ? lâcha l'Impérial. Que faites-vous là ?

— Euh... Rien de spécial, dit Gavin, la peur au ventre.

— D'après mes données, votre départ s'est fait dans des circonstances bizarres. Si vous retourniez d'où vous venez ?

— Je vous assure que je suis très bien ici.

Le soldat se tourna vers Rhysati.

— Identification.

Elle se blottit ingénument contre le Twi'lek. Nawara sortit la carte de sous sa tunique, et glissa dessous une pièce noire triangulaire — l'équivalent de cent crédits.

— Vous n'avez pas vraiment besoin de la voir...

Le soldat prit la pièce avec autant d'habileté qu'on la lui tendait, jeta un coup d'œil sur la carte pour comparer l'holo-id avec Rhysati, puis la jeta sur la table.

— Des filles comme vous, ça me rend malade !

— C'est drôle, je ne supporte pas non plus les types dans votre genre... Voilà pourquoi je me plais en *sa* compagnie.

Le soldat parut sur le point de tirer dans le tas, mais un bourdonnement s'éleva de son casque. Se détournant de la table, il fit signe à ses compagnons de sortir.

Mais avant, il jugea bon de donner un conseil au Twi'lek.

— A ta place, je me chercherais vite une nouvelle poupée. Tu ne voudrais pas qu'elle verse une larme sur tes cendres ?

— Peut-être pas.

— *Certainement* pas. Souviens-t-en.

Les commandos quittèrent le bar. Les conversations reprirent à voix basse.

Du coup, on put mieux entendre la musique. Certains clients commencèrent à danser.

Aril s'appropria la bière de Gavin et en avala une bonne lampée.

— On a eu chaud.

— Ooryl a aussi vu des Impériaux rafler des Quarren et des Gamorréens.

— Le gamin et moi, on a vu une famille de Gamorréens se faire arrêter, renchérit Shiel.

— Selon les rumeurs, continua Nawara Ven, ces rafles ont lieu toutes les semaines. Peut-être y a-t-il eu une rébellion sur Gamorr.

— Ça expliquerait en partie ce qui se passe, fit Aril. Mais pourquoi les Quarren ?

Nawarra inséra dix crédits dans le crâne du droïd qui les servait.

— Les Quarren vivent sur la même planète que les Calamariens. Mais les deux espèces ne sont pas unies. Peut-être cherche-t-on à exploiter leurs inimitiés.

Une petite Bothane à fourrure noire se présenta devant les Rogues et lança un sourire enjôleur à Gavin. De la gorge au nombril, une vallée de fourrure blanche apparaissait sous les lacets de sa veste sans manches. Ses avant-bras aussi étaient blancs, ainsi que son œil et sa joue gauches. Ses yeux violets brillaient.

— Que puis-je pour vous ? s'enquit Nawara.

— Pas grand-chose...

Tout naturellement, elle prit l'identification de Gavin, restée sur la table, la regarda puis la reposa.

— Vous avez osé défier ce soldat, Vin Leiger, et ça m'intrigue. Pourrions-nous en parler... en privé ?

Il fallut quelques secondes à Gavin pour se rappeler qu'il *était* Vin Leiger.

Elle doit me confondre avec Nawara. Pourtant, c'est bien à moi qu'elle s'adresse !

— Euh... C'est-à-dire... Je suis avec mes amis, comme vous voyez.

— Bien sûr. Alors, si vous m'accordiez une danse ?

— C’est que... nous mettions certaines choses au point. Peut-être une autre fois, mademoiselle... ?

— Asyr Sei-lar. Une autre fois ?

— Certainement.

Le Gotal assis derrière Nawara se retourna.

— Il ment, Asyr. Tu le rends nerveux et il est soulagé que tu battes en retraite.

L’humanoïde cornu pointa un blaster sur les Rogues. Du coin de l’œil, Gavin vit Asyr sortir également un pistolaser. Dans le silence, on entendit cliqueter de nombreux crans de sûreté.

D’une voix tendue, Nawara protesta :

— Quelqu’un daignerait-il expliquer ce que mon ami a fait de mal ? Est-ce un crime de refuser une danse ?

— Nullement. Mais le soulagement de l’humain prouve qu’il est aussi xénophobe que les Impériaux qui viennent de sortir, fit Asyr. S’il avait accepté mon invitation, nous aurions su qu’il était comme votre amie. Quelqu’un pour qui les différences raciales ne comptent pas. Puisque c’est comme ça, nous avons des projets pour lui.

— Quel genre ?

La Bothane eut un sourire inquiétant.

— Les Impériaux kidnappent les habitants de l’Invisec sans jamais leur rendre leur liberté. Ça ne peut plus durer. Nous avons créé l’Alliance Non Humaine et nous avons un message à faire passer... Pour une fois, un cadavre aura une histoire à raconter !

CHAPITRE XX

Kirtan Loor se rendit dans les niveaux inférieurs où Ysanne Isard vivait.

Où elle se tapit serait plus juste...

Autant qu'il détestât les « holo-visites » dans son bureau, être convoqué dans le sien le terrorisait. La voir en chair et en os n'avait rien d'une fête.

Malgré les bonnes nouvelles qu'il lui avait transmises, il doutait qu'elle le fasse venir pour le féliciter... Ça n'était pas son style.

Dévorer les gens tout crus, peut-être, mais certainement pas les couvrir de louanges.

L'ascenseur s'arrêta ; il sortit dans le couloir, prenant garde à ne faire aucun mouvement brusque. Quand on était sur le territoire des Impériaux en uniforme écarlate postés de part et d'autre des couloirs, tout geste suspect pouvait valoir la mort.

A pas mesurés, il gagna le bureau d'Isard.

Les portes coulissèrent.

Il avait beau faire une bonne tête de plus qu'elle, Loor se sentait toujours tout petit en sa présence. Son magnétisme animal — c'était une femme à la beauté frappante et au regard saisissant — n'était pas en cause. Son occupation de l'espace, sa façon de se déplacer et son port royal en étaient la raison. Si elle ne briguait pas le titre d'Impératrice, ses manières étaient très impériales.

Isard fit signe à Loor d'entrer. Comme toujours, l'austérité et la taille des lieux impressionnèrent l'agent. Alors que les officiers et les bureaucrates encombraient leurs minuscules bureaux d'une multitude de trophées et de souvenirs, Isard préférait le premier des luxes : l'espace.

Le mur du fond en transpacier offrait une vue plongeante sur le monde qu'elle gouvernait, incendié par le soleil couchant.

— Vous désiriez me voir, madame le Directeur ?

Isard appuya sur un bouton ; des panneaux coulissèrent pour cacher le soleil. L'éclairage s'activa.

— En effet. Le général Derricote veut maintenant des Sullustéens pour ses expériences ?

— Oui. C'était son second choix. Il aurait préféré des Wookies, mais je l'ai dissuadé d'exterminer une source appréciable de main-d'œuvre.

— Avez-vous aussi tenté de l'empêcher d'utiliser des Sullustéens ?

Loor acquiesça.

— Oui. Il m'a objecté cela : puisque SoroSuub soutient la Rébellion, ils méritent leur sort. Je lui ai proposé des Ewoks ; il m'a exposé les raisons scientifiques exigeant qu'on travaille sur des Sullustéens. Les Quarren sont une sorte de tremplin vers des espèces plus aquatiques, les Gamorréens vers d'autres familles de créatures et les Sullustéens, d'après lui, seraient une passerelle vers les Shistavaniens et les Bothans.

Isard fronça les sourcils.

— J'aimerais éviter le massacre des Sullustéens. A l'instar des Wookies, ils ont leur utilité. Néanmoins, si leur sacrifice permet d'éliminer les Bothans, l'avantage l'emporte sur l'inconvénient. Peut-être serait-il bon de placer en quarantaine des reproducteurs sullustéens, afin qu'ils puissent repeupler leur monde par la suite.

Un raisonnement logique.

D'un côté, Ysanne préparait un génocide qui se chiffrerait en millions de victimes ; de l'autre, elle se souciait du repeuplement ultérieur des mondes dévastés par ses soins.

Si Loor n'avait aucun amour pour les Sullustéens, les jugeant inférieurs aux humains, il ne les mettait pas pour autant sur le même plan que les rats.

Jadis, j'aurais vu tout ça comme de la démence. Quelle importance, en fin de compte... Nous vivons une époque extraordinaire, qui exige des actes à la hauteur.

— Une sage précaution, madame. Mais en aurons-nous besoin ?

— Agent Loor, votre approche est confuse. Soyez plus direct. Voyez-vous un problème avec le virus Krytos de Derricote ?

— Oui. Le bacta suffit à le vaincre.

— Je sais.

— Vous le savez ?

— Bien sûr. Le recours au bacta était un des paramètres initiaux que j'ai imposés.

Loor en resta bouche bée.

— Mais... Je croyais que vous vouliez exterminer les non humains du Centre Impérial pour terroriser les envahisseurs rebelles ?

— Certainement — d'une façon que vous n'imaginez pas. Le problème avec votre scénario, c'est qu'il ne paralyserait pas l'Alliance. Le seigneur de guerre Zsinj, Dark Vador et jusqu'à l'Empereur... Aucun n'a compris qu'un coup de force ne suffirait pas contre les Rebelles. La Rébellion est un incendie. Il faut étouffer les foyers ou détruire ce qui les alimente. On a d'abord privilégié la première solution. Pour ma part, je préfère la seconde.

— Je ne suis pas certain de vous suivre.

— Ce n'est pas vraiment une surprise... (Elle leva une main.) Que font les Rebelles quand un des leurs est tué ?

— Ils l'enterrent, ils l'incinèrent... Que sais-je !

— Et si un de leurs camarades est *blessé* ?

— Ils cherchent à le secourir.

La simplicité de la question et sa réponse machinale frappèrent Loor. Après un moment de réflexion, il reprit :

— Sauver l'homme, lui prodiguer des soins médicaux, le rendre de nouveau apte au combat consomment plus de ressources qu'un service funéraire.

— Ah. On fera *quelque chose* de vous, agent Loor. En termes de matériel *et* de personnel, la Rébellion a beaucoup accompli avec peu de moyens. Si un guerrier ne peut être sauvé, la Rébellion perd en lui un investissement considérable. Même si le flot de volontaires ne semble pas se tarir, entraîner ces gens exige du temps et des moyens.

« Une autre question pour vous : que feront les Rebelles quand le virus se déclarera ?

Loor plissa le front.

— Ils chercheront à guérir les malades.

— En d'autres termes, ils devront trouver d'énormes quantités de bacta. Pour stabiliser une victime du Krytos durant la période d'incubation, un litre de bacta est indispensable. Ça peut paraître négligeable... Sauf si on pense aux proportions que prendra le fléau. L'année dernière, la production globale, sur Thyferra, s'élevait à dix-sept milliards de litres. Pour traiter les victimes du Centre Impérial, il en faudra les trois quarts. Au prix actuel du bacta, si la Rébellion veut sauver tout le monde, elle se ruinera.

— Sans combustible, l'incendie s'éteint... (Un instant songeur, Loor se reprit.) Quand Derricote aura perfectionné le virus, vous livrerez Coruscant à l'Alliance sur un plateau d'argent.

— Précisément. Le virus ne les affectant pas, les Rebelles humains se sentiront obligés de se saigner aux quatre veines pour leurs camarades. Sinon, ils seront accusés d'être en réalité aussi xénophobes que ceux qu'ils prétendent combattre. Des éléments de l'Escadron Rogue étant infiltrés parmi nous, l'occasion est trop belle pour la rater. Grâce à un coup monté, on leur fera porter le chapeau dans la propagation du virus.

— Personne ne les croira responsables.

— Personne ne les croirait capables de libérer les criminels les plus odieux de Kessel. C'est pourtant ce qu'ils ont fait. (Isard se frotta les mains.) Ce mensonge, les Bothans l'exploiteront au maximum pour tirer la couverture à eux. Les non humains que nous n'aurons pas tués verront qu'il est sage de renier leur alliance avec des fourbes. La Rébellion se désagrégera.

— Vous ne désirez pas capturer les agents rogues ?

— Non. Je veux qu'ils prennent leurs repères et dressent leur plan d'attaque. Tant qu'ils verront ce que nous voulons bien qu'ils voient, et que nos agents les garderont à l'œil, eux aussi ont leur utilité. On ne peut leur permettre d'agir avant que nous ayons suffisamment infecté la population non humaine. Si nos ennemis frappent prématurément, ils en seront pour leurs frais. Mais nos efforts auront aussi été vains.

Fermant les yeux un instant, Isard ajouta :

— Informez notre agent que vous voulez un entretien, face à face.

— N'est-ce pas dangereux ?

— C'est vital. Ce sera ce soir. Vous irez en personne.

— Mais...

Ysanne Isard eut un rire inquiétant.

— Vous avez peur que Corran Horn vous trouve, c'est ça ?

Nier la vérité eût été stupide. Loor ne s'y risqua pas.

— A la première occasion, il n'hésitera pas à me tuer.

— Quelles sont les chances que vous vous rencontriez dans le Centre Impérial ? Une sur combien de milliards ?

— Corran Horn a le don agaçant de ridiculiser les statistiques et de surgir là où on voudrait le moins le voir...

Il y avait plus inquiétant que cette éventualité : la promptitude d'Isard à le mettre en danger. La seule fois où les informations du traître de l'Escadron Rogue avaient été utilisées, Bror Jace l'avait payé de sa vie. L'exécution avait été maquillée en accident. Cela avait pu suffire à tromper Corran.

Mais rien n'était moins certain.

Pour Isard, je suis sacrifiable. Ne lui en déplaise, je ne peux pas prendre de tels risques. Par bonheur, je ne manque pas de ressources. A moi de couvrir mes arrières. Je priverai Corran du plaisir de m'affronter...

Isard scruta son interlocuteur d'un œil implacable.

— Ne vous souciez pas de Horn. Assurer notre espion de notre soutien est tout ce qui importe. Sans des rapports fiables et réguliers, les choses pourraient se compliquer. Ça me déplairait fort.

— Oui, madame.

— Oh, et ordonnez la rafle de quelques Sullustéens. Ça gardera le général occupé. L'Empire est une maison en feu ; Derricote est notre meilleure chance de limiter les dégâts. Son œuvre accomplie, la Rébellion ne sera plus un problème. Alors, et alors seulement, la galaxie redeviendra ce qu'elle n'aurait jamais dû cesser d'être.

CHAPITRE XXI

L'apparition de Mirax avait décontenancé Wedge. Iella garda son naturel, prenant la nouvelle venue par un bras.

— On a du temps à rattraper. Les garçons, vous nous suivez sagement et surtout, n'essayez pas d'écouter nos petits secrets !

Derrière le sourire d'Iella et son ton badin, la tension était sensible.

— Nous sommes vos serviteurs, fit Wedge avec une révérence taquine.

Le quatuor prit un ascenseur puis sortit sur la promenade trempée de pluie. Déambulant bras dessus, bras dessous, bavardant et plaisantant, les deux femmes faisaient de nombreuses haltes le long des sites intéressants.

Iella ne s'arrêtait pas toujours au hasard de ses caprices, remarqua Wedge. Avec ses interminables arrêts dans les magasins de vêtements, il était impossible de ne pas remarquer son manège.

Devoir faire le pied de grue entre deux présentoirs de dessus féminins n'était pas la seule cause du malaise de Wedge. Depuis plus de sept ans, il livrait des combats incessants. Malgré des permissions et des moments de détente, jamais il n'avait cessé d'être un pilote de chasse. Sans personne à qui rendre visite — ses parents étaient morts et contacter d'autres membres de sa famille eût été irresponsable —, il avait pris des jours de *détente*, pas de *distanciation*.

Se promener au hasard des chemins détournés de Coruscant était ce qui se rapprochait le plus d'une vie normale.

Il sourit. Même le show interplanétaire dans lequel la Rébellion l'avait embarqué pour tenir son rôle de héros de la résistance et aider au recrutement n'avait rien eu de « normal ». Dans la ronde des réceptions, des dîners et des galas, il avait dû, en grand uniforme, se laisser féliciter et aduler par des créatures dont il ne soupçonnait pas l'existence. Couvert de présents et d'honneurs, il avait eu l'occasion de réaliser de nombreux rêves d'enfant.

Même ceux qu'il n'avait jamais faits...

Iella et Mirax folâtraient avec une holo-unité de création de vêtements, changeant à plaisir les formes de robes qu'elles ne commanderaient jamais.

Visiblement, elles s'amusaient comme des petites folles.

Comme des gens normaux...

La normalité... Ce concept ne cessait de lui trotter dans la tête.

C'était le but de la plupart des gens.

Quand le technicien de l'Escadron Rogue, Zraii, contrôlait les ailes des chasseurs, la normalité était pour lui une suite de relevés conformes aux spécifications de l'Alliance. La moindre anomalie était immédiatement rectifiée.

Si on parlait de la vie, la *normalité* n'avait plus de paramètres évidents. Pour Mirax, la contrebande était une activité normale.

Pas pour Iella ou Corran, par exemple.

Aux yeux du plus grand nombre, travailler et fonder un foyer étaient l'essentiel.

Est-ce à dire que tout ce qui s'en écarte n'est pas *normal ?*

Pour Wedge, lutter contre l'Empire aux commandes d'un chasseur semblait tout naturel. C'était aussi affronter la réalité. Affaibli, l'Empire jetait encore une ombre sur la galaxie. Tant qu'on ne l'abattrait pas, des choses *normales* comme le travail ou la famille resteraient précaires.

Wedge et Pash suivaient en silence les femmes qui papillonnaient de boutique en magasin. Sur une passerelle jetée en travers d'un canyon urbain, un taxi à répulsion stoppa.

Iella leur fit signe de monter.

En l'absence d'instructions précises, le chauffeur suivit un itinéraire touristique avant de déposer ses clients sur une autre passerelle, à plusieurs kilomètres de distance, et plus bas.

Iella conduisit son groupe devant un immeuble. Au troisième étage, ils entrèrent dans un appartement au décor spartiate. Ses seules caractéristiques étaient deux belles fenêtres offrant une vue panoramique sur une intersection.

— Asseyez-vous, je vous en prie, dit Iella.

Mirax prit place dos aux fenêtres.

— Que voulez-vous entendre ? La raison de ma présence sur Coruscant ou comment j'ai réussi à vous retrouver ?

Iella haussa les épaules.

— Quelle histoire me convaincra que vous n'êtes pas une Impériale ?

Wedge fronça les sourcils.

— Mirax est sûre. Je la connais depuis toujours.

— Persuadez-moi.

Coupant la parole à Wedge, Mirax se racla la gorge.

— Je comprends votre méfiance, surtout ici. Je partirai du musée et remonterai dans le temps autant qu'il faudra pour vous convaincre, Iella. De la sorte, vous n'en saurez pas trop.

— Coruscant compte des milliards d'habitants. Les chances de retrouver quelqu'un dans cette fourmilière sont astronomiquement nulles. Une foi absolue en la Force n'y change rien.

— Tout à fait. Mais j'avais un atout précieux dans ma manche. Tôt ou tard, Wedge et Pash iraient faire un tour au musée galactique pour examiner l'exposition sur Endor. C'était quasi mathématique. Ces pilotes ne pouvaient pas rater l'occasion de voir quels mensonges l'ennemi colporte sur leur compte. Les pilotes corelliens étant égocentriques dans l'âme, il me suffisait de me poster dans le musée.

Wedge sourcilla.

— Vous me jugez égocentrique ?

— Je vous aime comme un frère, aussi ça me peine de vous le dire, mais vous l'êtes au point de croire que vous contrôlez votre ego ! La plupart du temps, ce n'est pas faux — c'est la grâce qui vous sauve. Pour le reste... Les Impériaux n'ont qu'à bien se tenir avec vous !

Bien que blessé, Wedge admit qu'il y avait une part de vérité dans ces accusations.

Il se tourna vers Iella :

— Au moins, vous admettrez qu'elle me connaît bien.

— Je vois qu'elle côtoie des pilotes corelliens, en effet. Vous n'étiez pas censée savoir que le commandant Antilles se trouvait sur Coruscant. C'est donc que vous avez amené plusieurs pilotes ici.

Mirax inclina la tête.

— Une déduction qui a ses mérites.

— Je n'en doute pas. (Iella s'assit face à la suspecte.) Si vous êtes là, c'est également que votre identité d'emprunt a été percée à jour. Et donc que d'autres pilotes infiltrés ici ont pu être repérés.

— Wedge, fit Mirax, sommes-nous les seuls à ne pas avoir été entraînés à enquêter par la CorSec ?

Iella lui tapota un genou.

— *Moi*, j'ai suivi cette formation.

— Vous y étiez rattachée ?

— Oui, pourquoi ?

La jeune femme soupira et tendit la main.

— Je suis Mirax Terrik.

— La fille de Booster Terrik ?

Mirax laissa retomber son bras sur ses genoux.

— Vous « m'aimiez » mieux quand vous m'imaginiez sous les traits d'une Impériale, pas vrai ?

— Ne croyez pas ça. Quand Hal Horn a mis votre père derrière des barreaux, je venais de m'engager à la CorSec. Connaissant la rouerie de votre géniteur, je veux bien croire que vous ayez eu l'idée géniale de nous guetter au musée... Je suis Iella Wessiri, ajouta-t-elle en lui tendant la main à son tour.

Mirax la serra sans broncher. Apparemment, songea Wedge, Corran ne lui avait jamais parlé de sa partenaire. Ou il ne l'avait pas appelée par son nom...

— Ça nous complique encore la tâche, soupira Iella. Mais ce n'est pas une catastrophe. Nous sommes dans une cachette sûre. J'ai contacté quelqu'un pour nous aider à faire le point, et à vous interroger au besoin. Vos problèmes ont peut-être des motifs innocents... Néanmoins, avec l'Empire dans le coup, permettez-moi d'en douter.

— J'ignore ce qui s'est passé. Comme prévu, je me suis entendue avec un courtier. J'ai eu un code et un vecteur de sortie. Après avoir enregistré trois plans de vol et obtenu les autorisations, j'ai utilisé l'ID sur un système public... Et c'est là que ça a déraillé. J'ai tout effacé au moment où la Sécurité Impériale bouclait la zone. Dans l'Invisec, ça a provoqué une belle pagaille. J'ai dû me fondre dans le décor, et exiger qu'on me rende les services dont le Soleil Noir était redevable à mon père, histoire qu'on s'occupe de mon vaisseau et de l'équipage. Depuis, j'étais à la recherche de visages amis.

Iella regarda par la fenêtre.

— On dirait bien que les Impériaux ont épinglé le coordinateur que nous avions soudoyé. Votre courtier a fait ce qu'il a pu pour vous éviter la capture. Mais dès que vous avez réutilisé le code, vous avez été repérée. Il faudrait évaluer l'ampleur des dégâts. Pour cela, des spécialistes seront nécessaires. Leur venue prendra du temps.

Pash s'assit près de Mirax.

— En attendant, nous avons un problème plus grave à résoudre.

La jeune femme fronça les sourcils.

— Que peut-il y avoir de plus grave maintenant que les Impériaux savent que nous sommes ici ?

Wedge sourit.

— S'ils découvrent le *pourquoi* de notre venue, notre objectif deviendra irréalisable. *Voilà* ce qu'il y a de plus grave...

CHAPITRE XXII

Aussi préoccupante que soit la situation, Corran fut soulagé de retourner à l'*Hôtel Impérial* avec Erisi et Rima. Un autre orage avait frappé le musée, perturbant entre autres les transports publics.

Malgré tout, les nouvelles continuaient de distraire les passants. La machine à propagande était bien huilée.

Erisi souriait volontiers à Corran, s'efforçant de lui remonter le moral. Il appréciait ses tentatives — mais ça lui rappelait trop combien il s'était rendu ridicule et il l'aurait volontiers priée de ne plus se soucier de lui.

Malgré tout, cette humiliation avait ses bons côtés. Ça lui apprendrait à être plus réfléchi.

Il posa une main sur l'épaule de Rima.

— Je voudrais m'excuser pour tout à l'heure...

Elle tourna la tête, l'effleurant de ses mèches blanches.

— Peut-être vous dois-je également des excuses.

— Ne croyez pas ça.

— Mais si.

Le tapis roulant qu'ils empruntaient entra sous un tunnel ; des néons rose, bleu et argent auréolaient les passants.

— Tous mes compatriotes encore en vie se sentent coupables d'avoir échappé à la catastrophe. On ne veut pas être pris en pitié.

— Mais vous avez *tout* perdu.

— C'est vrai. Sel, par exemple... Son histoire est tragique. Les survivants sont marqués à vie ; tous se souviendront jusqu'à leur dernier souffle d'où ils étaient et de ce qu'ils faisaient quand ils apprirent la destruction de leur planète. Lorsque la transmission avec sa famille fut coupée, Sel était loin de se douter de la vérité. En repensant aux heures heureuses qu'il a passées avant d'apprendre le drame, il se sent... hanté.

Comme mon échec à venger mon père me hante nuit et jour...

— Vous aviez raison. La vie a été très dure avec lui.

Erisi intervint :

— Rima veut dire que les siens ont été frappés par une tragédie contre laquelle ils n'avaient aucun recours. Entre la pitié et le respect, il y a tout un monde. Si on minimise ce malheur planétaire, comme vous sembliez le faire, on réduit le drame à ses côtés pathétiques.

Corran hocha la tête.

La Rébellion apporte deux choses aux Alderaaniens : la vengeance et *le moyen de gagner le respect général. N'est-ce pas notre but à tous ?*

Il sourit.

— J'avais tort, Rima...

Elle secoua la tête.

— Un simple manque d'informations, maintenant réparé.

— Tout à fait.

Ils quittèrent le tapis mécanique pour gagner l'*Hôtel Impérial*.

— Rima, demanda Erisi, vous nous rejoindrez au dîner ?

— Impossible. J'ai une chose à vérifier d'abord. Je vous recontacterai demain matin.

Le trio se sépara. Corran et Erisi allèrent dans leur suite.

La jeune femme s'était rapprochée de son compagnon. Sa sollicitude le touchait ; c'était une amie sur qui compter.

D'autres émotions, plus confuses, étaient visibles chez Erisi. Mais Corran était lui-même trop décontenancé pour tenter de les analyser.

Ouvrant la porte, il précéda Erisi. La lumière allumée, il s'assura que rien n'avait été dérangé. Le bout de chaussette noire dépassait toujours d'un tiroir de la commode et la porte coulissante des toilettes était restée entrebâillée comme il l'avait laissée.

La porte d'entrée se referma avec un déclic. L'éclairage fut coupé. Campée derrière Corran, Erisi mit les mains autour de sa poitrine avant de se presser contre lui. Elle promena ses lèvres sur son front, son nez et ses lèvres.

Puis elle l'embrassa avec la même fougue que dans le Grand Hall.

Corran l'étreignit. La main gauche glissée sous sa veste, il lui caressa le dos.

De la droite, il lui saisit un instant la nuque pour l'empêcher d'interrompre leur baiser.

Quand elle se dégagea, Corran la suivit.

Erisi attira le jeune homme vers le lit. Trop tard, Corran réalisa qu'il était pris au piège de la séduction. Tous ses arguments logiques fondaient comme neige au soleil. Si le pire arrivait, les Impériaux les captureraient et c'en serait fini d'eux.

Qu'ils couchent ensemble ou séparément n'y changerait rien.

Appartenir à l'Escadron Rogue n'était pas un obstacle. Nawara Ven et Rhysati Inr étaient tombés amoureux sans que ça affecte leurs talents de pilote ou leurs performances.

Pour Corran et Erisi comme pour tous les amoureux de l'univers, seul comptait l'instant présent.

L'instant présent... Corran se souvint des discours de Gil Bastra ou de son père à propos des criminels qui vivaient pour *l'instant présent.* La plupart ne se souciaient pas des conséquences de leurs actes. Ils se riaient des précautions les plus élémentaires, ne planifiaient rien... et échouaient lamentablement.

C'était même plus grave que ça.

Corran se rappela le chagrin de son père, chaque fois qu'il évoquait son épouse, morte trop tôt.

A l'entendre, elle n'avait jamais pensé à elle. Ses envies, elle les avait toujours remises au lendemain afin d'être *présente* pour son mari et son fils. Et la mort l'avait arrachée à leur affection...

Erisi attira Corran sur le lit. S'arrachant au passé, le jeune homme résista en douceur.

Ainsi allongée, dans la pénombre, la jeune femme était une vision de rêve.

Aussi puissante que fût la tentation, Corran ne pouvait se défaire d'un mauvais pressentiment. Le désastre les guettait.

A la CorSec, il avait évité les écueils d'une liaison avec Iella. Sans compter qu'elle était mariée, une telle aventure aurait changé leurs relations professionnelles. L'amitié et la confiance qui avaient grandi entre eux en auraient été irrémédiablement ternies. Bien sûr, franchir le pas et affronter les obstacles côte à côte auraient pu les rendre plus forts. Mais leur attirance avait été purement *accidentelle.* Ce n'était pas un bon départ pour une relation durable.

Et cette séduction-là aussi est accidentelle.

Depuis leur arrivée sur Coruscant, Corran avait mesuré à quel point Erisi et lui évoluaient dans deux mondes différents.

Elle est attirante et je suis attiré... Mais quelque chose ne va pas.

Combien de fois son père lui avait-il répété d'écouter son instinct, partout et en toutes occasions?

Corran avait suivi ce conseil, apprenant à vivre au gré de ses intuitions — ou à regretter par la suite de ne pas l'avoir fait. Il lui était arrivé d'aller à contre-courant de ses convictions... Et les choses ne s'étaient jamais arrangées.

Corran se redressa sur les coudes.

— Je ne peux pas.

Erisi eut un sourire crispé.

— Vraiment ? J'en doute.

— C'est pourtant vrai. (Il roula sur le dos, s'allongeant près d'elle.) Ça ne marchera pas, nous deux.

Elle lui caressa la joue.

— Qu'y a-t-il ? Qu'ai-je fait de mal ?

— Ça ne vient pas de vous. (Lui prenant la main, il posa un baiser sur sa paume.) Je n'aimerais rien de plus au monde qu'être avec vous, mais...

— Il faut vivre pour l'instant présent, Corran. J'en ai besoin, vous aussi. Ça ne changera pas ce que nous sommes. Pas d'obligations. Pas de récriminations. Pas de regrets.

Elle parlait avec les accents de la sincérité.

— Je vous crois, Erisi. Mais je ne suis pas certain de réagir ensuite avec la lucidité et le détachement que vous professez. Ça ne changerait peut-être pas ce que nous sommes, ou ce que nous signifions l'un pour l'autre. Mais si je me fie à mon expérience personnelle, j'en doute. Comme j'ai dit, vous n'êtes pas en cause. C'est moi. (Il se rassit.) Vous devez me prendre pour un idiot. Par trois fois, nous avons été près de devenir amants, et je ne cesse de vous repousser.

Elle s'assit à son tour.

— C'est frustrant. Mais je trouve que cette hésitation est une de vos qualités les plus attendrissantes.

— L'esprit de décision, chez les hommes, peut être si agaçant...

Erisi éclata de rire.

— J'aime aussi votre sens de l'humour — sauf quand vous l'utilisez comme un bouclier.

— Navré.

— Corran, peu d'hommes laissent leurs émotions influencer leurs décisions. La plupart s'en tiennent à la logique. L'émotion les motive, mais ne les guide pas. Vous êtes différent. Cultiver votre amitié en devient intéressant.

— A moins que ce soit une grosse perte de temps.

— Pas jusqu'à présent.

— Laissez-moi réfléchir. Nous y viendrons, vous verrez.

Erisi soupira.

— Passer du temps ensemble est ce qui nous manque le plus...

Il sourit.

— Comment pouvez-vous être si logique ? Ne devriez-vous pas vous sentir ulcérée d'être ainsi éconduite ? D'ordinaire, c'est un dépit réservé aux amoureux trop empressés !

— C'est vrai. Mais je me méfie des émotions. Je refuse de me laisser aveugler par les sentiments. (Elle haussa les épaules.) Nous sommes d'accord : laissons agir le temps. Ensuite, si vous continuez de me repousser, je pourrai m'estimer blessée. Mais je nous crois au-dessus de ça.

Corran hocha la tête.

— Vous avez raison.

— Bien. Je vous laisse...

— Non ! J'ai l'habitude d'aller faire un tour pour m'éclaircir les idées. J'ai un double des clés. Ne m'attendez pas. J'ignore quand je reviendrai.

— Dans ce cas, je vais me restaurer. Je devrais être de retour en même temps que vous. A moins qu'un prince hapien m'enlève pour faire de moi la reine de sa distante planète... Vous seriez bien embêté d'avoir laissé passer votre chance, avouez !

— J'avoue ! (Se levant, Corran lui posa un baiser sur le front.) Merci d'être si compréhensive avec moi.

— Merci de m'en donner les moyens.

Corran quitta Erisi, emprunta le premier ascenseur disponible et pressa le bouton du dernier niveau.

Les mains enfoncées dans les poches de sa veste marron en daim de bantha, il partit au hasard. Marcher lui laissait tout loisir de réfléchir à son dilemme. Depuis un mois, la mission mobilisait ses facultés de raisonnement. Il ne pensait presque plus qu'à ça.

D'où lui venait ce malaise ? Il n'arrivait pas à mettre le doigt dessus. La tension nerveuse y jouait certainement un rôle de premier plan. Malgré toutes les précautions prises, avoir failli être repéré par Kirtan Loor à la terrasse d'un café montrait à quel point tout reposait sur la chance.

Corran sourit. A en croire les vieux Jedi, seule la Force existait. La « chance » était une vue de l'esprit.

A la CorSec, on expliquait aux contrebandiers pris sur le fait que la poisse n'était pas responsable de leur capture.

L'efficacité de la Sécurité Corellienne expliquait tout.

Sur les écrans affichant en boucle les dernières nouvelles, Corran avait appris la dissolution de la CorSec par le Diktat. Ses ressources et une partie du personnel avaient été recyclés dans la nouvelle « Sécurité Publique ».

Une façon à peine déguisée de purger la CorSec de ses membres à la loyauté douteuse.

Un chapitre de plus, dans le passé de Corran, en était balayé.

Le jeune homme voulut toucher le médaillon qu'il tenait de son père. Mais sur les instances du général Cracken, il avait dû s'en séparer. Le bijou, si on le trouvait sur lui, compromettrait gravement la mission.

A regret, le pilote corellien avait confié la relique à Whistler.

Du temps de la CorSec, comme les choses étaient plus simples ! Même si tout n'était pas blanc ou noir, les palettes des gris restaient limitées. Il avait toujours pu se concentrer sur un objectif clair et précis.

Depuis cinq ans, le chaos rongeait son existence.

Son père était mort.

Il avait quitté la CorSec.

Ses amis avaient disparu les uns après les autres.

En cavale, il avait eu plusieurs fausses identités.

Après des mois d'entraînement intensif dans les rangs de la Rébellion, il se retrouvait dans la capitale ennemie — et presque repéré par une des rares personnes capables de le reconnaître.

Il n'était pas aux commandes de son chasseur.

Il n'avait plus son talisman.

Whistler, Mirax, Ooryl et les autres lui manquaient.

Si je m'obstine à ne voir que les mauvais côtés de ma situation, je continuerai à me détacher de tout ce qui m'entoure...

Pour retrouver du punch, il devait identifier les éléments soumis à sa volonté et travailler à leur amélioration. Le reste, il ne fallait plus y penser, puisque ça ne dépendait pas de lui. En manipulant les variables encore sous son contrôle, il resterait capable de prendre des décisions pertinentes au lieu de se trouver à court d'options.

Autrement dit, je dois me concentrer sur la mission. Je suis là pour glaner toutes les informations possibles sur la sécurité impériale. Autant ne le perdre jamais de vue !

Revenant au présent, il réalisa qu'il s'était aventuré bien plus loin que la prudence n'aurait voulu. Sur Corellia, la Petite Couronne avait ses quartiers mal famés. Mais ce n'était rien en comparaison de l'endroit où Corran se trouvait.

L'absence de patrouille impériale avait ses avantages, bien sûr. Ça ne suffisait pas à occulter les inconvénients...

Corran zigzagua entre des motos-jets stationnées devant un bar. Aucune enseigne n'était visible. En descendant les marches, il avisa au travers d'un épais écran de fumée des lettres orange affichant *Quartiers Généraux*. A côté brillait un curieux hologramme représentant le casque blanc d'un soldat de choc.

Corran avait traqué des Séloniens au fond d'égouts mieux éclairés et plus salubres que l'établissement.

Malgré l'air enfumé, il distinguait des tables et des alcôves le long des murs. A l'arrière de la salle, deux arches étaient fermées par des rideaux. Elles devaient conduire à des issues de secours.

A ce propos...

Près de l'entrée, des duels au blaster avaient laissé leurs empreintes.

Plus vite je m'éloignerai de ce coupe-gorge, mieux ça vaudra.

En attendant, il devait continuer sur sa lancée afin de ne pas éveiller les soupçons.

Gardant une démarche et un air naturels, il approcha du bar et s'installa dans un coin.

Une Quarren imposante se campa devant lui.

— Vous vous êtes égaré.

En un éclair, Corran fut replongé à l'époque de la CorSec, quand il faisait des descentes dans les bars louches de la Petite Couronne...

— Si je voulais mettre de l'ordre dans mes idées, je ne serais certainement pas là, *Lomin-ale*.

La barmaid se détourna. Corran prit conscience qu'il était trop bien habillé pour se fondre dans le décor. Les clients étaient presque tous emmitouflés dans de larges manteaux. Ici, être remarqué était visiblement la dernière chose souhaitable.

La Quarren revint avec une chope de bière à moitié remplie de mousse. Corran jeta trois crédits sur le bar. Les pièces disparurent prestement dans la main grise de la barmaid.

Corran sirota sa consommation. Moins mauvaise qu'il n'aurait cru, elle aurait gagné à être plus fraîche...

D'expérience, il savait que s'il tournait les talons et ressortait du bar, la moitié des « réguliers » se jetterait sur lui, tel du chitin sur un Verpine. Fuir serait aussi désastreux qu'exhiber des milliers de crédits ou qu'ouvrir sa veste pour montrer qu'il n'était pas armé...

Se procurer un pistolaser ? Il faudrait se frotter à des trafiquants d'armes, au risque d'y perdre la vie.

Il n'était pas en position de force... Discrètement, il compta les clients. Des dizaines de profils de criminels lui vinrent aussitôt en tête. Il classait les gens par espèce... et par proximité. Ceux qui se trouvaient à moins de sept mètres de lui représentaient la menace numéro un.

Corran passa aux occupants des alcôves, le long des murs.

Et cilla de saisissement.

Tycho Celchu !

Impossible...

Quand son interlocuteur se leva, Corran le reconnut en dépit de la pénombre enfumée.

Kirtan Loor.

Posant sa bière, le lieutenant fit un pas vers eux.

Loor et Tycho ! Celchu est *un agent impérial ! Je dois...*

Il percuta un imposant Trandoshien, rebondissant contre sa poitrine reptilienne.

Quelqu'un le prit par l'épaule droite et lui plaqua un pistolaser entre les reins.

— Tu ne vas nulle part, mec, lâcha le Trandoshien.

Tournant la tête, Corran remarqua que son autre agresseur portait un comlink agrafé au revers de sa veste, et un écouteur miniature à l'oreille gauche.

Tycho et Loor s'étaient éclipsés.

Un personnage étrange fit son apparition. Ses pupilles semblaient scintiller de mille feux.

Corran secoua la tête.

— Ce qu'on peut voir arriver quand on n'est pas armé...

Zekka Thyne ne se fendit même pas d'un sourire.

— Exactement ce que je pense.

Inyri Forge sortit de l'ombre et tendit un pistolaser à son homme.

— Maintenant que je le suis, lâcha Thyne, je déborde d'idées sur la meilleure façon d'en profiter...

CHAPITRE XXIII

Marchant en tête de la colonne, Gavin Darklighter était loin de rayonner. Dépouillé de son pistolaser, il était flanqué du Gotal et d'Asyr Sei'lar. Quand elle daignait lui décocher un regard, il luisait de haine.

Derrière les autres Rogues prisonniers avançaient les clients non humains du bar. Aril et Ooryl restaient près de Shiel, bouillant de rage, afin d'empêcher qu'éclate une algarade.

Asyr montrait le chemin le long de couloirs et d'escaliers qui s'enfonçaient dans les entrailles de la mégalopole. L'Alliance Non Humaine n'était peut-être pas aussi nouvelle qu'Asyr l'avait laissé entendre... Un Hutt avait dû graisser la patte des architectes pour qu'un droïd terrassier soit discrètement programmé...

La colonne arriva dans un grand entrepôt encombré de cahutes de fortune en ferrobéton de récupération.

Les espèces non humaines les plus grandes logeaient aux premiers étages de ces « immeubles ». Les plus menues, comme les Sullustéens, les Ugnaughts ou les Jawas, occupaient les derniers.

La Bothane conduisit les prisonniers au centre d'un espace dégagé. Deux ou trois Twi'leks et un Rodien armés les tenaient à l'œil. Les autres extraterrestres formèrent cercle. Le Gotal approcha d'une sorte de table d'acier et y prit un marteau.

Les deux premiers coups, sourds et mélancoliques, résonnèrent longuement. Des visages curieux apparurent aux fenêtres et au seuil des logis. Le Gotal frappa un troisième coup pour appeler les siens à venir délibérer, puis il reposa le marteau.

Un bourdonnement mécanique fit lever la tête à Gavin. Une sorte de caisson descendit jusqu'au sol, actionné par des câbles et des poulies qui se perdaient dans la pénombre des hauteurs.

Un Devaronien à la pigmentation écarlate et aux cornes noires en sortit.

Asyr inclina la tête.

— Dmaynel, voici un des xénophobes venus nous provoquer dans l'Invisec. Servons-nous de lui pour transmettre notre message à l'Empire.

Le Devaronien saisit Gavin par le menton et le dévisagea. Au lieu de chercher à se dégager, le jeune homme le défia du regard. Cacher sa peur était essentiel.

L'extraterrestre sourit et le lâcha.

— Tu as bien choisi, Asyr. Il est jeune et assez beau. Son corps exprimera tout ce que nous avons à dire. Et davantage encore.

— Exactement, fit Nawara Ven, prenant la parole. Les Impériaux auront confirmation qu'ils nous sont supérieurs en tout. Et « davantage encore ».

— Qui êtes-vous ?

— Ces cinq chiens étaient avec lui ! cracha la Bothane.

Le juge s'adressa à eux.

— Vous êtes ses amis ?

— Oui. Et nous en sommes fiers, répondit Nawara Ven. Je le connais depuis six mois et je le considère comme un des meilleurs amis que j'aie jamais eus.

Le Devaronien croisa les bras.

— Il est rare qu'un d'entre nous ait des liens avec un xénophobe.

Nawara sourit.

— Et quelle preuve avez-vous que c'en est bien un ?

— Il a refusé de danser avec moi ! rappela Asyr.

Le Twi'lek écarta les bras.

— Mais oui... Où avais-je la tête ? Décliner une invitation, c'est être xénophobe. Et si j'avais refusé ?

— Vous étiez avec *elle* !

— L'humaine, oui. Donc, j'aurais eu une bonne raison de refuser de danser avec vous. C'est ça ?

Nerveuse, Asyr se lissa le menton.

— Parfaitement.

— Et si cet humain avait aussi une raison valable ?

— C'est un xénophobe, un point c'est tout.

— Sur quelles preuves vous appuyez-vous pour parvenir à cette conclusion ? (Nawara s'adressa aux témoins.) Comment expliquez-vous son refus ? Que connaissez-vous de lui ? Peut-être ne sait-il pas danser ? Ou a-t-il une bien-aimée, très loin d'ici, à qui il veut rester fidèle ? Qui sait s'il n'est pas allergique à la fourrure des Bothans ?

Asyr désigna le Gotal.

— Mnor Nha a bien dit qu'il était soulagé quand j'ai fait mine de m'éloigner ! *Soulagé* de ne pas se montrer en public avec moi !

— C'est vrai, Dmaynel, dit le Gotal. C'est ce que j'ai senti.

Nawara se redressa de toute sa taille, se tournant vers le nouveau témoin de l'accusation.

— Dites-moi, Mnor Nha, quand les Impériaux se sont éloignés de notre table, qu'a ressenti l'humain ? Du soulagement ?

Le Gotal hésita.

— Oui.

— Une première menace écartée, il a mieux respiré. (Nawara sourit à Asyr.) Belle Sei'lar, se pourrait-il que l'homme que vous accusez se soit senti menacé par vous, d'une façon ou d'une autre ?

— Je n'ai rien d'une Impériale !

— A première vue, certainement pas. Mais reconnaissez qu'il n'avait pas tort de se méfier de vous... Vos intentions n'étaient pas bienveillantes. Mon ami est jeune, et vous, fort belle. Vous l'avez abordé, exprimant votre intérêt sans ambages. Tout ça a dû faire monter sa tension. Il n'était pas sûr de pouvoir répondre à *toutes* vos attentes. En renonçant à votre tentative de séduction, vous ne vous exposiez plus à une cruelle déconvenue. Dans ces conditions, on aurait été soulagé à moins. Il ne voulait pas vous décevoir. Ni briser l'image flatteuse que vous aviez de lui.

Gavin hocha la tête. Plus d'un extraterrestre, dans l'assistance, fit de même.

En exposant une partie de la vérité, Nawara ne sera pas obligé de tout révéler. C'est bien joué.

Si la raison d'être de l'Alliance Non Humaine était la résistance armée contre les exactions impériales, un ou plusieurs informateurs s'étaient forcément glissés dans ses rangs. La prudence s'imposait.

— Il s'est senti menacé *par moi* ? explosa Asyr. C'est absurde ! Je n'ai rien de menaçant !

— Vraiment ? ironisa Nawara. Des Bothans ne se sont-ils pas sacrifiés pour transmettre des informations critiques sur la seconde Etoile Noire ? Comment mon ami aurait-il pu avoir peur d'une représentante de l'espèce à qui l'Empereur en personne doit sa fin... Vous avez raison, c'est impensable.

« La vraie question est la suivante : pourquoi serait-il effrayé par vous, par moi ou par n'importe lequel d'entre nous ? Qu'on le condamne si vite pour un crime purement imaginaire... Ça ne vous rappelle rien, chère amie ? Aucun régime dictatorial de votre connaissance ? Utiliser un innocent pour qu'il transmette un message de haine à des gens dont il ignore tout, pardonnez-moi, mais ça ressemble à la politique impériale. Entre vos ennemis ou vous, il a peut-être du mal à faire la différence.

— Absurde !

— Vous n'avez que ce mot-là à la bouche... Si vous agissez comme l'Empire, vous n'êtes pas différents de ceux que vous prétendez combattre.

Le Devaronien fit un geste cavalier.

— C'est un des *leurs*. Qu'on le tue.

— Non, c'est un des *nôtres*, protesta le Twi'lek. Vous vous plaignez de l'Empire en oubliant que les humains qui lui résistaient ont autant souffert que nous. Les Calamariens, les Gamorréens et les Wookies ont été asservis, mais leurs planètes existent toujours, au contraire d'Alderaan ! Qui a porté les coups les plus mortels contre l'Empire ? L'espèce humaine ! Lesquels parmi nous ont versé leur sang à Yavin ? Lesquels sont morts de froid à Hoth ou ont péri à Derra IV ?

Des galeries, quelqu'un cria :

— Nous étions présents sur Endor ! Un Calamarien dirigeait la flotte des Rebelles ! Nous avons contribué à la guerre contre l'Empire.

— Il a raison, triompha Asyr. Sans les Bothans, il n'y aurait pas eu d'Endor. Un Sullustéen pilotait le *Faucon Millénium* lors du combat contre la seconde Etoile Noire. Vous ergotez en pure perte !

Nawara sourit.

— Et quelles mains ont fait voler en éclats l'Etoile Noire ? Celles d'un homme ! Qui a tué l'Empereur ? Encore un humain. Vos arguments, ma chère, ne font qu'étayer les miens. Sans les humains qui ont osé se soulever, puis ont souffert et sont morts pour la Rébellion, nous n'aurions jamais triomphé à Endor. Ce sont eux qui nous ont invités à les rejoindre dans la lutte. Eux qui nous ont accueillis à bras ouverts. Vous accusez ce jeune homme d'être xénophobe parce qu'il a été soulagé que vous lui tourniez le dos... Vous refusez d'admettre qu'il peut haïr l'Empire autant que vous, sinon plus !

Dmaynel haussa les épaules.

— Si c'était le cas, cet humain serait en train de se battre contre les Impériaux, pas de se terrer parmi nous.

Nawara hésita. Gavin secoua la tête.

La mission compte plus que nos vies ! Il y a trop de monde ici pour en parler...

— Et si on pouvait démontrer sa loyauté envers la Rébellion ?

Dmaynel haussa encore les épaules.

— La Rébellion ? Elle est à des années-lumière d'ici ! Cet humain sera vite oublié, de toute façon. Pour l'heure, l'Empire doit avoir notre message. Tuez-le et qu'on en finisse.

Le Gotal visa Gavin avec soin. Avant qu'il puisse presser la détente, une série d'explosions firent voler en éclats une porte blindée, à gauche du condamné.

Une mimi-forteresse flottante cylindrique de type ubrikkien HAVr A9 avança. Son champ de répulsion aplatit la porte. La cannonière-blaster pivota. Un rayon de lumière se fixa sur le Devaronien.

Dans le sillage du véhicule d'assaut, une vingtaine de commandos se déployèrent dans l'entrepôt.

L'Impérial en chef parla dans un comlink.

— Ceci est une réunion illégale. Lâchez vos armes et dispersez-vous dans le calme. Sinon, vous mourrez.

CHAPITRE XXIV

Une femme aux cheveux blancs passa la porte que Iella venait d'ouvrir. Wedge sourit et tendit la main.

— Le Conseil Provisoire veut vraiment Coruscant ! Ça faisait un bout de temps, Winter...

— Commandant Antilles, ravie aussi de vous revoir. (Elle se tourna vers Pash.) Vous devez être le fils du général Cracken.

— Et vous, la légendaire Winter. Je suis honoré.

Mirax se leva et serra la main de la femme.

— Je suis Mirax Terrik.

— Et la raison de ma présence ici... Iella, rien, dans nos dossiers, n'est compromettant pour cette jeune femme.

Pash fronça les sourcils.

— Etant le digne fils de mon père, j'aurais une question... Le commandant Antilles et moi n'avons pas quitté Iella et Mirax depuis notre sortie du musée. A aucun moment, Iella n'a établi de contact. Comment saviez-vous où nous retrouver ?

Winter prit une expression plus grave. Sa ressemblance avec la princesse Leia augmenta.

— Dans la boutique de mode, le numéro de compte qu'a utilisé Iella était spécial. Divers éléments des vêtements sélectionnés par ordinateur, comme les couleurs, furent orientés vers des terminaux municipaux puis vers des unités plus... privées. Là où j'étais, j'ai reçu assez d'informations codées pour savoir où vous vous rendiez et qu'on avait besoin de moi.

Appréciant l'ingéniosité du système, Wedge hocha la tête.

— S'infiltrer dans l'ordinateur central de Coruscant n'est pas un mince exploit.

— On ne peut pas le faire, le détrompa Winter. Les niveaux de sécurité sont trop élevés. Ce géant est relié à une dizaine de centres auxiliaires. Ils servent aussi à des applications administratives et commerciales. On peut s'y infiltrer, c'est vrai. Mais vouloir atteindre l'ordinateur central par leur intermédiaire serait une gageure.

Iella se rassit.

— Il contrôle tout ce qui compte sur Coruscant : les boucliers planétaires et les défenses terrestres.

— Les boucliers sont la clé. (Wedge s'assit sur le divan, près de Mirax.) S'ils cédaient, la population pencherait pour un changement politique.

Winter prit place près d'Iella.

— La sécurité n'est pas aussi stricte que je l'aurais cru — même dans l'enceinte du palais impérial. Je suis restée près de quatre heures sur la promenade, à boire des espresscaf sans rien voir de spécial. Un officier impérial d'Intel est passé — Kirtan Loor —, et un de mes compagnons a failli lui sauter à la gorge...

Iella plissa le front.

— Kirtan Loor est ici ?

Winter hocha la tête.

Mirax leva un sourcil.

— On dirait le genre de réaction typique de Corran.

Iella en resta bouche bée.

— Vous... connaissez Corran ?

Les deux femmes échangèrent un regard perplexe avant de se tourner vers Wedge.

— Corran est ici ? demanda Mirax.

— Et il appartient à l'Escadron Rogue ? ajouta Iella. Whistler est toujours avec lui ?

Wedge leva les mains.

— J'ignore où il se trouve mais il est sur Coruscant. Iella, je sais que vous étiez sa partenaire à la CorSec. Si vous ignoriez qu'il a rejoint l'Escadron Rogue, ça signifie que nos Services Secrets n'ont pas jugé bon de vous en informer. C'est pourquoi je me suis tu. La sécurité et...

Winter hocha la tête.

— Corran Horn est ici sans son droïd.

Mirax fronça les sourcils.

— Comment connaissez-vous le nom de son coéquipier ?

— Il y a deux ans, Corran Horn a fui la CorSec à bord d'une aile X équipée d'une unité R2. Nous l'avions repéré, mais on a vite perdu sa trace. Un an et demi plus tard, il a rejoint l'Escadron Rogue, démontrant ses dons exceptionnels de pilote de chasse. Il s'est obligatoirement entraîné dans l'intervalle. J'ai donc déduit sans peine que la question d'Iella concernait un droïd. D'autant que la place est limitée dans les ailes X. Pas question d'emmener une personne ni même une mascotte.

Mirax se rassit.

— Vous êtes douée, dans votre genre.

— Merci.

Wedge soupira.

— Corran est ici avec Erisi...

— La reine du bacta, grommela Mirax.

Iella lui lança un regard perçant.

— Vous êtes la fille de Booster Terrik... Corran et vous ne pouvez pas... Pourtant, sur quel ton vous avez dit ça !

— On est de bons amis, c'est tout.

Iella éclata de rire.

— Si vous saviez combien de fois j'ai entendu ce genre de protestation ! Je pourrais vous en raconter de belles !

— En l'absence de Corran, ce ne serait pas une bonne idée, objecta Wedge. Winter, l'identité de Mirax a été percée à jour. La voilà coincée, après avoir transporté le reste de mon escadron.

— Au complet, en effet. Ooryl compris. Je les ai tous laissés dans l'Invisec.

— Merci. Les Impériaux ont-ils reconnu Mirax, ou notre mission a-t-elle été découverte ? Voilà ce qu'il faut déterminer. Des problèmes du côté de Corran et d'Erisi ?

— Aucun. (Winter réfléchit.) Les deux premières nuits, je les avais placés sous surveillance, afin de voir s'ils éveillaient l'attention. Peine perdue. Mes équipes ont ensuite observé les rafles hebdomadaires dans l'Invisec. Les Gamorréens et les Quarren semblent bien en être les premières victimes. Quant à savoir pourquoi...

Des éclairs lumineux incitèrent Wedge à jeter un coup d'œil par les fenêtres. Intrigué, il se rapprocha et regarda. Déconcerté, il comprit soudain...

— *A plat ventre, tout le monde !*

Agrippant le divan, il le fit basculer en arrière.

J'espère que ça nous protégera suffisamment !

Dehors, la moto-jet qu'il avait vue entra en collision avec la vitre, faisant s'écrouler le mur de transpacier.

Le motard fut éjecté dans une direction, son véhicule dans l'autre.

Une pluie d'éclats mortels s'abattit sur ce qui était, paraissait-il, une « cachette sûre ».

CHAPITRE XXV

Corran se jeta contre l'homme debout à sa droite, qui le repoussa. Loin de résister, le Rebelle profita de l'élan pour s'écarter. Par pur réflexe, son agresseur tira... et blessa le Trandoshien au ventre.

De la main gauche, Corran s'empara du pistolaser. Du coude droit, il frappa son propriétaire au visage, achevant de le déséquilibrer puis le poussa contre Zekka Thyne.

Sans demander son reste, Corran courut vers la sortie. Le souffle du pistolaser remplit la salle. Des rayons cisaillèrent l'air. Au terme d'une roulade spectaculaire, Corran se reçut au pied d'un escalier plongé dans la pénombre.

Pistolaser au poing, il ouvrit le feu pour décourager ses poursuivants.

Il sortit du bar, arracha un Rodien à sa moto-jet, l'enfourcha, démarra pleins gaz et se dirigea vers la première intersection qui lui permettrait de disparaître.

Une fois encore, il venait d'échapper à la mort. Et il n'était sans doute pas au bout de ses peines.

Il survola un griffeciel à basse altitude. Quoique outrageusement gonflée par son propriétaire — une chance pour Corran —, la moto-jet modèle Incom Zoom II n'avait aucun armement. Le mini-écran inséré entre la manette des gaz et les poignées du guidon affichait du rodien.

Poursuivi par les bandits, Corran fonça vers un des canyons supérieurs, loin du Palais Impérial aussi imposant qu'une montagne. Slalomant entre les rayons pourpres, il risqua un coup d'œil par-dessus son épaule. Ses ennemis ne cessaient d'affiner leurs tirs. En restant à découvert et en hauteur, Corran leur facilitait la tâche.

Il devait rapidement perdre de l'altitude.

La moto-jet plongea dans la nuit, passant en un éclair devant des immeubles d'habitations. Elle s'engagea entre deux tours immenses et bifurqua vers une allée.

Un déluge de rayons s'écrasa contre les façades. Corran vira à gauche puis fit demi-tour pour affronter ses deux premiers adversaires.

Les tirs du Rebelle eurent raison de celui de droite.

Horn visa l'autre au jugé et repartit en trombe.

Après une vingtaine de mètres, ses moteurs crachotèrent.

Bon sang ! Ils m'ont eu !

Toutes les motos-jets étaient pourvues d'une manette « point mort » — un garde-fou au cas où le pilote mourait, tombait ou se trouvait dans l'incapacité de contrôler son véhicule. Dès qu'on lâchait cette manette, l'alimentation se coupait.

La parade consistait à pousser au maximum les moteurs. Mais le rayon tracteur le ralentissait trop.

D'évidence, l'ennemi avait appelé des renforts à la rescousse.

Corran plongea, entraînant son adversaire dans son sillage. Il atteignit à une intersection de couloirs aériens.

Me revoilà à découvert !

L'autre gagnait du terrain...

Grognant de frustration, le Rebelle se dirigea vers un immeuble.

Si mon adversaire s'écrasait contre un panneau publicitaire vantant les mérites de l'Empire, ce ne serait que justice !

Corran réalisa que ce qu'il avait pris pour une publicité était un appartement occupé par des gens ! Il ne pouvait plus ralentir ; des tirs nourris le frôlaient sans cesse.

Au dernier instant, il vira en épingle. Un de ses poursuivants s'écrasa contre une fenêtre.

Le rayon qui freinait Corran disparut.

Il lui restait cinq ou six Impériaux à semer.

Horn évita les ruelles et les allées. Mais il livrait un combat perdu d'avance.

Impuissant, il vit ses adversaires se rapprocher. Cette fois, il était coincé dans ce qui avait tout l'air d'être un cul-de-sac.

Ses options étaient simples : heurter le mur de plein fouet et mourir, ou combattre et mourir aussi.

A vingt mètres du mur, il piqua vers le ciel. Poursuivi par des salves de rayons laser, il joua le tout pour le tout et s'engouffra dans un grand entrepôt, faisant voler une porte en éclats. Pistolaser au poing, il voulut viser ses adversaires les plus proches... et ne sut où donner de la tête, tant ils étaient nombreux.

Comment les âmes damnées du Soleil Noir et de Zekka Thyne avaient-ils pu se transformer en un essaim bourdonnant d'Impériaux ?

Et comment ces derniers avaient-ils pu prévoir la fuite du Rebelle ?

Lui tendre l'embuscade où il venait de foncer tête la première ?

CHAPITRE XXVI

Le bruit fit se retourner Gavin. Derrière Asyr, il vit une porte voler en éclats et une moto-jet privée la franchir...

La surprise passée, les commandos ouvrirent le feu. Gavin profita de la confusion pour bondir sur Asyr Sei'lar. Un Duros mortellement blessé s'effondra près d'eux. Gavin récupéra le pistolaser dont le mort n'aurait plus besoin.

Puis il visa le soldat le plus proche. Mais l'homme pivota avant qu'il ait pu presser la détente.

Quelqu'un plaqua Gavin par terre une seconde avant que l'Impérial tire.

Asyr lâcha le jeune homme et riposta.

L'Impérial s'écroula.

Des rayons d'énergie rouge et vert déchirèrent l'air, répandant des odeurs d'ozone, d'armure fondue et de chair brûlée.

Les canons-blaster de la mini-forteresse martelèrent les fondations et les premiers étages des immeubles. S'effondrant, les immeubles achevèrent d'ensevelir vivants leurs occupants.

Gavin voulut refaire feu ; Asyr le plaqua au sol de plus belle.

— Baisse la tête si tu veux la garder sur les épaules !

— Il y a pas une minute, tu voulais ma mort !

Elle lui sourit avec insolence.

— Un xénophobe ne m'aurait pas sauvée.

La repoussant, Gavin tira sur un commando.

— On ne peut pas rester là !

— Courons vers la porte !

Asyr se leva d'un bond. Au mépris des colonnes de poussière soulevée et de la fumée, elle tira au jugé.

Gavin l'imita.

Autant qu'il pût dire, les Impériaux manquaient de puissance de feu par rapport à la résistance qu'ils rencontraient. Ils palliaient ce désavantage par la précision de leurs tirs.

Les gens couraient en tout sens, criant, s'effondrant, agonisant...

Gavin ne reconnut aucun de ses amis. Où étaient passés les autres Rogues ?

Il arriva dans la rue et fut happé par le flot des fuyards.

Quelqu'un lui saisit le bras, l'attirant à l'écart.

— *Corran* ! s'écria Gavin, fou de joie.

— Quelle chance de te retrouver dans ce chaos !

Asyr, qui avait rejoint Nawara et Rhysati, fronça les sourcils.

— Gavin ?

— C'est une longue histoire...

Le jeune homme aperçut Shiel et Ooryl, qui soutenaient le Devaronien Dmaynel Kiph. Son sang noir coulait de sa cuisse droite.

Les autres paraissaient sains et saufs.

— Où est Aril ?

Nawarra secoua la tête.

— Je l'ignore.

— Elle est si petite..., fit Corran. Comment la repérer dans cette cohue ?

Rhysati hocha la tête.

— Beaucoup de Sullustéens se sont enfuis.

Gavin brandit son arme.

— On ne peut pas l'abandonner !

Une autre explosion secoua l'entrepôt.

— La cannonière arrive par ici ! cria Corran. Retourner sur nos pas est exclu !

Des gravats tombèrent sur le groupe, manquant blesser Gavin au visage.

Deux motos-jets jaillirent de l'entrepôt, suivies par quatre autres.

Corran tira à trois reprises, abattant les deux premières.

— Des renforts arrivent ! cria Nawara. Ne traînons pas !

Corran et Gavin virent un des Impériaux abattus retirer son casque. La sueur collait une mèche bleue sur son front.

Inyri...

Corran courut la relever. Les jambes de la jeune femme se dérobèrent sous elle.

— Mon genou ! hoqueta-t-elle. Je ne peux pas...

Gavin tendit à Corran son pistolaser avant de la soulever de terre.

— Allons-y !

Inyri se débattit. Dès que des commandos ouvrirent le feu, elle cessa et se cramponna à Gavin. Réfugiés dans un immeuble, les Rogues couvrirent leurs camarades.

Le trio s'engouffra dans ce qui ressemblait à un hangar. Il y flottait de vagues odeurs chimiques.

A l'arrière, Asyr entrouvrit une porte, laissant filtrer une lumière jaune. Les étagères étaient couvertes de poussière.

Asyr conduisit Ooryl, Shiel et Dmaynel le long d'un couloir puis d'un escalier. Nawara, Rhysati et Corran formaient l'arrière-garde, l'oreille aux aguets.

Personne ne semblait les suivre.

Gavin ne reconnut aucun des passages et des édifices qu'ils traversèrent. Mais rien ne ressemblait plus à un immeuble qu'un autre immeuble.

Le groupe monta plusieurs volées de marches et gagna un appartement où un Ithorien le guida jusqu'à une serre tropicale. De la lumière artificielle éclairait des plantes aux couleurs de l'arc-en-ciel.

Ooryl et Shiel posèrent Dmaynel sur de la mousse couleur aigue-marine.

— Houlilan, fit Asyr, prends soin de Dmaynel. L'autre est légèrement blessée.

Gavin portait encore Inyri.

— Lâchez-moi, demanda-t-elle. Ça ira. Je m'étais juste fait mal au genou en tombant.

Gavin l'aida à retrouver son équilibre.

— Vous êtes sûre que ça ira ?

Elle hocha la tête.

— Sans doute devrais-je vous témoigner ma reconnaissance...

Asyr explosa :

— Ils vous ont sauvée de la mort ! Un « merci » ne vous écorcherait pas les lèvres, il me semble !

— Jamais ! répliqua Inyri. S'ils ne s'étaient pas mêlés de mes affaires, je n'en serais pas là !

Corran plissa le front.

— Vous aviez le choix. Vous n'étiez pas obligée de quitter Kessel.

Asyr rengaina son blaster et croisa les bras.

— J'ignore de quoi vous parlez. Devrais-je en apprendre plus ?

Gavin secoua la tête.

— Dans votre intérêt, non, renchérit Nawara.

Inyri eut un sourire cruel.

— Ces gens-là ont ramené le Soleil Noir sur Coruscant.

— Est-ce vrai ? souffla la Bothane.

Gavin haussa les épaules.

— Oui...

— Libérer les bagnards de Kessel prouve votre haine des Impériaux. Mais il m'étonnerait que les Rebelles applaudissent !

Corran rendit son pistolaser à Gavin.

— Vu la situation, ce serait le cadet de leurs soucis.

— Le *cadet* de leurs soucis ? se récria Asyr. Les Rebelles ne valent-ils pas mieux que les Impériaux ?

— Probablement pas, sourit Gavin. Nous *sommes* des Rebelles... Des pilotes de l'Escadron Rogue, pour ne rien vous cacher.

— Et vous êtes... ici ? (Asyr ouvrit des yeux ronds.) J'aimerais qu'on m'explique...

Corran hocha la tête.

— Laissez-moi vous aider à comprendre. Nous sommes là pour trouver un moyen de délivrer votre planète. En comparaison de *notre* mission, *tout autre* problème devient mineur.

Aril Nunb aurait voulu faire la morte. Mais quand un soldat la souleva sans ménagement de son lit de gravats, elle ne put retenir un cri de douleur. Elle avait plusieurs côtes fêlées.

Nunb fut poussée en direction des autres survivants.

Que lui était-il arrivé ? S'était-elle évanouie quand une des portes de l'entrepôt avait volé en éclats ?

Parmi les survivants, certains pleuraient. D'autres soignaient leurs plaies. D'autres encore fixaient le vide.

Aril fut poussée vers un groupe de Sullustéens. Des enfants se cramponnaient aux jambes des adultes.

Quelqu'un saisit la Rebelle par le bras gauche. Aril croisa le regard d'un homme corpulent la dépassant de quarante centimètres. Les yeux de l'inconnu luisaient de ruse et de cupidité. Sa coupe militaire seyait à son uniforme de général.

— En voilà une en parfaite santé, dirait-on. Un bon spécimen.

Aril grimaça. L'homme lui palpa les côtes, lui arrachant un autre cri de douleur.

— Des côtes fêlées, des contusions... Ne vous en faites pas. On prendra soin de vous. Diric !

Un homme plus âgé, l'air morose, se retourna.

— Oui, général Derricote ?

— Celle-là, on la prend. Emmenez-la.

CHAPITRE XXVII

L'amiral Ackbar fit un signe d'assentiment à son assistant.

— Je suppose que je ne peux pas y échapper... Introduisez le conseiller Fey'lya, je vous prie.

L'humain s'éclipsa. Ackbar se prépara à la confrontation. Il refusait de considérer le Bothan comme un rival. Lui ne cherchait à s'arroger aucun pouvoir politique. S'il dirigeait la branche militaire de l'Alliance, c'était en raison de sa connaissance des doctrines impériales — acquise quand il avait été l'esclave du Grand Moff Tarkin.

Lors de la bataille d'Endor, les Calamariens avaient mis leur flotte au service des Rebelles.

Une fois l'Empire vaincu, Ackbar n'aspirait qu'à une chose : retourner sur son monde natal et vivre de nouveau au rythme des marées.

Refuser de voir en Borsk Fey'lya son principal rival était sans doute de la myopie. Mais rien ne devait le détourner de son but. Avec la mort du général Laryn Kre'fey à Borleias, les Bothans avaient perdu leur principal chef de guerre. Ils n'avaient aucun candidat capable de le remplacer pour une opération comme la conquête de Coruscant.

Dans ce domaine, les Bothans devaient en passer par Ackbar.

Borsk Fey'lya entra dans le bureau à l'éclairage tamisé. Le Calamarien fit mine de l'augmenter. D'un geste, son visiteur l'arrêta.

— Ne vous gênez pas pour moi, amiral. Je vois très bien.

La voix feutrée de Fey'lya et son attitude conciliante mirent Ackbar sur la défensive.

— Votre visite m'honore, conseiller.

Fey'lya leva une main à la fourrure dorée.

— Pas de protocole entre nous. Vous ne me considérez sûrement pas comme un ami, mais nous sommes dans le même camp.

— Absolument... Vous vouliez me parler de Noquivzor.

— En effet. Les rapports qui me sont parvenus étaient... en pointillés.

Ackbar se cala sur son siège en forme de coquille.

— Vous avez les grandes lignes : hier, le seigneur de guerre Zsinj a surgi avec le *Poing d'Acier*. Notre base a été durement touchée. Mais moins que ne le croit Zsinj, car nos installations sont surtout souterraines.

— Nous nous sommes croisés sur Noquivzor il y a environ sept semaines. Etait-ce une tentative d'assassinat déguisée, à votre avis ?

Ackbar secoua la tête.

— Peu vraisemblable. S'il tuait les chefs de la Rébellion, il deviendrait du même coup une cible. Il aura cru attaquer l'Escadron Rogue, afin de lui rendre la monnaie de sa pièce... Sa rancune est légendaire. Nous n'avons pas fait mystère de la localisation de notre escadron d'élite, afin que l'Empire concentre ses offensives sur Noquivzor.

— Avez-vous évalué les dégâts ?

— Les casernes ont essuyé le gros des attaques. Il faudra du temps pour sortir toutes les victimes. L'Escadron

Rogue a perdu un pourcentage critique de son personnel au sol. En revanche, le matériel a peu été touché. Les hangars sont quasiment intacts.

— Les pires épidémies peuvent épargner un petit nombre de vertueux... (Le Bothan secoua la tête.) Zsinj devient un problème préoccupant. Tant qu'on ne lui aura pas rogné les ailes, il reviendra à l'attaque. Son audace ne cessera jamais d'augmenter.

— C'est juste. Mais où frapper ? Il est aussi insaisissable que la flotte Katana. La galaxie est vaste. Même avec les complots d'arrière-cour et les rapports des agents secrets, localiser Zsinj est une gageure. Pour ça, il faudrait mobiliser une flotte. Autrement dit, ajourner indéfiniment l'opération Coruscant.

— Si nous mettions tout en œuvre pour traquer Zsinj, on s'exposerait à davantage de représailles. Ysanne Isard en profiterait. Nous battre sur deux fronts serait pure folie.

— Absolument. Vous avez une idée derrière la tête, n'est-ce pas ? Jusque-là, vous avez rappelé des évidences, pour quiconque a lu les rapports. Je vous écoute.

— Pour échapper à un rancor, la sagesse veut qu'on ignore la piqûre des moustiques.

— C'est-à-dire ?

— Démobiliser nos forces est hors de question. Je propose de tenter le tout pour le tout contre Coruscant.

— Nous ne sommes pas prêts.

— Il le faut. (Fey'lya écarta les bras.) Tout est quasiment en place. D'après nos renseignements, Isard n'a pas renforcé ses défenses. Elle doit savoir que nous ne sommes pas prêts. Si nous attaquons quand même, nous aurons l'avantage de la surprise.

— Si vous supposez que Cœur de Glace puisse être pris au dépourvu, vous faites une grossière erreur de jugement.

Fey'lya eut un sourire de prédateur.

— Mais vous ne qualifiez pas mon plan d'idiotie... Nos pensées se rejoignent, n'est-ce pas ?

— Nous sommes à un moment critique du plan. Les préparatifs d'Isard, face à l'invasion dont elle est forcément au courant, restent insuffisants. Les rapports venant de Coruscant sont encourageants. Unifier certaines factions de la population impériale semble envisageable. Malgré leur manque de moyens, ces gens-là, si on les gagnait à notre cause, feraient diversion. La victoire deviendrait possible.

— Au point de permettre à nos forces de traverser les boucliers ?

— Je l'ignore, admit Ackbar. J'ai fait parvenir un message au commandant Antilles afin qu'il imagine un moyen de les désactiver. Dès que j'aurai sa confirmation, je lui transmettrai la date et l'heure de l'offensive. Une fois les boucliers baissés, notre armée passera à l'attaque.

Le Bothan plissa le front.

— Et si Antilles échouait ?

— J'ai tout prévu. Il y a quelques mois, l'*Aspic Noir*, un interdicteur, a affronté l'Escadron Rogue. Le capitaine, une femme nommée Uwlla Iillor, s'opposa au transfert de son officier de vol. Qu'on ait traité ses protestations par le mépris l'a poussée à déserter avec son équipage. Pour la première fois, l'Alliance dispose d'un interdicteur.

« Le voyage de Borleias à Coruscant prendra environ vingt heures. Je compte envoyer l'*Aspic Noir* aux abords de la planète impériale. Si les boucliers ne sont pas baissés, l'interdicteur sortira prématurément notre flotte de l'hyperespace. Si les boucliers sont hors service, Iillor ne fera rien. Notre flotte pourra attaquer Coruscant.

Fey'lya hocha la tête.

— Simple et efficace. Vous faites confiance à Iillor. Sa soudaine défection ne vous inspire-t-elle aucune défiance ? N'y voyez-vous pas l'œuvre de Ysanne Isard ?

— Non. Selon Iillor, les manigances des Services Secrets de l'Empire l'ont poussée à passer dans notre camp. Après enquête, le général Cracken l'a déclarée fiable. Depuis, ses agents travaillent en collaboration avec l'équipage de l'interdicteur. D'ici une semaine, l'*Aspic Noir* sera opérationnel avec un personnel rebelle.

Le Bothan hocha la tête.

— Le vaisseau sera rebaptisé ?

— L'équipage a choisi un nom plein d'espoir : *Arc-en-Ciel de Corusca.*

— Espérons que ce sera prophétique.

— C'est aussi mon souhait. Présenterez-vous ce plan à Mon Mothma, conseiller ?

— En notre nom à tous deux, oui. (Fey'lya sourit.) Avec son soutien et nos arguments, le Conseil Provisoire l'adoptera.

— Bien, conclut le Calamarien. A moi de veiller à ce que l'opération soit couronnée de succès.

CHAPITRE XXVIII

Devant la projection holographique de Ysanne Isard, Kirtan Loor mit un genou à terre — sans courber la tête.

— Merci de répondre si vite à ma requête, madame.

Elle leva un sourcil.

— Les démonstrations de courage attirent toujours mon attention, agent Loor.

— Alors vous réprimanderez le général Derricote ?

— Pourquoi ?

Loor plissa le front.

— Pourquoi ? Madame, de sa propre initiative, il a fait une descente dans l'Invisec et a sélectionné de nouveaux cobayes, directement transportés dans son labo, violant ainsi les procédures en vigueur. Les autres prisonniers ont parlé d'une Alliance Non Humaine. Or, les Sullustéens auraient pu nous fournir plus d'informations.

Isard ricana.

— Derricote sait que vous aurez toute latitude pour interroger les nouveaux prisonniers.

— Certes, mais il leur a immédiatement inoculé la toute dernière version de son virus. Pour les questionner, mes agents devraient revêtir des combinaisons isolantes et les sujets comprendraient aussitôt qu'ils sont perdus. Dès lors, pourquoi voudriez-vous qu'ils coopèrent ? Et si la période d'incubation a vraiment été ramenée à deux semaines, avant qu'on puisse analyser les premiers résultats et passer à la suite de l'enquête, les sujets seront morts.

— Ce n'est pas votre premier souci, agent Loor. Le projet Krytos est d'une importance vitale. Ce tueur miniature est l'arme qui nous manquait pour préparer le Centre Impérial à la venue de l'ennemi. Cet idiot de Zsinj a frappé les Rebelles par amour-propre. S'ils mobilisaient leur flotte entière pour le traquer, ce serait un homme fini. Cet imbécile s'imagine tout-puissant. Tout ce qu'il a réussi, c'est pousser l'Alliance à attaquer plus tôt que souhaitable.

— A en croire notre espion de l'Escadron Rogue, aucune opération n'est imminente.

— Je sais. Mais je connais leurs chefs. Ils veulent nous balayer de la galaxie, non passer leur temps à traquer les Moffs soudain frappés par la folie des grandeurs. Le Centre Impérial est la clé du pouvoir galactique. Les Rebelles n'ont qu'un but : asseoir Mon Mothma sur le trône.

L'audace d'une offensive visant la capitale de l'Empire étonna Loor. Mais les chefs de la Rébellion voyaient souvent l'impossible comme une nécessité incontournable. Après leurs succès contre les Etoiles Noires, ils devaient se croire invincibles.

Isard avait laissé le Centre Impérial vulnérable — afin que le Krytos entraîne l'Alliance à sa perte.

Si le virus n'était pas au point, le plan serait voué à l'échec. Et l'Alliance en sortirait plus forte que jamais.

— Je veillerai au grain, madame.

— Je n'en doute pas. (Elle pointa sur lui un index holographique.) Les Rogues peuvent planifier tout ce qu'ils veulent, ils ne pourront rien avant deux semaines. Bientôt, le virus sera dans les réserves d'eau. Nous verrons si les prévisions de Derricote sur sa vitesse de propagation et sa virulence sont exactes. Si les Rogues attaquent trop vite, tout sera perdu. Développez les ressources nécessaires, faites ce qu'il faut, mais veillez à ce qu'on ne soit pas pris de court.

— Comptez sur moi.

La transmission holographique coupée, Loor se releva et sourit.

— *Développez les ressources nécessaires, faites ce qu'il faut...* A vos ordres.

Il sortit de son bureau pour gagner une autre pièce.

Un prisonnier ligoté sur un siège était flanqué par deux commandos.

Loor lui prit le menton. Amusé par son rictus de mépris, il le gifla.

— A votre place, je me tiendrais à carreau.

— Vous ne me faites pas peur, Loor !

— Vous vous souvenez de moi... Je devrais être flatté, Rafistolé.

Loor dévisagea Zekka Thyne avant de le frapper de nouveau. Le criminel continua de le foudroyer du regard.

— Par bonheur pour vous, reprit l'Impérial, je ne vous ai pas oublié non plus.

— Vous n'obtiendrez rien de moi, Loor.

— Mais vous n'avez *rien* que je veuille, le Rafistolé. En revanche, j'ai quelque chose pour vous... L'Escadron Rogue a exporté de la vermine dans votre genre. Il n'y a qu'une explication à ça : vous préparez une offensive d'envergure avec l'Alliance.

— J'ignore de quoi vous parlez.

Loor lui saisit une oreille et la tordit.

— Qui t'a donné la parole ? Tu te tais et tu écoutes !

Si les yeux de Thyne avaient été des vibrolames...

Loor le lâcha.

— Bien. Tu seras mes yeux et mes oreilles au sein de la communauté rebelle infiltrée dans la cité. Je veux tout savoir sur ses plans. Je veux les programmes, les fournisseurs, les tableaux de service... A ce prix, tu auras peut-être la vie sauve.

— Une fois que je serai loin d'ici, vous n'êtes pas prêt de me remettre le grappin dessus ! Rengainez donc vos menaces.

— Tu te trompes, mon ami... Ce que je *ferai*, c'est permettre aux trafiquants de données du *Soleil Noir* de faire main basse sur des dossiers sensibles remontant à mon incorporation dans la CorSec. Des dossiers qui fourmilleront de détails sur ta coopération... Tu seras impliqué jusqu'au cou dans la chute du *Soleil Noir*. Tes propres frères décideront de ton sort, pas moi.

Thyne perdit beaucoup de sa superbe.

— Mais que cela ne te décourage pas, Rafistolé. Si tu ne m'y forces pas, il ne t'arrivera rien de fâcheux. Ces soldats t'escorteront là où tu prétendras avoir trouvé refuge. Ces trois derniers jours, la région a été passée au peigne fin. Tu prétendras t'être caché jusqu'à ce que tu parviennes à t'enfuir. On te croira sur parole.

— C'est vous qui le dites ! Personne ne gobera une fable pareille !

Loor se tourna vers un des soldats.

— Le bougre a raison. Qu'il ait une blessure pas trop grave à l'abdomen.

— Vous n'avez pas besoin de faire ça !

Loor sourit.

— Navré. Si tu ne crois pas toi-même à ton histoire, personne n'y ajoutera foi. Les gens sont très méfiants, surtout un type comme Corran Horn.

— Encore un compte que j'aurai à régler avec ce chien ! Sans lui, je ne serais pas ici !

— Vraiment, fit Loor. En attendant, comme je ne suis pas un monstre, voilà un cadeau. Si tu trouves le moyen d'abattre Horn, tu auras carte blanche. L'homme étant une menace sérieuse, son élimination me comblera d'aise.

CHAPITRE XXIX

Corran détestait attendre. Depuis qu'il avait laissé les autres Rogues en compagnie de l'Ithorien, il semblait passer sa vie à ça.

Après avoir quitté la zone où les Ithoriens vivaient en autarcie, Horn avait appelé d'une cabine publique le numéro que Rima lui avait donné. Une fois son code personnel vérifié, on lui avait fourni de nouvelles instructions.

Veillant à ne pas être suivi, le Corellien s'était rendu à l'endroit indiqué : un hôtel biofuseau tenu par un Sélonien. La grande et mince créature avait conduit son client jusqu'à un fuseau mural.

Prenant place, Horn songea qu'il avait plus d'espace dans le cockpit de son aile X.

Il programma le voile opaque du fuseau et s'installa, réglant la température ambiante avant d'ouvrir un canal musical. Le moniteur afficha une série d'instructions sur les sorties de secours, les différents aménagements et les unités de restauration environnantes.

Deux jours plus tard, Rima l'emmena dans une autre planque plus adaptée à ses besoins. Même si l'appartement était en piètre état...

— Est-ce là qu'une moto-jet est venue s'écraser ? s'enquit Corran.

Interdite, Rima le fixa.

— Comment le savez-vous ?

— C'est moi qui la pilotais ! Dieu sait quelle version des faits le Soleil Noir ou les Impériaux ont pu concocter...

Rima haussa les épaules.

— Je n'en ai pas entendu parler. Mon premier souci est de vous mettre à l'abri, Erisi et vous. Je dois vous placer en quarantaine. Tant qu'on ignorera ce que savent les Services Secrets Impériaux, on ne sera jamais assez prudent.

— Vous avez raison... J'ai appris qu'Inyri Forge retournait aux *Quartiers Généraux*. Fliry Vorru doit également s'y trouver. C'est bien ma chance d'être tombé sur Zekka Thyne ! Il s'est lancé à ma poursuite. Voilà comment je me suis retrouvé au milieu d'un raid impérial contre l'Alliance Non Humaine.

« Je n'ai pas donné aux autres Rogues les moyens de me contacter. Et c'est réciproque. Si je voulais leur parler, il me faudrait passer par Inyri. A-t-on des nouvelles d'Aril ?

Rima secoua la tête.

Corran fronça les sourcils.

— Est-ce vrai ? Ou n'ai-je pas à le savoir ?

— On n'en a aucune idée. (Rima baissa la tête.) Après ce raid, la confusion a régné. D'après certains rapports, des Sullustéens ont été raflés. Ils ont disparu sans laisser de traces. Aril compris.

— Les gens ont souvent tendance... (Corran serra les poings.) Je dois parler au commandant Antilles.

— Qui ?

— Je suis là... et les autres Rogues aussi. *Tycho inclus*. Antilles est sûrement sur Coruscant comme nous et j'ai besoin de le voir. J'ai été témoin d'une chose dont il doit être mis au courant.

— Si c'est grave, ne croyez-vous pas que je devrais être informée ?

Pas tant que vous semblerez si proche de Tycho.

Corran secoua la tête.

— Navré, Rima. Ça concerne l'Escadron.

La femme aux cheveux blancs haussa les épaules.

— Très bien. Restez ici jusqu'à mon retour.

— Entendu. (Corran sortit son pistolaser.) Pourriez-vous me fournir des batteries de réserve ?

— Je verrai.

— Vous ne me donnez guère d'espoir. Et si des commandos venaient ?

— Demandez-leur de vous en prêter... Qui sait ?

Corran passa les deux jours suivants à concocter des scénarios impossibles, ou à analyser ce qu'il avait vécu depuis son arrivée.

Il était certain d'avoir surpris Tycho Celchu avec Kirtan Loor. Il n'avait pas rêvé.

Autrement dit, le secret était éventé dès le début. Grâce à Tycho, les Impériaux devaient être en possession des dossiers des espions rebelles.

Lesquels étaient tous sous surveillance...

Pourtant... Si Tycho était vraiment un agent double, pourquoi Loor et lui avaient-ils pris le risque d'un rendez-vous public ? Ça ne tenait pas debout. Le Centre Impérial était assez grand pour ce genre de rencontre...

A moins que Tycho soit en cause. Echaudé, il ne voulait plus revoir de bâtiments impériaux et imposait des risques à ses contacts. Qui savait s'il ne leur soutirait pas assez de crédits pour pouvoir un jour se retirer et vivre sur un grand pied jusqu'à son dernier souffle ?

Les Rogues n'avaient plus le choix. Ils devaient se regrouper et repartir au plus vite. Les informations devaient être truquées, les Impériaux ayant renforcé la sécurité partout.

Conclusion, la mission était un échec sur toute la ligne.

La seule façon de sauver les meubles, c'est de regagner notre bercail.

Rima reparut enfin. Morose, elle lui tendit les batteries qu'il avait demandées sans répondre à ses questions.

Que lui arrivait-il ?

Une fois aux *Quartiers Généraux*, Corran eut d'autres soucis.

Wedge l'attendait dans une petite pièce.

— Horn au rapport, monsieur.

Le commandant lui rendit son salut avant de lui tapoter amicalement le dos.

— Ravi de vous revoir vivant et en bonne forme ! Même si vous avez bien failli avoir ma peau. Entre autres !

Quoi ?

— Je vous demande pardon ?

— J'étais dans l'appartement où vous avez fait irruption avec votre moto-jet... (Il leva une main à moitié cicatrisée.) Quelques bobos sans gravité, comme vous voyez. Le bacta étant en quantité limitée, j'ai dû laisser la nature suivre son cours. En revanche, j'ai déniché de la teinture ryll contre les infections.

— Si j'avais su, je...

— Il y a eu plus de peur que de mal, rassurez-vous. Winter m'a dit que vous désiriez me parler ? En privé ?

— Winter ? Oh, vous parlez de Rima...

— Exact. Tycho et elle sont amis.

— C'est bien ce que j'avais compris. Voilà pourquoi je désirais vous voir en tête-à-tête. Il y a cinq jours, j'ai vu Tycho Celchu parler à Kirtan Loor, un agent des Services Secrets Impériaux.

Wedge secoua la tête. La confusion et la tristesse se lurent sur ses traits.

— Il y a cinq jours ?

— Oui, monsieur.

— C'est impossible.

— Je sais ce que je dis, commandant. J'ai *vu* Tycho comme je vous vois. Je dis la vérité.

— Je vous répète que c'est impossible, Corran. Il y a cinq jours, Zsinj a attaqué notre base sur Noquivzor. Nos casernes ont salement dégusté. Les sauveteurs sont encore à pied d'œuvre. On n'espère plus trouver de survivants... Nos équipes techniques ont été décimées. Zraii a survécu. C'est tout.

— Et Whistler ? s'écria Corran. Ce n'est qu'un droïd, je sais mais...

— Je comprends. Les hangars où travaillaient les techniciens ont été relativement épargnés par les frappes ennemies. Si on a d'autres nouvelles, je vous les ferai parvenir.

— Merci. (Corran prit une profonde inspiration.) Si je comprends bien... En voyant Tycho, j'ai aperçu un fantôme ?

— Il faut croire.

— Et vous avez averti Rima, euh, Winter, de ce désastre ? C'est pour ça qu'elle est si abattue ?

— Je l'ai mise au courant. On espère toujours... Même quand il reste une étincelle de vie, le bacta peut faire des miracles. Mais ça n'est guère encourageant. Evidemment, ajouta Wedge avec un soupir, Zsinj est le cadet de nos soucis à présent.

— Ah ?

Le commandant hocha la tête.

— L'attaque nous contraint de brûler les étapes. Un nouvel ordre de mission est à l'étude.

— Je ferai de mon mieux, monsieur.

— Espérons que nous nous surpasserons *tous*. Cette fois, baisser ces boucliers planétaires devient une priorité absolue.

CHAPITRE XXX

Corran suivit Wedge dans une autre salle, plus grande. Asyr et le Devaronien que le lieutenant avait aidé à s'évader siégeaient à une table ronde.

Fliry Vorru et Zekka Thyne — visiblement blessé —, aussi.

— Corran !

— Iella ! Je n'en crois pas mes yeux !

— Moi non plus...

Si voir Thyne mal en point réjouissait Corran, retrouver Iella était plus merveilleux encore.

J'ai passé trop de temps coupé de mes racines, sans personne de mon passé, Whistler excepté. Comme si tout ce que j'avais vécu n'avait pas existé...

— Où est Diric, Iella ?

— Je l'ignore.

— Je suis navré... Que s'est-il passé ?

— Il y a un an environ, il a été pris dans une rafle... Je ne l'ai jamais revu. J'ai fui, j'ai noué des contacts avec l'Alliance et c'est ainsi que j'ai rejoint la Rébellion. Après tout ce temps...

Hochant la tête, Corran étreignit la jeune femme.

Diric Wessiri n'était pas un homme dépourvu d'intérêt. Un héritage lui avait d'abord permis de mener une vie dorée. Il concevait l'existence comme une collection de phénomènes à expérimenter et à disséquer. Plus âgé que Iella — vingt ans —, il avait formé avec elle un couple, aussi soudé que l'oxygène et l'hydrogène. Diric n'approuvait pas toujours la politique de la CorSec, mais il cherchait avant tout à comprendre. Sa quête perpétuelle d'éclaircissements avait fasciné Corran.

Ce n'est pas le moment d'apprendre à Iella que Gil est mort, exécuté par Loor. Plus tard...

— Diric était spécial, mais vous aussi... Il est merveilleux de vous revoir saine et sauve !

Iella serra les mains de Corran dans les siennes.

— C'est vrai... Mirax m'a priée de vous transmettre son bon souvenir.

Le lieutenant sourit.

— Elle est ici ?

— Le *Pulsar* a transporté certains membres de l'Escadron jusqu'ici, mais il n'a pas pu repartir. (Iella fronça les sourcils.) Les autres ont pourtant dû vous avertir...

— Nous étions très occupés, vous savez.

— Vous m'étonnez... Mirax a menacé de vous donner des cours de moto-jet. Première règle, dit-elle : ne pas raser les immeubles !

Corran gloussa.

— Nous en reparlerons...

Thyne grommela.

— C'est pas bientôt fini, vos jacasseries assommantes de vieux potes ?

— Rafistolé, quand vous aurez un ami un jour, vous saurez que ça se fait quand on a été longuement séparé.

Corran lâcha Iella, qui prit place près de Winter.

— Bien dit, lieutenant Horn, fit Vorru. Néanmoins, le temps presse. Commandant ?

Corran s'assit près de Wedge. Il remarqua que Thyne se tenait l'estomac en grimaçant.

On lui a tiré dans les tripes. Ça fait mal. Très bien.

Wedge se leva.

— Restons simples. Depuis l'affaire de l'entrepôt, nous sommes tous d'accord : contre l'Empire, l'union fait la force. Nos différents groupes ont leurs atouts et leurs faiblesses. Une fois l'Empire vaincu, nous nous en sortirons tous mieux sur Coruscant.

« A l'origine, l'Escadron Rogue devait évaluer les failles des défenses ennemies. Hélas, le seigneur de guerre Zsinj cherche à tester l'Empire *et* la Rébellion. Les Impériaux savent que l'attaquer serait s'affaiblir dangereusement. L'Alliance est devant le même problème : concentrer ses forces sur Zsinj exclurait la conquête de Coruscant avant des années. Conclusion : l'Alliance doit lancer son offensive.

— Baisser les boucliers d'une planète n'est pas facile, remarqua Fliry Vorru.

— L'ordinateur central est la clé. Les trafiquants de données du Soleil Noir n'ont-ils pas réussi à introduire leurs codes dans les programmes-maîtres contrôlant la planète ?

— L'affirmer serait prématuré, répondit l'ancien Moff.

— Oh ?

— Oui, commandant. L'enjeu est clair : écraser un régime dictatorial cruel et inhumain. Chère Winter, après sept ans de luttes acharnées, les Rebelles ne songent plus qu'à ça. N'est-ce pas le rêve de chaque Alderaanien survivant : remplacer son monde perdu par Coruscant ?

Les yeux de Winter lancèrent des éclairs.

— Le but de l'Alliance n'a jamais changé : étouffer le mal qui a détruit notre planète. Rien ne remplacera Alderaan — et certainement pas ce mausolée géant en transpacier et en ferrobéton qu'on appelle Coruscant.

Wedge croisa les bras.

— Votre argument, Vorru ?

— L'Alliance ne sera pas plus favorable au Soleil Noir que ne l'était l'Empire. Moins en fait. Alors ma question est simple : mes agents et moi, qu'avons-nous à y gagner ?

— Et votre libération de Kessel ? grogna Corran, indigné. Ça ne compte pas, peut-être ?

Vorru eut un sourire diplomatique.

— Vous aimeriez m'y réexpédier séance tenante, n'est-ce pas, lieutenant ? Si votre plan réussit, vous pourriez être nommé ministre de la Sécurité. A en juger par les histoires de Thyne, les Horn sont des gens efficaces. Je me demande même si je ne préfère pas Ysanne Isard comme adversaire, à tout prendre... Ce que j'aimerais, commandant Antilles, c'est une garantie de clémence pour ceux de mes hommes qui vous aideront à renverser Isard.

— Et si ce n'est pas possible ?

— La relocalisation dans un monde de mon choix, intégré à l'Alliance. Avec moi à sa tête, bien sûr.

— Un monde dont vous feriez un nouveau paradis du crime ? s'écria Iella.

Corran secoua la tête.

— Il est plus rusé que ça. Il se fera grassement payer par les planètes alentour pour que ce ne soit pas le cas. Ensuite, il sera assez riche pour s'offrir un ou deux systèmes stellaires.

Vorru écarta les bras.

— Vous vous méprenez. Je cherche une planète où couler des jours paisibles. Décidément, on ne peut pas dire que vous teniez en très haute estime le potentiel de réhabilitation de Kessel.

— Suffit ! intervint Wedge avant que Corran réplique. Vous avez ma parole que vos gens et vous-même ne serez pas jugés responsables des crimes commis durant notre... association. Pour autant qu'un sociopathe comme Thyne ne se sente pas autorisé à massacrer des innocents. Nous parlons de cibles *militaires*, messieurs. Si le sang coule à flots dans les rues, je tuerai moi-même les responsables. Réfléchissez. A mon avis, vous n'aurez pas de meilleure offre.

— C'est acceptable, dit Vorru. Pour le moment. Quant à votre question, nos trafiquants de données n'ont pas pu s'infiltrer dans l'ordinateur central.

— Pourquoi ne pas le pulvériser ? fit Thyne, mal à l'aise. Ça résoudrait tous les problèmes.

— Que vous dites... (Winter plissa le front.) Des dégâts au système central impliqueront le transfert des commandes aux satellites. Moins surveillés et protégés, ils n'en seront pas pour autant plus faciles à conquérir. En plus, nous ignorons leur localisation précise.

Vorru sourit.

— Je pourrais combler ces lacunes, mais vos réserves sont fondées, je le crains. Une approche plus subtile aurait de meilleures chances de succès.

Asyr posa une main sur le bras de l'ancien Moff.

— Pourquoi craquer les défenses de l'ordinateur central est-il si compliqué ? Chaque heure, des milliards de transactions et de messages traversent ses circuits. Ne me dites pas qu'il n'existe aucune faille !

Wedge haussa les épaules.

— Ça semble pourtant le cas. Winter ?

— Les ordinateurs impériaux utilisent un langage informatique restrictif muni de commandes pyramidales et de structures d'accès. Pour que les nouveaux programmes deviennent actifs, il faut qu'ils reçoivent l'aval des niveaux de sécurité les plus hauts. Les programmes sont scannés, le résultat étant comparé aux niveaux d'accès requis. Tout système sans code valable est aussitôt écarté.

Corran fronça les sourcils.

— Mais si l'*emballage* informatique suffisait à donner le change ?

— Ce n'est pas impossible, mais il nous faudrait les bons codes. Or, ils changent toutes les heures. Au terme d'un jour d'utilisation, ils ne sont plus bons à rien. Chaque nuit, des disques durs flambant neufs sont introduits dans les ordinateurs ; des trillions d'hexa-octets de transactions y sont gravés. C'est ce qui se passe d'un bout à l'autre du système.

Asyr hocha la tête.

— La production des disques a lieu tout près de l'Invisec. Toutes sortes de produits chimiques nocifs sont utilisés puis rejetés. Beaucoup d'énergie est nécessaire pour le formatage des disques. Cette usine fait chaque jour de nouvelles victimes.

Wedge croisa les bras.

— Si ces disques sont produits quotidiennement, comment se passe le transfert des données ?

— Il existe deux banques de données, répondit Winter. Les informations sont transmises de l'une à l'autre — un processus très court, de l'ordre d'une demi-heure.

— Et les transactions, pendant ce temps ? s'enquit Corran.

— Elles sont en attente dans une banque secondaire. Dès que les disques idoines sont libres, elles sont injectées. Puis ces disques chargés envoient à leur tour les données dans de nouvelles banques.

— Entendu, Winter. Alors quelle sorte de programme régit le transfert des données entre les banques ?

Elle regarda Corran d'un air étrange.

— Un logiciel standard. Tous les systèmes ou presque en sont pourvus. Où voulez-vous en venir ?

— Les données sont véhiculées d'une première banque à une seconde, c'est ça ?

— Oui.

— Et ça va très vite, puisque tout a été vérifié et que les mauvaises données ont été écartées dès le départ.

— Absolument.

— Donc, il n'y a aucun contrôle effectué par la seconde banque ?

Winter sourit.

— Altérer le code de transfert d'un des disques durs secondaires pour injecter un programme rebelle *après* les vérifications automatiques ne serait pas si difficile...

— Nous avons accès à l'usine de production de ces disques, et nous pouvons altérer le code utilisé pour les formater.

— Magnifique ! exulta Corran. Nous touchons au but ! Pour baisser les boucliers planétaires, il suffira bientôt d'appuyer sur un bouton !

Vorru inclina la tête.

— Avec vous, le Soleil Noir a perdu ce que la Cor-Sec a gagné. Quel dommage que vous ayez décidé de nous traquer au lieu de nous aider !

Corran lui fit un clin d'œil.

— C'est le problème... Je ne supporte pas qu'un criminel plus idiot que moi profite de ses mauvaises actions... Mon père était comme ça. Vous comprenez pourquoi nous avons écourté la brillante carrière du Rafistolé.

— Si votre père était aussi malin que ça, il serait encore de ce monde ! cracha Thyne.

Corran refusa de s'énerver.

— Cette opération est plus importante que mon envie de vous casser la gueule. Mais vous ne perdez rien pour attendre, mon vieux.

Thyne fit mine de se lever. Wedge le poussa.

— Assis !

— Essayez donc de m'y forcer !

De la main droite, Vorru le frappa dans l'abdomen. Le forçat hurla de douleur, plié en deux. L'ancien Moff l'agrippa par la peau du cou et lui cogna la tête contre la table avant de le pousser en arrière.

Thyne tomba sur le sol.

— Pour certains, la discipline est une *leçon*. Pour d'autres...

Corran frémit.

En moins de temps qu'il n'en faut aux ténèbres pour envahir une pièce quand on pousse un interrupteur, Vorru passe de la civilité à la violence... Thyne est K.O. *pour le compte.*

Echangeant un regard entendu avec Iella, il vit la jeune femme secouer la tête.

Wedge baissa les yeux sur le criminel puis haussa les épaules.

— Nous avons assez d'éléments pour mettre au point une nouvelle stratégie. Winter, que vos as de l'informatique commencent à élaborer les programmes dont nous aurons besoin. Asyr, il nous faudra un rapport détaillé sur la sécurité de l'usine. Quant à vous, Vorru...

— Je verrai si les techniciens ont des vices exploitables.

— Très bien, conclut Wedge. Nous nous reverrons dans deux jours. Ce sera l'heure du bilan.

CHAPITRE XXXI

Kirtan Loor serra les poings.

Lequel est le plus idiot ? Un crétin, ou celui qui compte sur un crétin ?

Le rapport initial de Zekka Thyne sur le conseil de guerre des Rogues avait paru prometteur. Loor avait appris avec un malin plaisir les retrouvailles de Corran Horn et d'Iella Wessiri.

Les dossiers sur le crime organisé avaient fourni des renseignements intéressants sur Fliry Vorru et sur le Devaronien Dmaynel Kiph...

Sur Asyr Sei'lar, les Services Impériaux n'avaient rien. Ce devait être un membre d'un réseau d'espionnage. L'éventualité d'une opération secrète bothane parallèle à celle des Rogues tendait à prouver que l'Alliance n'était pas aussi unie qu'elle voulait le faire croire...

La stratégie adoptée par Cœur de Glace — diviser pour mieux régner — ne manquait donc pas de mérite.

Ce qui énervait Loor, c'était la duplicité de Thyne — de plus en plus flagrante dans ses rapports. D'après le bagnard, la première réunion des Rogues en était restée au stade de la théorie.

Puis Thyne avait été affecté au service « équipement ». Si ses activités offraient à Loor un aperçu intéressant sur ce qu'on pouvait trouver au marché noir, ça ne l'avançait pas beaucoup. Thyne se procurait des armes qu'il répartissait ensuite dans différents sites clandestins.

Trop nombreux pour que les Services Impériaux puissent tous les garder à l'œil.

Une chose était claire : le haut commandement des Rebelles ne prenait aucun risque avec Thyne. Bien qu'utiles, ses tâches n'impliquaient pas de responsabilités. Après tout, l'achat d'armes n'était pas uniquement du ressort du bagnard. D'autres s'en chargeaient aussi.

Cela dit, si on avait supposé que Thyne travaillait pour l'ennemi, un homme comme Vorru l'aurait rapidement mis hors d'état de nuire...

Fort des avertissements d'Isard, Loor s'abstenait donc de sauter aux conclusions.

Pourtant, des faits incontournables sautaient aux yeux.

Thyne n'inspirait pas la confiance. Son ambition de prendre la place de Vorru à la tête du Soleil Noir et son animosité contre Corran et Iella étaient autant de points en sa défaveur.

Comme agent double, il y avait mieux.

Plus tard, Loor apprit que son espion avait été mis K.O. lors de la première session des Rogues.

Une amnésie partielle en avait résulté.

Ses rapports suivants étaient donc parfaitement inutilisables. Le Conseil ayant compartimenté l'opération, les informations de l'autre espion infiltré au sein de l'Escadron Rogue se révélèrent moins intéressantes encore. Que les Rogues gardent profil bas n'avait rien de surprenant. Le Centre Impérial leur étant inconnu, ils y étaient moins à l'aise que d'autres conspirateurs.

Résultat, on ne pouvait pas se fonder sur leurs activités.

Le seul côté positif de l'affaire, c'était que le complot traînait en longueur. Rien ne se passerait avant deux semaines — la période d'incubation du virus, précisément. Et on avait inoculé le Krytos aux Sullustéens dix jours plus tôt. Isard avait pollué les réserves d'eau de la planète. Chaque jour, d'innombrables créatures étaient contaminées à leur insu.

Méfiant, Loor s'était accoutumé à faire bouillir l'eau et à boire des vins d'importation.

Même si le virus n'était pas censé toucher l'espèce humaine, on n'était jamais trop prudent.

Loor se passa une main sur le front.

Comment s'emparer d'une planète ? Simple : baisser ses boucliers et débarquer des troupes de choc.

Si les frappes aériennes occasionnaient de lourds dégâts, seules des troupes pouvaient conquérir les bâtiments. Tant que les boucliers tenaient, rien n'était possible.

Ils étaient forcément la cible numéro un des Rogues.

Charger un landspeeder de Nergon 14 et l'expédier contre le générateur principal semblait le plus simple et le plus expéditif.

Mais c'eût été ignorer deux réalités tactiques : la multiplicité des stations de relais, et l'absence de Nergon 14 dans le camp ennemi. A la connaissance de Loor, les Rebelles n'en avaient toujours pas.

Sans compter que détruire les défenses de Coruscant, c'était inviter tous les charognards du cosmos à accourir pour la curée.

Ce n'était sûrement pas le but de l'Alliance.

Prendre pour cibles les stations de production d'énergie présentait des problèmes similaires. Le réseau électrique planétaire était conçu pour que tout secteur défaillant soit aussitôt alimenté par ses voisins.

La solution évidente consistait à contrôler l'ordinateur central.

Loor avait vu des prisons de haute sécurité moins bardées de protections que lui.

Cela étant, la présence de l'Escadron Rogue restait inquiétante. Aux commandes de chasseurs trafiqués — il n'en manquait pas au marché noir —, ces diables d'hommes étaient capables de ridiculiser l'élite impériale. Ils gagneraient du temps pour les envahisseurs, quitte à se faire tailler en pièces par les escadrons de Tie.

Isard voulait voir le Centre Impérial tomber aux mains des Rebelles. Ceux-ci se retrouveraient face à une population affolée et condamnée à mort. Les réserves de bacta fondraient rapidement, obligeant l'Alliance à se mobiliser en un seul lieu.

Pour que ce plan réussisse, il ne fallait pas donner aux Rebelles l'occasion d'oublier leur but.

A l'idée d'affronter Isard, si tout ne se déroulait pas comme prévu, Loor avait des sueurs froides.

Si Derricote tenait toutes ses promesses, les Rebelles s'empareraient d'un monde à l'agonie.

Et ils expireraient avec lui.

CHAPITRE XXXII

Corran nettoyait son pistolaser BlasTech DL-44. Avec un soupir, il releva la tête...

— Gavin... C'est la troisième fois que vous me demandez si vous pouvez me poser une question.

Le garçon rougit. Il s'occupait de son SoroSuub S1BR.

— Je sais, fit-il à voix basse. Ça concerne, hum, vous savez quoi.

Pour être si évasif, il fallait que ce soit une question de tuerie. Ou de sexe. Gavin ayant subi le baptême du feu depuis longtemps, il restait le sexe.

Pourquoi ses parents ne lui ont-ils jamais parlé des fleurs et des abeilles avant de le laisser s'engager ?

Corran chercha Wedge des yeux. Le commandant saurait mieux s'y prendre que lui.

Mais il n'était nulle part.

Résigné, le lieutenant poussa un autre soupir.

— Posez votre question, jeune homme.

Gavin prit un air grave.

En raison de sa jeunesse, l'effet n'était pas tout à fait convaincant...

— Sur Tatooine, à Anachore plus précisément, enfin... Autour de ma ferme disons, il n'y avait pas grand-chose... Il n'y avait pas d'écoles comme sur Corellia, la scolarité se faisait *via* l'HoloNet local, et...

Corran assembla les différentes pièces de son arme.

— Gavin, essaieriez-vous de me dire que vous ignorez comment embrasser les filles ?

Le jeune homme cilla, puis plissa le front.

— Anachore est peut-être un bled paumé, mais pas à ce point !

— Les filles de la famille ne comptent pas.

Gavin s'empourpra.

— Je n'en avais pas autour de moi.

Levant une main, Corran arbora un grand sourire.

— Je sais. Je m'amusais à vous mettre dans l'embarras. Honte sur moi ! Alors ? Que vouliez-vous savoir ?

— Eh bien, vous avez beaucoup roulé votre bosse... Et vous venez de Corellia. Vous avez sûrement vu des couples se former plus d'une fois, avec des gens très différents ?

— Comme Erisi et moi ? Nous venons de mondes distincts, c'est vrai, mais nous sommes tous deux humains. Encore qu'il ne s'est rien passé pour l'instant...

— Non, je voulais parler de Nawara et de Rhysati.

— Oh.

Malgré la diversité de la galaxie et la complexité de ses règles, celles qui régissaient les relations entre espèces variaient peu. La majorité étaient des décrets impériaux — et pouvaient se résumer en cinq mots : « Regardez mais ne touchez pas. »

— L'exotisme exerce parfois un puissant attrait sur les gens, Gavin. Les uns se limitent à leur espèce, les autres veulent tout expérimenter sans restriction. (Corran haussa les épaules.) Libre à eux.

— Je ne suis pas certain de saisir votre pensée...

— Je n'étais pas très clair, c'est vrai. Aimeriez-vous fonder une famille un jour ? Avoir des enfants ?

— Je crois.

— Je vois. Supposez que l'élue de votre cœur ne puisse pas en avoir avec un être humain ?

— Eh bien, je... je ne sais pas.

— Sans parler d'autres problèmes, ni des difficultés sinon des dangers à s'accoupler avec n'importe qui.

— Des dangers ?

— Mais oui ! Imaginez que votre amie du moment soit une fana des suçons ? Avec des dents longues de dix centimètres ? Notre épiderme n'étant pas celui des Gamorréens, vous vous videriez vite de votre sang !

— Je n'y avais pas pensé...

— Certaines espèces n'ont pas notre longévité. Pour vous et moi, l'argument est assez spécieux, vu notre espérance de vie... Néanmoins... Il y a beaucoup de choses à prendre en compte. Cela étant, tout peut se ramener à un seul point : si un couple s'entend bien, il peut venir à bout d'une tonne de difficultés.

Gavin hocha la tête.

— Alors, avez-vous jamais... Vous savez ?

Il rougit de plus belle.

Corran sentit deux mains se poser sur ses épaules et leva les yeux vers le visage souriant d'Iella.

— Corran a-t-il jamais fait *quoi* ?

Horn haussa les épaules.

— Rien !

Mirax apparut à son tour.

— A en juger par la mine de Gavin, Corran, on a du mal à te croire !

Par jeu, Iella fit mine de le saisir par la nuque.

— Allez, Corran, avouez ! Il n'y a pas grand-chose que vous n'ayez *jamais* fait !

Gavin sourit. Le lieutenant Horn se sentit écrasé par l'adversité. D'évidence, le cadet du groupe voulait en savoir plus sur les relations intimes entre humains et non humains, parce qu'il avait lui-même une conquête en vue. Deviner laquelle n'avait rien de sorcier... Une Bothane nommée Asyr Sei'lar.

Corran la jugeait un peu trop mondaine pour un innocent comme Gavin.

Cela dit, un garçon de ferme pouvait apprendre très vite. Gavin l'avait prouvé plus d'une fois.

Mais la présence de Mirax poussait Corran à la prudence. Depuis qu'Erisi et Rhysati faisaient équipe, le lieutenant avait pu mettre en perspective sa relation avec Erisi. Malgré leur attirance, Corran était persuadé qu'une liaison serait un désastre.

En revanche, avec Mirax, il avait un passé commun. L'inimitié chronique de leurs pères les avait paradoxalement rapprochés. Le genre de lien qu'il n'aurait jamais avec Erisi. La différence sociale était trop grande.

Dans le nouveau plan, Corran, Mirax, Gavin et Iella s'étaient chargés de l'essentiel des fournitures. Beaucoup étaient rares, donc onéreuses. Plus d'une fois, Corran avait amèrement regretté M3.

Mais Mirax s'était montrée presque aussi douée dans ce domaine. Faute de logique mathématique, elle avait recours au charme féminin pour obtenir ce qu'elle voulait. Le vieux Booster aurait été fier de sa fille...

Mais j'ignore encore tant de choses sur elle, songea Corran. *Comment réagirait-elle si elle apprenait que j'ai fricoté avec de belles humanoïdes ?*

Gavin continua de remonter les pièces de son arme.

— Je voulais savoir si Corran a eu des aventures avec des non humaines.

Iella éclata de rire.

— Beaucoup de ses flirts n'avaient d'humain que l'apparence !

Mirax renifla de dédain.

— Pourquoi ramener la reine du bacta sur le tapis ?

— Je ne suis jamais sorti avec Erisi.

— Bien sûr que non ! Tu as juste prétendu être *son* étalon kuati avant de l'embrasser dans le grand hall du Palais Impérial... Qui parle de liaison, je le demande !

Corran ricana.

— A t'entendre, on croirait vraiment que j'ai pris du plaisir avec Loor dans les environs !

Iella lui flanqua une tape amicale.

— Horn ! Toujours à vous plaindre...

— Croyez-moi, je préférerais de loin Chertyl Ruluwoor à Erisi.

— Voyez-vous ça...

Iella leva un sourcil.

Gavin fronça les sourcils.

— Qui est cette Chertyl Ruluwoor ?

Mirax se redressa.

— On dirait une Sélonienne.

— Tout juste, fit Iella avec un grand sourire. Dites-leur, Corran.

— Dites-leur vous-même. Vous parlez mieux que moi.

— Ça ne vous fait rien ?

— Quitte à être mortifié, que ce soit par vous.

— Voilà qui promet ! s'exclama Mirax, s'asseyant sur la table. Allez-y, Iella. Je suis tout ouïe.

La jeune femme sourit.

— Chertyl Ruluwoor était une Sélonienne intégrée à notre unité pour se perfectionner dans le cadre d'un échange culturel. Malgré ses deux mètres de haut, elle était très fine. Avec sa fourrure noire tirant sur le bleu, elle faisait sensation. Une humanoïde vraiment splendide.

« Le bal annuel de la CorSec arriva et elle ne connaissait personne. Les Séloniens sont d'un naturel réservé. Les seuls qu'on voie en public sont des femelles stériles. Elles tiennent les rênes de leur société. Bref, dans notre section, on avait tiré au sort pour savoir qui serait le cavalier de Chertyl. Chaque officier célibataire avait acheté un billet de loterie. Le gagnant — qu'on considérait comme le « perdant » en l'occurrence — remporterait le magot en compensation...

Mirax fronça les sourcils.

— Une démarche pas très saine...

Corran sourit.

— La loterie du bal annuel est une longue tradition. Un ancien directeur refusait que sa fille aille au bal sans escorte. Il ne voulait pas davantage ordonner à un officier de lui servir de cavalier. C'est ainsi que fut instituée la loterie.

« En général, quelqu'un se propose pour être « gagné » le temps d'une soirée, et l'argent récolté va aux orphelins et aux veuves de l'unité.

« Cette année-là, le « gros lot » était Chertyl, bien qu'elle n'en sût rien. La plupart des gens trouvaient cela barbare, mais après tout, puisque c'était la tradition...

Gavin sourit.

— Corran fut l'heureux vainqueur ?

— On peut dire ça, gloussa Iella. Et il s'est montré un cavalier idéal pour Chertyl, se mettant sur son trente et un, la couvrant de fleurs, louant pour l'occasion une limousine à répulsion... Chertyl aussi a sorti le grand jeu ! Avec son physique de rêve, elle portait ce soir-là une robe superbe et une parure argent et aigue-marine... Ce couple a soulevé l'admiration et la jalousie générales ! Chertyl et Corran ont dû passer la plus belle soirée de leur vie ! C'était parfait.

Hochant la tête, Corran ne put réprimer un sourire.

C'est vrai... Quel merveilleux souvenir, quand j'y repense. Ce soir-là, j'ai vraiment tout oublié ! Ça fait du bien, de temps en temps...

— *C'était* parfait, assura-t-il.

— Et ensuite ? Que s'est-il passé ? demanda Gavin.

— Iella, fit Corran, épargnez-nous les détails salaces.

Mirax sourit.

— Vous pourrez nous les glisser plus tard au creux de l'oreille, Iella.

— Etre stérile n'a jamais signifié qu'on soit impuissant ou frigide. Après le bal, nos tourtereaux ont continué la soirée dans l'intimité. Voilà. D'autres questions ? Ou ça vous suffit ?

— Ça nous suffit.

— Etait-ce... ? commença Gavin, avant de rougir.

Corran lui fit un clin d'œil.

— Mieux encore !

Mirax fronça les sourcils.

— En ce cas, pourquoi n'êtes-vous pas resté avec elle, Corran ?

— Eh bien, il y avait un petit problème...

Iella hocha la tête.

— Votre sexualité n'était pas tout à fait en harmonie.

— Ce n'est pas ce que Corran a l'air de dire, sourit Gavin.

— Leur entente sexuelle, jeune homme, était parfaite, fit Iella, posant une main sur l'épaule de Corran. Leur biochimie respective l'était beaucoup moins. Si Corran porte son talisman sur une chaîne en or, c'est que le pH de sa peau est trop acide pour l'argent. Sur lui, tout ce qui est en argent ternit vite. Ce n'est pas anormal chez les humains. Et ça suffisait à irriter la fourrure de Chertyl. D'ailleurs, Corran y était allergique.

— Chaque fois qu'on s'enlaçait, renchérit le lieutenant, on en était quittes pour l'équivalent de dix coups de soleil.

Mirax éclata de rire avant de feindre la compassion.

— C'est affreux...

— Eh oui, fit Corran, fataliste. C'est la vie. Voilà mon conseil, mon garçon. Il faut laisser venir. Ça ne fait pas de mal — en général.

Le jeune homme posa son pistolaser et se leva.

— Entendu. Et merci. Si vous voulez m'excuser...

— Bonne chance, Gavin.

Souriant, Corran le regarda s'éloigner.

— C'était bien présenté, Iella, ajouta-t-il.

Mirax fronça les sourcils.

— A quel point était-ce vrai ?

— Elle n'a pas dit un seul mensonge.

— C'est bien triste...

Corran secoua la tête.

— Pas du tout... Nous savions à quoi nous en tenir. A long terme, ça n'aurait pas marché. Je n'avais nulle envie de m'encroûter sur Sélonia pour entrer dans un clan. Chertyl ne m'aurait jamais donné les enfants que je voulais. On est restés bons amis, avec de merveilleux souvenirs. C'est déjà pas si mal. J'ai rarement vécu de meilleure rupture.

— C'est vrai, Corran, fit Iella. Mais si vous m'aviez écoutée, vous vous seriez évité pas mal de désagréments avec vos autres liaisons. Autant de désastres annoncés, si vous voulez mon avis !

Mirax sourit.

— Et que pensez-vous de la reine du bacta ?

— Elle ? Elle n'est pas faite pour Corran. Attirante, certes, mais ce n'est vraiment pas le type idéal pour lui.

— C'est aussi mon avis. Il refuse de m'écouter.

— Que voulez-vous, ma chère...

Corran leva les mains.

— Grâce, mesdames ! Je ne suis pas loin de penser comme vous à propos d'Erisi. Néanmoins, même Ysanne Isard ne mériterait pas ça !

— Permettez-moi d'en disconvenir, dit Iella.

— Vous avez raison... Quand j'aurai fini de nettoyer ces maudits pistolasers, on pourra passer aux choses sérieuses.

CHAPITRE XXXIII

Le bureau du général Derricote n'était pas plus grand que celui de Kirtan Loor. Sa blancheur uniforme mettait ce dernier mal à l'aise.

La projection holographique de Ysanne Isard remplit l'espace.

— Qu'y a-t-il de si urgent, agent Loor ?

— Les estimations du général Derricote à propos de la période minimale d'incubation étaient optimistes.

— Quoi ? Dans quel sens ?

— Il vous a promis dix jours ; une douzaine semble plus près de la vérité. Et...

— Ce n'est pas tout ?

— Je le crains, madame. Le virus résiste à la transmission par l'air. Un contact par fluides interposés reste nécessaire pour infecter les cobayes.

— C'est impossible... Je vous tiens pour responsable. Loor, regardez-moi quand je vous parle !

Il obéit.

Elle fulminait.

— Le général Derricote m'a donné de fausses informations.

— Comme à Borleias. Mais vous aviez déjoué ses manœuvres.

— A l'époque, je n'avais pas à surveiller les activités de l'Escadron Rogue dans le Centre Impérial. Votre date limite m'inquiétait. Elle est passée...

— Elle se fondait sur dix jours d'incubation, suivis d'une semaine de phase terminale. Voilà qui compromet tout ! Quels sont les taux de transmissibilité ? Le virus se transmet-il d'espèce en espèce ?

— Un contact avec dix centimètres cubes de fluides vitaux donnera un taux d'infection de vingt pour cent. A l'air libre, le virus reste actif trente-six heures. Davantage s'il fait humide et chaud. On peut le congeler et le dégeler sans qu'il perde de sa nocivité. Si on l'injecte ou si on l'ingère, un centimètre cube suffit.

— Et le franchissement de la barrière des espèces ?

— Le général projette...

— Je veux des résultats, pas des projections ! Que Derricote commence la production en masse du virus et qu'il pollue les réserves d'eau.

Loor baissa la tête.

— Dans quatre jours, d'après le général, la planète sera contaminée.

— Il n'a pas quatre jours ! Mes ordres prennent effet immédiatement. Je ne tolérerai plus la moindre erreur de votre part ou de la sienne. Compris ?

— Oui, madame.

— Une dernière chose, agent Loor.

— Oui ?

— D'après votre dernier rapport, les Rogues passeraient ce soir à la première phase de la libération du Centre Impérial. C'est trop tôt. Débrouillez-vous. Tuez-les, arrêtez-les, dispersez-les, peu m'importe.

— A vos ordres, madame.

La projection disparut. Sur le seuil, Derricote applaudit.

— Magnifique performance.

Loor lui sauta à la gorge, le plaquant contre le mur. Son poing gauche lui percuta l'estomac. Dans sa chute, Derricote entraîna une étagère. Il resta sonné au milieu des disques épars.

Loor l'agrippa par le col et le releva.

— Votre incompétence m'a mis dans une situation impossible ! cracha-t-il.

— Mon incompétence ? Vous oubliez que je fais œuvre de pionnier. Si mes efforts ne comblent pas les attentes de ceux qui n'ont aucune idée sur...

Loor le gifla avant de le pousser hors du bureau.

— Vos techniciens doivent commencer la culture du virus sous toutes ses formes et infecter les réserves d'eau. *Maintenant* ! Y compris les versions expérimentales. Désolé, mais je ne crois plus à vos prévisions.

— Mais...

— Il n'y a pas de « mais », général ! C'est tout de suite qu'il faut agir ! Sur combien d'autres points m'avez-vous menti ? Votre virus est-il aussi efficace que vous le prétendez ?

— Vous avez vu les résultats, agent Loor.

— En effet. Mais pas tous ! Je refuse de continuer à payer pour vos erreurs, général !

Il le traîna dans la zone où étaient séquestrés les cobayes. A droite du couloir de la mort, à travers les vitres des cellules, Loor vit des Quarren commencer à se liquéfier. Plus loin, des Sullustéens se pelotonnaient les uns contre les autres. Deux enfants étaient pris de vomissements. Un adulte sur deux s'arrachait littéralement les cheveux. D'autres tremblaient de tous leurs membres.

Loor se tourna vers le général, qu'il avait fait trébucher dans sa hargne.

— Ysanne Isard veut que le bacta soit efficace contre votre virus.

— Il le sera.

— Avez-vous testé la version sullustéenne de la cure ?

— Pourquoi gaspiller du bacta ?

Loor lui flanqua un coup de pied dans la cuisse.

— Mauvaise réponse !

Loor plaqua le général contre une paroi en transpacier.

— Nous allons tester son efficacité, et pas plus tard que maintenant. Vous voyez cette adulte qui berce l'enfant malade ? Je veux qu'ils survivent. Compris ?

— La mère et l'enfant ? Comme c'est touchant...

— Le gamin est plus malade que l'adulte. Si elle survit, elle pourra avertir ses congénères et mettre la Rébellion dans l'embarras. (Loor posa un comlink dans la main grassouillette de Derricote.) Faites venir vos gens et que ces Sullustéens soient tirés d'affaire. Exécution !

— Ou bien ?

— Je vous donne un avant-goût, ici et maintenant, de ce que les Rogues affronteront ce soir. Soyez certain, général, que vous n'apprécierez pas plus qu'eux.

CHAPITRE XXXIV

Tout se passa bien jusqu'à ce que le Trandoshien laisse tomber le disque dur. Le cœur de Wedge bondit dans sa poitrine. La coque métallique se déchira sous l'impact.

Le technicien blêmit.

— Ça va chauffer pour nos matricules...

Wedge leva une main.

— Peut-être pas, l'ami.

— Le temps presse. Cet incident devra être rapporté...

— Je crois avoir une solution au problème.

— Je l'espère — dans votre intérêt. Après tout, c'est votre *extraterrestre* et vous qui serez tenus pour responsables.

Jusque-là, tout s'était déroulé sans accroc. Chaque disque était empaqueté individuellement, une fiche-diagnostic étant collée dessus. Le technicien avait sélectionné quarante disques sur les cinquante-cinq disponibles. Après vérification des fiches télématiques, un quart des boîtes était ouvert et contrôlé.

Seuls dix disques auxiliaires avaient été produits. Trois étaient formatés à l'aide de codes spécifiques et avaient des numéros de série particuliers — les deux derniers chiffres, additionnés, faisaient toujours dix.

Le Trandoshien voulut prendre un disque de remplacement portant le code des Rebelles. Le technicien l'arrêta.

— Pas toi, vermine ! Tu as assez fait de dégâts comme ça. Le choix me revient.

— C'est ça, va voir ailleurs si on y est, Portha ! renchérit Wedge. Ta maladresse te vaudra un rapport.

Le grand Trandoshien aux allures de reptile siffla et alla rejoindre Pash.

Wedge se gratta le menton.

— Vous avez raison de vouloir faire votre propre choix. Mais vous n'avez plus le temps de contrôler les fiches-diagnostics. On procédera par étapes. Sur ces cinq disques, commencez par en sélectionner trois.

Les sourcils froncés, l'homme obéit.

Sur un signe de Wedge, Gavin retira les deux disques non retenus.

— Eliminez-en deux de plus.

Le technicien obtempéra, puis regarda Gavin porter le disque finalement choisi sur le porte-charge à répulsion.

— Tout est de la faute de la Rébellion, vous savez, grommela-t-il.

— Vous croyez ?

— Bien sûr. Au temps de l'Empereur, on savait ce qu'on avait à faire. A présent, tout va à vau-l'eau ! Les négligences ne sont plus châtiées comme elles le devraient.

— Vous avez bien raison...

Le commandant Antilles se frotta mentalement les mains. Ça avait marché !

Le technicien pianota sur son bloc-notes électronique.

— Même les troupes de choc ne sont plus ce qu'elles étaient ! Normalement, je n'étais pas de service ce soir. Mais il m'a suffi d'insister pour avoir gain de cause !

— Les troupes de choc ? Tu entends ça, fils ? ajouta Wedge en se tournant vers Gavin. Avec autant d'indiscipline, tu aurais toutes tes chances !

Le technicien sursauta.

— Fils ? C'est votre garçon ?

— Il tient de sa mère. Mais on ne voudrait pas vous retarder...

Le plafond de l'entrepôt s'embrasa. Un halo incandescent nimba la porte du quai de chargement, qui explosa. Des commandos firent irruption par la brèche. Un hydroptère Mekuun vint harponner les grilles de protection. Son canon-laser fit fondre l'acier.

Wedge poussa le technicien, tourna les talons et courut se réfugier dans l'ombre, slalomant entre des piles de caisses.

Iella se glissa vers lui pour lui tendre une carabine-blaster. Puis elle activa son comlink.

— Shiel, Ooryl, Wedge est hors de danger. Ouvrez le feu !

Le Gand et le Shistavanien tirèrent. Les Merr-Sonn de type E avaient des champs d'action très spécifiques. Ooryl fit disparaître sous un déluge de feu le quai de débarquement et l'hydroptère impérial. Les rayons écarlates désintégrèrent le véhicule.

Shiel concentra ses tirs sur les commandos.

Wedge et Iella ajoutèrent leur puissance de feu.

La sortie prévue pour une évacuation d'urgence explosa. Non loin de là, Corran, Mirax et quelques adeptes du Soleil Noir défendaient leur zone.

Wedge appela Iella.

— Plan deux ! Il faut battre en retraite.

Iella transmit l'ordre à son groupe. Tandis que Wedge et elle les couvraient, Portha, Pash et Gavin abandonnèrent leurs positions.

Recroquevillé sur le ferrobéton, tentant d'échapper aux tirs des Impériaux, Wedge songea que narguer l'ennemi sur son territoire, au cœur de sa capitale, était plus fou que se lancer à l'assaut d'une Etoile Noire à bord d'une aile X !

En montant l'opération, les Rebelles avaient envisagé l'irruption éventuelle d'une patrouille. Normalement, deux canons de gros calibre auraient dû suffire. Que les Impériaux surgissent en force avait une seule explication : la trahison.

Et plutôt deux fois qu'une, puisque les éclaireurs postés aux abords de l'usine n'avaient pas donné l'alerte...

Corran l'avait bien dit : laisser Thyne organiser ça est une grossière erreur.

En attendant, si je ne trouve pas rapidement une solution, on est cuits !

Wedge ouvrit une fréquence sur son comlink.

— Ici le Rogue leader. Le temps est à l'orage. Repérez ce signal et organisez-nous une belle éclaircie...

— Bien reçu.

Iella rampa vers lui et l'interrogea du regard.

Wedge sourit.

— Je n'aime pas travailler sans filet... Si on tient le coup, on peut encore en réchapper sans trop de bobos.

— C'est vous le héros de la Rébellion. J'en accepte l'augure... Thyne nous a balancés ?

— Je ne parierais pas le contraire. Mais ne traînons pas ici, c'est malsain.

— Comment faire ?

— Appelez Shiel. Qu'il nous ouvre un passage à grands coups de laser.

— C'est comme si c'était fait...

Iella transmit l'ordre ; l'instant suivant, des caisses de disques volèrent en éclats.

Une fumée épaisse s'éleva, toujours plus noire et menaçante.

Un technicien dut penser que les Rebelles cherchaient à détruire l'ensemble des disques de l'usine. L'homme aux commandes du chargement enclencha les moteurs à répulsion. Mais il perdit le contrôle du véhicule, s'écrasant contre l'hydroptère en flammes.

Une explosion titanesque arrosa les environs de débris fumants. Le souffle catapulta des caisses à travers l'usine. Wedge s'écrasa contre une caisse, y gagnant plusieurs côtes fêlées.

Il prit la main que lui tendait Gavin et se releva, les dents serrées. Tous deux tirèrent au jugé vers le nuage noir en suspension.

La riposte fut faible.

Manifestement, l'ennemi avait été durement touché par la déflagration. L'hydroptère devait être rempli de missiles...

Iella, Pash et Portha s'étaient postés près de l'entrée. Nawara Ven et Shiel s'occupaient de l'artillerie lourde.

Rhysati, Erisi et Ooryl n'étaient pas en reste.

Grimaçant de douleur, Wedge fit signe aux siens de se regrouper.

— Filons ! L'endroit grouille d'Impériaux ! On nous a trahis ; inutile de prendre racine...

Gavin ouvrit de grands yeux.

— Vous êtes blessé, monsieur !

— Je peux encore bouger, mon garçon. C'est tout ce qui compte. Mais je ne donne pas cher de notre peau.

CHAPITRE XXXV

Dans le bureau du superviseur de l'usine, Corran avait un mauvais pressentiment. L'holocube du superviseur était relié aux caméras de surveillance. Wedge, le technicien, Pash, Gavin et Portha, miniaturisés, évoluaient sur la table comme des pions.

L'équipe rebelle paraissait bien partie pour la victoire.

Pourtant, Corran *savait* que le contraire était vrai.

A ses côtés, Mirax observait la scène.

Le bureau avait deux portes. L'une ouvrait sur une salle d'attente pourvue d'une fenêtre avec vue plongeante sur l'usine. L'autre donnait sur un escalier de service et une zone de stationnement, où Inyri et d'autres membres du Soleil Noir attendaient de récupérer le commando rebelle dans leurs airspeeders.

Corran vérifiait son pistolaser, et sa carabine-blaster quand Mirax tressaillit.

— On est en train de faire sauter cette porte, là-bas !

Une odeur de fumée monta aux narines du Rogue. Quelque chose d'autre brûlait, plus près...

Horn poussa la jeune femme.

— A terre !

La paroi qui séparait la salle d'attente du bureau explosa. Un feu nourri déchiqueta le mur. Les pitons en aluminium fondirent.

Plaqué contre le mur du fond, Corran vit la porte de l'escalier voler à son tour en éclats. Les tympans crevés, il saignait du nez.

Le bureau renversé devant lui faisait écran.

Un quatuor d'impériaux entra sans voir Corran.

Luttant contre la nausée, ce dernier roula sur le ventre, heureux de n'avoir pas lâché son pistolaser.

Ses doigts pressèrent la détente.

Un premier soldat s'écroula, les jambes fauchées. Devinant d'où venait l'attaque, le deuxième se tourna vers Corran, mais il ne fut pas assez rapide.

Les deux derniers firent feu simultanément. Le Rebelle tira le bureau devant lui. Les tirs s'y écrasèrent ; Corran roula à l'abri. Mirax se redressa et ouvrit le feu.

Les Impériaux éliminés, elle se dressa devant le lieutenant.

Il la vit remuer les lèvres, mais n'entendit rien.

Il força un sourire et coassa :

— Je survivrai. Ils ont utilisé des grenades, mais le mur nous a protégés. Sortons.

Mirax leur ouvrit la voie jusqu'à la zone de stationnement.

Ce qu'ils découvrirent leur glaça les sangs.

A droite, quatre airspeeders décollaient. A gauche, six motos-jets militaires de type Aratech 74-Y arrivaient en formation.

Elles se lancèrent à la poursuite des fuyards.

— Que faire ? demanda Mirax.

Une explosion assourdie fit trembler les murs.

— Pas question de retourner d'où nous venons !

— Alors ? Une autre proposition ?

Horn haussa les épaules. Des rayons laser déchirèrent de nouveau la pénombre. Un airspeeder avait fait demi-tour, une moto-jet aux trousses. Le premier zigzaguait avec brio, ne présentant jamais une cible facile à l'Impérial. Aux commandes d'un véhicule plus rapide et plus maniable, ce dernier gagnait du terrain. C'était une question de minutes...

— Mirax, cria Corran, feu sur la moto-jet ! Que l'airspeeder sache qu'il n'est pas seul !

Ils arrosèrent l'ennemi de rayons laser. Désarçonné, l'Impérial tomba de sa selle ; sous le choc, son casque se brisa. Il roula contre un pilier, son crâne le heurtant avec un bruit mat.

L'airspeeder vint se ranger devant les Rebelles.

— Dépêchez-vous, grimpez !

— Inyri..., souffla Corran, éberlué. Vous êtes revenue pour nous sauver ?

— Restez ou venez, mais magnez-vous !

Mirax prit son compagnon par l'épaule et le poussa sur le siège arrière. Elle s'installa près d'Inyri, à l'avant.

— Il a dû recevoir un sale coup sur le crâne... Démarrez !

Corran s'essuya la bouche d'une main. Le sang la rougit. Déchirant la doublure de sa veste, il s'épongea.

— Que s'est-il passé ?

— Je l'ignore. (Inyri prit de l'altitude). Nous vous guettions comme prévu, quand on a entendu deux explosions suivies par une plus forte. On a jugé préférable de ne pas s'attarder.

« Si je suis revenue, c'est parce que j'étais la première dans la ligne de mire. Dans ces conditions, rebrousser chemin pour semer mon poursuivant n'était pas une mauvaise tactique. Puis je vous ai vu tirer sur lui. M'arrêter et vous prendre à bord était la moindre des choses.

Mirax lui tapota l'épaule.

— Les intentions ne comptent pas. Ce sont les *actes* qui importent.

En silence, Corran fit le point. D'évidence, un espion infiltré au sein des Rogues les avait trahis. La présence et le nombre des Impériaux n'étaient pas un hasard. A première vue, une vingtaine de personnes étaient suspectes. Si quelqu'un avait été assez stupide pour se vanter auprès de tiers des objectifs audacieux de l'Alliance, ce nombre augmenterait de façon exponentielle...

Corran écarta d'emblée ses collègues, Mirax, Winter et Iella. Même si Winter n'était pas à l'usine, Wedge, Pash Cracken et Iella juraient que la Traceuse était incorruptible.

— Où allons-nous ? s'enquit Mirax.

— Zekka nous a donné un rendez-vous au cas où les choses tourneraient mal. On verra qui d'autre a survécu à cette débâcle.

Inyri pilota son airspeeder de main de maître à travers la ville.

Corran continuait de réfléchir. En tête de la liste des suspects figurait Zekka Thyne.

Il n'avait pas besoin de preuve pour étayer sa conviction.

Du point de vue de l'ennemi, sa position de sentinelle, aux abords de l'usine, était idéale. Vorru a fait la sourde oreille à ses protestations, lui imposant ce rôle. A l'en croire, Thyne voulait plus de responsabilités... D'ailleurs, j'étais soulagé de ne pas l'avoir avec moi à l'usine... Dans le feu de l'action, les « accidents » sont si vite arrivés... C'était me réjouir trop tôt ! Comment convaincre les autres que c'est bien ce pourri qui nous a vendus ?

Inyri perdit de l'altitude et passa sous un porche. Une porte coulissante se referma. L'éclairage allumé révéla un hangar presque vide. Inyri se posa.

— On doit être les premiers...

Elle coupa les moteurs et sortit du véhicule, suivie par ses passagers. Corran examina une moto-jet, garée contre un mur.

Le capot était froid.

Zekka Thyne fit son apparition.

— Ecartez-vous, ordonna-t-il, une arme pointée sur le lieutenant. Les mains en l'air... Vous aussi, Terrik. Inyri, débarrasse-les de leurs pistolasers.

Mirax fronça les sourcils.

— Que se passe-t-il ?

— Le Rafistolé est passé à l'ennemi, gronda Corran.

Inyri secoua la tête.

— Impossible. Il hait les Impériaux autant que nous.

Corran désigna la moto-jet.

— Les moteurs sont froids. On n'a pas été avertis de la descente des Impériaux parce qu'il n'était pas à son poste. Il ne voulait prendre aucun risque...

— Je savais que vous comprendriez tout, ricana Thyne. Comme je savais que vous vous en tireriez. Une fois de plus. Votre père et vous étiez vraiment vernis. Autrement, vous ne m'auriez jamais eu !

— La chance n'a rien à voir dans l'histoire. Mon père était plus futé que vous... Que comptiez-vous raconter à Vorru pour expliquer ce massacre ? Ou pensiez-vous que ça n'aurait aucune importance ?

— Il a son plan, Corran, fit Mirax. En échange de sa sécurité, et d'une nouvelle identité, il compte vous vendre aux Impériaux.

Thyne se fendit d'un sourire méchant.

— C'est presque ça. Sauf que Kirtan Loor se contentera d'un cadavre...

Il épaula sa carabine-blaster et visa.

Un rayon rouge déchira la pénombre.

Thyne s'écroula, l'abdomen déchiqueté.

Le regard de Corran vola du traître à Inyri.

Le Corellien s'agenouilla près de son ennemi juré.

— A moins que vous ayez une cuve bacta sous la main, vous êtes mort, Zekka.

— Alors je suis mort... Comme votre père. Vous voulez savoir si j'ai... ordonné son exécution ?

Corran secoua la tête.

— Non. Je ne vous croirais pas. Et ça ne le ramènerait pas à la vie.

Tu espérais me torturer encore avec ça, Zekka... Tu es déçu, j'espère.

Thyne grimaça de douleur.

— Loor sait tout... sur vous. J'ai trahi, mais je n'ai fait qu'imiter... un autre salopard...

Corran sursauta.

Tycho ! Mais Wedge a soutenu qu'il était mort lors du raid contre Noquivzor, et que j'avais rêvé... Si ce n'est pas lui, de qui peut-il s'agir ?

Thyne ricana.

— Vous voyez... Je n'ai pas fini de vous... hanter !

— Faux ! Vous m'avertissez de l'existence d'un ennemi dont j'ignorais tout. Vous me sauvez la vie, Zekka Thyne. Soyez assuré que je m'en souviendrai longtemps...

Le bagnard expira.

Corran se releva.

Mirax tentait de réconforter Inyri.

Le lieutenant voulut parler ; elle lui fit un signe négatif. La question qu'il avait sur le bout des lèvres n'aurait sans doute pas de réponse simple.

Et je ne la comprendrais pas, de toute façon...

Devait-il remercier Inyri d'avoir abattu son amant, lui sauvant ainsi la vie ? Corran ne l'aurait pas crue capable d'un tel geste. Dès qu'ils s'étaient rencontrés sur Kessel, la jeune femme lui avait été hostile. N'avait-elle pas tendu un pistolaser à Thyne pour qu'il abatte Corran ?

Tout portait à croire qu'elle s'en serait même chargée avec joie.

Inyri s'éloigna et s'adossa à la coque de l'airspeeder. Un filet de sang coulait vers un puisard, au centre du hangar. La jeune femme sanglota en silence.

Puis elle chassa ses larmes et releva la tête. Jamais elle n'avait autant ressemblé à sa sœur, Lujayne.

— Vous voulez savoir pourquoi ?

Corran hocha la tête.

Inyri avait *besoin* de parler.

— Quand on vient de Kessel, ça vous marque. Personne ne peut vous respecter. Quoi que vous fassiez ou disiez, vous êtes de la graine de criminel. Vous avez beau nier, protester... On vous traite de menteur si vous insistez. Les autres forçats vous respectent encore moins. Après tout, leur univers ne se limite pas à un caillou tournant dans l'espace...

Le cœur de Corran se serra. Quand il avait rencontré Lujayne Forge, il avait eu ce genre de préjugés. Mais ça n'avait pas freiné les élans de Lujayne, qui avait eu une franche discussion avec lui.

Le lieutenant en était sorti grandi.

— Thyne m'a aidé à m'évader de Kessel. Il me respectait et obligeait les autres à le faire. Il m'a amenée à me respecter *moi-même*. Pourtant, ce n'était pas le genre de type fait pour inspirer un tel sentiment. Avec mon éducation, tout aurait dû me pousser à le détester. C'était l'antithèse du bien tel que mes parents me l'avaient inculqué.

Mirax hocha la tête.

— Il vous respectait. A ses yeux, vous aviez une certaine valeur.

— Exactement. Chaque fois que vous reparaissiez, Corran, vous me rappeliez tout ce que j'avais perdu de vue. Au milieu des combats, Gavin et vous êtes revenus sur vos pas pour me récupérer. Thyne ne s'est même pas retourné.

« Aujourd'hui, il ne m'a pas avertie du traquenard qu'on vous avait tendu à l'usine. Sans vous, mon cadavre serait déjà froid. Ici, son principal souci était de vous abattre. Peu lui importait que j'aie ou non survécu. J'ai ouvert les yeux. Thyne me respectait tant que je lui étais utile. Il pensait pouvoir se fier à moi, ce qui est rare au sein du Soleil Noir.

Elle haussa les épaules.

— Ainsi, il m'a sauvée de Kessel. Et vous m'avez sauvée des Impériaux, en me prouvant que j'avais de la valeur. Ça comptait plus pour moi que le respect de Thyne... ou que sa vie. Votre dette envers ma sœur est payée, Corran.

— Détrompez-vous, Inyri. Une vie entière n'y suffirait pas. Mais nous sommes quittes, en effet. (Corran sourit.) Cela dit, nous restons coincés sur Coruscant, traqués par les Impériaux et par un traître. C'est le moment de régler nos affaires en souffrance !

Mirax hocha la tête.

— Ne jamais remettre au lendemain ce qu'on peut faire aujourd'hui.

Inyri haussa un sourcil.

— Sauf quand il s'agit de mourir.

— Bien dit, approuva Corran. Il est temps d'aller retrouver les autres.

CHAPITRE XXXVI

Si la Force est avec nous, pensa Gavin, tapi dans un coin, *c'est son Côté Obscur...*

Des rayons laser frappèrent le mur.

Ooryl et Nawara ripostèrent, permettant à Gavin de sauter à l'abri.

Dès leur sortie de l'usine, les Rebelles avaient été pris en chasse.

La situation devenait rapidement intenable.

Wedge avait insisté pour gagner de l'altitude, vers les niveaux élevés de la mégalopole. Mais ses compagnons et lui avaient joué de malchance. A présent, ils étaient coincés dans un monolithe de transpacier et de ferrobéton isolé des autres structures qui ne comportait aucune passerelle extérieure avant le cinquantième étage.

L'atteindre était tout le problème.

Chaque niveau avait un espace central où se trouvaient un ascenseur et un escalier. Hautes comme les murs, les fenêtres offraient une vue vertigineuse sur l'extérieur.

Et sur le transporteur de troupe impérial gravitant sous les yeux des Rebelles.

Soudain, un objet rond et noir se colla sur la vitre.

Et explosa.

— Tous au sol ! cria Wedge.

Gavin se demanda si son supérieur ne venait pas de devenir fou. Rester allongé ? Autant se rendre !

Tournant la tête, Gavin vit les Impériaux entrer par la fenêtre brisée. Ils ne paraissaient pas plus enclins à la clémence que leurs camarades...

Une chose étrange survint. Une deuxième explosion fit voler en éclats d'autres fenêtres.

Un chasseur venait à la rescousse !

Moins élégant que la dernière génération d'appareils, le Z-95 noir et or étrilla les commandos.

Wedge se leva, imité par ses hommes. Tous coururent vers la brèche. Un long véhicule noir attendait d'emmener les fugitifs à l'abri.

Sur l'ordre du commandant Antilles, Gavin monta à bord le premier, se plaçant entre Erisi et le Trandoshien.

Wedge et Pash suivirent.

Les Rogues entendirent la voix du copilote...

M3 !

— Comment M3 peut-il être là ?

— Et qui pilote le chasseur ? s'enquit Rhysati.

— Tycho.

Gavin passa de la joie au désespoir à l'idée d'avoir été trahi.

— Il a été tué à Noquivzor !

Wedge secoua la tête.

— Non. Le raid a bien eu lieu, mais M3 et lui n'y étaient pas. Whistler tapait des rapports à leur place pour le faire croire. En réalité, ils étaient ici.

Iella leva un sourcil.

— Pourquoi les avoir amenés ?

— Au sein de la Rébellion, j'ai appris deux choses. Ce qu'on prend pour un secret est en réalité une information monnayable quand on en cherche de plus importantes. Tôt ou tard, l'Empire aurait appris notre présence sur Coruscant.

Nawara hocha la tête.

— Les pièges d'aujourd'hui prouvent qu'on nous a vendus.

— Ce qui m'amène à mon deuxième point. L'opposition ne peut agir qu'en vertu de ce qu'elle sait. Depuis le début, Tycho travaille ici sous mes ordres. Je voulais avoir une carte de sabbac qui ne change pas de couleur et de valeur au cours de la partie. Tycho était cet atout. Il connaît Coruscant. Comme vous le voyez, nous devons la vie sauve à son entraînement sur le terrain.

La tête conique du M3 pivota.

— Le capitaine Celchu annonce que nous ne sommes pas poursuivis et que la voie est dégagée. Il a aussi un message pour vous.

— Connectez-le.

— Wedge, j'ai une information capitale.

— Allez-y. Nous sommes entre amis.

— Un message urgent est arrivé. Il nous reste quarante-huit heures pour désactiver les boucliers de Coruscant.

CHAPITRE XXXVII

Kirtan Loor baissa la tête devant Ysanne Isard.

— L'Escadron Rogue n'est plus une menace.

La femme hocha la tête.

— Il n'a pas été anéanti pour autant.

— Ce n'est pas faute d'avoir essayé...

Loor se renfrogna. S'il avait simplement ordonné la destruction de l'usine par des bombardiers Tie, on n'aurait pas manqué de critiquer sa façon de procéder.

— Sa fuite est regrettable, mais nos forces ont saisi ses armes et découvert ses cachettes. Les Rogues n'iront plus très loin.

Isard leva un sourcil.

— Vous vous avancez, mon cher.

Loor frémit mais releva le menton.

— J'en conviens, madame : l'apparition d'un chasseur et d'un transporteur au milieu de la cité est préoccupante. Mais il est inutile de donner à l'incident plus d'importance qu'il n'en a. Les gens qui ont aidé les fuyards sont sûrement des chasseurs de prime. Si l'Escadron Rogue avait les moyens de ses ambitions, il n'aurait pas appliqué un plan d'attaque aussi débile que celui que nous avons ruiné.

— Débile ? Je le trouvais plutôt subtil, pour ma part.

— C'est vrai. L'analyse de certains disques révèle la présence de programmes qui auraient pu introduire dans l'ordinateur central des codes rebelles. De là à ce qu'ils désactivent nos boucliers planétaires... Nos contre-mesures auraient vite repris le dessus.

— A condition, agent Loor, que baisser nos boucliers soit leur seule ambition. Vous semblez croire qu'il n'y a pas de moyen terme entre la force brute ou des solutions d'une subtile élégance. Que savons-nous vraiment de ce qu'ils ont en tête ?

— J'en conviens, madame. Toutefois, il est douteux que l'ennemi veuille détruire l'ordinateur central. Cela reviendrait à se priver de trop de choses essentielles : les services d'urgence, l'alimentation d'énergie, l'eau, les transports... Ce serait plus simple dans un premier temps. Mais ça reviendrait à s'aliéner la population de Coruscant. Votre plan visant à priver l'Alliance de ses réserves de bacta et de ses fonds repose sur un postulat : la nature altruiste des Rebelles. Dès lors, pour eux, certaines stratégies sont exclues.

Isard sourit.

— Vous me surprenez, agent Loor. Quelle sagacité... Dommage que vous n'en fassiez pas toujours preuve.

— Je vous demande pardon, madame ?

— Pensiez-vous pouvoir utiliser Zekka Thyne sans m'en informer ?

— Telle n'était pas mon intention. Je désirais seulement ne pas vous importuner avec des détails mineurs.

— Vous mentez. Vous vouliez avant tout que votre espion abatte Corran Horn. Je ne suis pas mécontente que Thyne ait échoué. J'aimerais rencontrer le lieutenant Horn et comprendre pourquoi vous le craignez tant.

— Il me hait parce que j'ai libéré l'assassin de son père. S'il avait le crime dans le sang, il m'aurait tué depuis longtemps. (Il fronça les sourcils.) Evidemment, dans les conflits armés, personne ne crie plus au meurtre... On s'entre-tue parce que c'est la guerre.

Voilà tout. Jouer avec Corran Horn, c'est jouer avec le feu.

— Je suis Cœur de Glace. Le feu ne peut rien contre moi.

— Oui, madame.

— Agent Loor, avec vous, je me trouve dans une curieuse situation. Le projet Krytos, dont vous aviez la charge, ne s'est pas déroulé selon mes ordres. Vous avez gagné en stature et en courage. J'aurais presque envie de vous écraser.

La peur serra le cœur de Loor.

Sans parvenir à y plonger ses griffes.

Il comprit... Toute sa vie, il avait utilisé la terreur dans ses relations avec autrui. Entré au service de l'Empire pour ne pas décevoir ses parents, la peur d'échouer l'avait aiguillonné tout au long de sa carrière.

Depuis que Horn avait quitté la CorSec pour rejoindre les Rebelles, Loor ne vivait plus.

Mais il s'était accoutumé à la peur. Comme avec une drogue, il en fallait une dose toujours plus forte pour le toucher. Depuis deux ans, la terreur était sa compagne. Loin de l'abattre, les pressions exercées sur lui l'avaient rendu plus fort.

Isard hocha la tête.

— D'ici peu, ce monde deviendra un foyer de maladie et de mort pour les non humains. Coruscant grouillera bientôt de Rebelles — ou de séides de Zsinj. Je retournerai à Lusankya cultiver les germes de la destruction finale de la Rébellion.

« Le Centre Impérial aussi est condamné. Pour autant, je ne tiens pas à faciliter la tâche de mes ennemis. Je laisserai sur place un réseau d'espions et de cellules terroristes. Je n'ai pas encore décidé qui sera l'araignée tapie au centre de ma toile. Mais je vous vois très bien tenir ce rôle. Votre esprit et votre courage augurent bien de vos capacités d'indépendance.

Vivre le reste de sa vie dans l'ombre, à jouer à cache-cache avec les Rebelles et Horn ? Le côté calculateur et *apeuré* de Loor le poussait à décliner l'offre.

Vivoter à Lusankya, à la merci d'Isard, n'était guère plus réjouissant. Il n'aurait aucun refuge...

Sa décision prise, Loor se redressa de toute sa taille.

— Vous ferez de moi le Grand Moff du Centre Impérial ?

— Vous dirigerez le Front Palpatine de Libération. Sur Coruscant, vous rendrez aux Rebelles la monnaie de leur pièce, les harcelant comme ils nous ont harcelés. En cas de succès, votre mouvement sévira dans la galaxie entière. Tant que vous damerez le pion aux Rebelles, je leur tendrai d'autres traquenards dont ils ne seront pas près de se relever. Ils sont unis contre un ennemi commun : l'Empire. Le virus Krytos et votre Front compromettront cette belle entente... Une fois divisée, l'Alliance sera vite balayée.

Loor se frotta le menton.

— Si je réussis, qu'aurai-je gagné ?

— *Si* vous réussissez, ce sera en raison de talents peu ordinaires. (Isard sourit.) En ce cas, Kirtan Loor, ce sera à vous de me dire ce que vous voulez. Et de l'obtenir.

Autrement dit, je deviendrai un rival à abattre... C'est de bonne guerre.

— Je comprends votre offre et tout ce qu'elle implique.

— Et ?

— Et je l'accepte.

— Excellent. J'ai déjà éloigné deux destroyers et plusieurs escadrilles de Tie en prévision de l'invasion. A ce moment-là, j'aurai disparu depuis longtemps. A vous la responsabilité du Centre Impérial. Soyez à la hauteur, et la gloire de Palpatine illuminera de nouveau la galaxie.

CHAPITRE XXXVIII

La cachette de Tycho surprit Wedge par son originalité. Elle semblait déplacée sur une planète aussi urbanisée que Coruscant : un espace réservé aux traitements des ordures.

L'humidité et les effluves écœurants n'arrangeaient l'humeur de personne.

Corran se renfrogna encore en découvrant Tycho en grande conversation avec Winter.

Surpris par la mine sombre du jeune homme, Wedge jugea préférable de lui parler en privé pour s'expliquer.

— Voulez-vous que je m'excuse de vous avoir trompé, lieutenant Horn ?

— Vous êtes mon supérieur. Donc vous n'avez à vous justifier de rien. Je suis heureux de constater que le capitaine Celchu n'a pas été tué lors du raid.

Horn était blessé.

Mais son caractère implacable l'empêchait de le montrer.

— Corran, si j'ai gardé secrète la présence de Tycho parmi nous, c'était pour ne pas compromettre notre atout majeur.

— Wedge, je l'ai *vu* parler à Kirtan Loor.

— Tycho affirme qu'il avait rendez-vous avec un trafiquant d'armes, un Duros nommé Lai Nootka. S'il vous avait remarqué, il vous aurait certainement prêté main-forte.

— Ben voyons...

— Si un malheur m'était arrivé, il avait pour instruction de vous contacter. En cas de nécessité, vous auriez tout appris.

— Avant de mourir, Zekka Thyne a dit que Kirtan Loor était au courant de notre présence depuis le début. Il y a un traître parmi nous !

— Et vous le croyez ?

— Pourquoi pas ?

— A votre avis, pourquoi Thyne vous a-t-il dit ça avant de mourir ?

Corran hésita.

— Il voulait me blesser, c'est certain. Mais ça ne signifie pas pour autant qu'il mentait.

— Non. Ça ne prouve pas davantage qu'il disait vrai. Il a simplement répété les paroles de Loor. (Wedge fronça les sourcils.) On est sans nouvelles d'Aril Nunb. Elle a dû être interrogée avant que Loor parle à Thyne...

Corran secoua la tête.

— J'ai travaillé des années avec Loor. Jamais je ne l'ai vu recourir au bluff. L'homme a une mémoire aussi éléphantesque que celle de Winter. Avec les suspects, il ne s'y prend pas de trente-six manières. Il les accable de faits et de détails prouvant qu'il sait de quoi il parle. Ainsi, il décourage ses proies. Si Loor a affirmé qu'il était au courant de notre présence à l'usine, c'était vrai.

— Donc, pour vous, ça ne fait aucun doute : Tycho est un agent double ?

— Vous connaissez son parcours. Qu'en pensez-vous ?

— Je le connais, en effet. Je l'ai vu livrer d'innombrables combats contre l'ennemi. Il est doué pour se trouver toujours au bon moment au bon endroit.

— Un excellent point pour un espion.

— Ou pour un héros. Il nous a sauvé la vie plus d'une fois. Il a toute ma confiance. Si je m'abaissais à croire Thyne, n'importe lequel d'entre nous serait suspect à mes yeux. Mais pas Tycho.

Corran croisa les bras.

— Vous voulez que je laisse tomber, au risque que sa présence compromette tout ?

— Corran, je respecte votre intuition. Mais cet endroit est notre dernier refuge. Tous les autres ont été découverts par les Impériaux. Si Tycho avait trahi, ce lieu grouillerait aussi d'ennemis. Aussi faible soit-elle, il nous reste une chance de réussir.

Le jeune homme plissa le front.

— J'essaierai de ne pas bouger. Mais au premier pépin, je mènerai mon enquête. Et les coupables paieront, vous pouvez me croire !

— Je vous épaulerai.

— Pour le moment, je devrai me contenter de cette promesse.

Wedge guida son interlocuteur vers une plate-forme où étaient installées une table et des chaises et fit signe aux autres d'approcher.

— Nous allons décider de la marche à suivre. Toutes les suggestions sont les bienvenues.

Avec les Rogues, le groupe incluait Iella, Winter, Mirax, Inyri, Portha et Asyr. Le Trandoshien et Shiel dormaient sur des couchettes. Wedge préféra les laisser récupérer.

— Notre problème de base n'a pas changé, continua le commandant. Les boucliers doivent disparaître. Notre première tentative a échoué. Et maintenant ?

Winter leva la main.

— Les choses ont évolué. La perte des disques prouve que l'ordinateur central a délégué des tâches aux systèmes auxiliaires à des fins de sauvegarde. Les disques actuellement en usage sont dans un piètre état.

De nombreuses erreurs peuvent survenir. Un droïd de terrassement est en train de bâtir une nouvelle usine pour alimenter l'ordinateur central en disques durs. Elle ne sera pas fonctionnelle avant deux jours.

Wedge frémit. Il avait vu des droïds de terrassement à l'ouvrage. Leur efficacité n'avait d'égale que leur potentiel destructeur. Ces immenses machines assumaient les fonctions de toute une unité de production. C'était impressionnant. L'« œsophage » des titans servait à la refonte des métaux et à la pulvérisation des pierres, les restituant sous la forme de solives, de traverses, de blocs, de plaques et de garnissage. Le droïd procédait alors à l'érection d'une nouvelle structure. Des droïds spécialisés subsidiaires construisaient les passerelles reliant les édifices.

— Dire qu'une usine peut se bâtir en trois jours ! On n'arrête pas le progrès...

— Quand un de ces monstres arrive pour découper une autre tranche de l'Invisec, on oublie trop souvent les malheureux qui peuvent se trouver là ! gronda Asyr.

— Si je me souviens bien, fit Corran, les installations informatiques auxiliaires ne sont pas autant protégées que le central.

— C'est vrai. Mais y recourir permettrait de baisser partiellement les boucliers. (Wedge secoua la tête.) Cela nous forcerait à concentrer nos tirs. L'Empire aurait beau jeu de renforcer la puissance défensive de la zone visée. Ce monde est trop protégé pour que l'Alliance envisage une attaque intempestive.

Gavin bondit de son siège, frappant dans ses mains.

— *Tempête* ! La voilà la solution !

Un silence abasourdi salua son exclamation. Sous le poids des regards, Gavin s'empourpra.

— Si vous vous expliquiez, mon garçon ? demanda Wedge.

— Je parle des orages. Un nuage noir se forme et la foudre frappe.

Corran secoua la tête.

— Jouer avec les intempéries n'est pas si facile.

— Au contraire ! Sur Tatooine, mon oncle est un magnat de l'agro-alimentaire. Il a virtuellement le monopole de l'eau. Des centaines de gens viennent le voir avec des projets pour faire pleuvoir, et dix fois plus cherchent à briser son monopole. Pour la plupart, il les ignore. Mais de temps en temps, il soudoie un rival afin de rester seul en lice... Un de ces types avait un projet consistant à lâcher dans l'atmosphère des cristaux chimiques où l'eau en suspension se condenserait. Des nuages se formeraient et la pluie tomberait.

Wedge se redressa sur son siège.

— Pour ça, ne faut-il pas supposer qu'il existe suffisamment de vapeur d'eau dans l'air ? Coruscant ne me semble guère humide.

— Et dès qu'il s'en crée, renchérit Pash, un orage éclate presque aussitôt. Souvenez-vous, Iella : on en a vu un quand nous étions au musée.

Corran sourit.

— Si nous invitions tous nos alliés à faire bouillir une casserole d'eau ?

Le groupe éclata de rire.

— Bouillir..., répéta Winter. Une bonne idée. Mais il faudrait beaucoup d'eau et de chaleur.

Corran écarta les bras.

— Où se procurer des tonnes d'eau ?

— Les glaciers polaires... Les fontes sont acheminées *via* des aqueducs jusqu'à des réservoirs situés dans les zones équatoriales.

— Mais comment vaporiser ces réserves ? (Wedge se gratta la nuque.) Des détonateurs thermiques ne suffiraient pas. Ni des lasers...

— J'y suis ! s'écria Asyr. Utilisons un des miroirs orbitaux. Ils sont conçus pour réfléchir la lumière solaire sur les zones froides de la planète. Orientons l'un d'eux sur un réservoir. Il aura tôt fait de « vaporiser » le ferrobéton, le transpacier et l'eau.

— Mais comment nous emparer d'un miroir orbital ? (Corran secoua la tête.) Il faudrait d'abord traverser les boucliers, ce qui serait aussi ardu que de les baisser. On en revient presque à la case départ. Sans compter que la Défense Spatiale Golienne ou un chasseur Tie détruirait aussitôt le miroir orbital reprogrammé par nos soins.

— Les miroirs sont-ils contrôlés par du personnel résident ou par des stations à terre ? demanda Iella à Winter.

— Des stations... Etre affecté à l'entretien des miroirs est considéré comme une disgrâce. Les équipes sont surtout chargées de nettoyer les débris dus à des collisions avec des météores.

Wedge plissa le front.

— Vous suggérez qu'on s'empare d'une station de contrôle. L'eau vaporisée par le miroir se condensera, provoquant un orage formidable qui perturbera le réseau d'alimentation énergétique. Pendant que les systèmes informatiques recanaliseront les influx afin de compenser, nous devrions obtenir une belle panne.

Iella sourit.

— Auriez-vous une meilleure idée ?

— Malheureusement, non. L'essentiel est donc de s'emparer d'une station de contrôle.

— Les miroirs orbitaux dépendent des centres informatiques auxiliaires, précisa Winter, examinant son bloc-notes informatique les sourcils froncés. Le plus proche est le SCC 4, au sud du Palais Impérial.

— Aurons-nous assez de gens pour réussir ? s'enquit Wedge. Lieutenant Horn, vous avez une idée ?

— Oui : chassons le personnel.

— Quoi ?

— A proximité de ce centre, un droïd de construction monte une usine. Je me trompe ? Emparons-nous du droïd et lançons-le sur le central informatique. Personne ne restera à son poste tant que cet instrument de mort balayera des zones urbaines sur son passage. Nous aurons tout le temps d'agir au gré de la confusion ainsi créée.

— Si les Impériaux reprennent le contrôle du droïd de construction avant qu'il percute le central évacué, ils penseront avoir fait échouer notre plan, ajouta Wedge. Je vois. M3, sais-tu faire fonctionner ces droïds ?

— J'ai l'expérience de systèmes de production plus petits, monsieur. Ça devrait aller.

Mirax leva une main.

— Moi aussi. Comptez-moi dans l'équipe.

— Bien, fit Wedge. Avec mes côtes fêlées, je ne peux pas encore piloter. Je serai aussi de l'aventure. Iella ?

— Je suis avec vous.

— Entendu. Winter étant notre meilleur « craqueur », elle devra à tout prix gagner le centre. Tycho, Gavin et Ooryl, vous aussi.

— Et nous ? demanda Corran.

— Vous assurerez la couverture aérienne.

— Commandant, on ne rentrera pas tous dans le cockpit d'un chasseur.

— Exact. C'est pourquoi Tycho nous en a procuré six, ajouta Wedge avec un grand sourire. Corran, vous volerez avec Erisi, Rhysati et Pash feront équipe et... (Il regarda Shiel, embarrassé.) Nawara, vous devrez rester seul, je le crains.

Asyr leva une main.

— Commandant Antilles, je suis qualifiée.

— Pardon ?

— Je suis diplômée de l'Académie Bothane. Peshk Vro'syk a eu son diplôme un an avant moi, mais nous étions de force égale pendant les entraînements. Je n'ai plus volé depuis un moment, néanmoins, je le répète, je suis qualifiée.

Wedge leva un sourcil.

— Que fait sur Coruscant un membre de l'armée bothane ?

— Je préférerais ne pas en parler, monsieur.

— Entendu. Vous volerez avec Nawara.

Le Twi'lek secoua la tête. Pour la première fois, Wedge remarqua que sa pigmentation normalement grise avait pris par endroits une teinte crémeuse.

— Je crois que je couve quelque chose, monsieur, avoua Nawara. Je me soigne mais je ne me sens pas assez en forme pour participer à un combat aérien.

Inyri rappela à son tour qu'elle savait très bien piloter.

Wedge fut tenté de la prendre au mot, mais ce n'aurait pas été prudent.

— Je vous crois, Inyri. Néanmoins, vous n'avez jamais livré de combat. Vous laisser courir à votre perte serait irresponsable. J'aimerais que vous transportiez Winter et les autres jusqu'au central informatique. Ce ne sera pas une sinécure, croyez-moi !

« Corran a attiré mon attention sur l'existence d'un traître parmi nous. Zekka Thyne a informé l'ennemi de notre attaque contre l'usine. Cette fois, il est impératif que personne ne communique avec des tiers, même pour avoir des renforts. On n'a plus droit à l'erreur !

Gavin secoua la tête.

— Quatorze contre une planète... Combien de chances avons-nous de réussir ?

— Lieutenant Darklighter, je suis un Corellien. Donc, je me moque des probabilités, déclara Wedge. En l'occurrence, les Impériaux ont toutes les chances de leur côté, bien sûr. Néanmoins, si nous sommes infiltrés parmi eux, ça signifie que *nous* faisons les règles de la partie qui se joue. Je dirais que ça équilibre les forces.

CHAPITRE XXXIX

Corran Horn serra les sangles de son harnachement.

En uniforme impérial noir, Mirax lui fit un sourire radieux.

— Le départ est proche. Ça va ?

Corran hocha la tête.

— Nos chasseurs sont en parfait état de marche. Tout est en place.

— J'imagine. Je t'ai vu en grande conversation avec Erisi.

Corran rougit.

— C'était avant un briefing. Nos pistolasers ont été réglés sur une portée de cent cinquante mètres. Ça suffira pour les combats rapprochés.

— Prends soin de toi surtout.

— Mon travail sera d'éloigner l'ennemi de ton groupe. Selon toute vraisemblance, ça va chauffer. L'Escadron Rogue aura quelques héros de plus à ajouter à sa liste...

Mirax renifla.

— Corran, si c'est un de tes : « Viens, chérie, demain on sera peut-être morts », laisse-moi te dire que tu t'y prends un peu tard. Demain, c'est maintenant, et cette nuit s'est achevée avec le lever du soleil.

— Je sais. (Il eut un petit rire nerveux.) Avant Coruscant, je te trouvais intéressante et pleine d'attraits. Depuis, j'ai appris à mieux te connaître, à voir comment tu réagissais en cas de crise et à admirer ton sens des relations humaines. Autant d'atouts que je t'envie. Si nous nous en tirons sains et saufs, j'aimerais beaucoup approfondir notre relation.

— Corran Horn, me demanderais-tu de sortir avec toi ? (Les yeux noirs de la jeune femme pétillèrent.) Ou aurais-tu tiré le mauvais billet à la loterie ?

Il soupira.

— S'il y en avait eu une, j'aurais racheté tous les tickets... Mirax, avec nos origines respectives, tu sais que les chances que ça marche entre nous sont assez minces.

— Mais nous sommes des Corelliens... On se moque des statistiques, pas vrai ? (Elle l'embrassa.) Tu n'es pas le seul à être admiratif. Moi aussi, je suis impressionnée. Alors, c'est dit ! Va flanquer une pâtée à l'Empire, histoire que la Nouvelle République puisse organiser une fête à tout casser !

— Je ne voudrais manquer ça pour rien au monde...

Il l'embrassa.

Non loin de là, Wedge supervisait l'airspeeder noir que le M3 utiliserait pour les transporter jusqu'au droïd de construction.

— Tu devrais les rejoindre, Mirax.

— Que la Force soit avec toi, Corran.

— Et avec toi.

Le lieutenant la regarda courir vers Wedge. Il se sentait en veine aujourd'hui.

Se tournant, il aperçut Tycho Celchu.

— Capitaine.

— Je suis heureux que vous soyez aux commandes du chasseur noir et or. Ce doit être le meilleur du lot. Je l'ai vérifié avec un soin particulier ; tout est en parfait état de marche. Je vous fais confiance pour le ramener en un seul morceau.

Corran refusa de le regarder dans les yeux.

— Je ferai de mon mieux, monsieur. Si vous voulez bien m'excuser...

Celchu se campa devant lui, l'empêchant de s'éloigner.

— Une minute. Vous vous trompez sur mon compte, sachez-le. Je n'ai pas rencontré Kirtan Loor la nuit où vous avez cru me voir. Et je ne travaille pas pour les Impériaux.

— Capitaine, Wedge m'a prié d'en rester là et c'est ce que je fais. Pour l'instant. Il y a trop de bizarreries pour que je ferme les yeux indéfiniment.

— Par exemple ?

— Par exemple, votre présence ici alors que les Services Secrets de l'Alliance vous croyaient enseveli sous des décombres à Noquivzor. Par exemple, vous apercevoir avec un agent des Services Secrets de l'Empire. Ou votre séjour à Lusankya. Ou le traquenard où Bror Jace a péri après que vous lui avez obtenu l'autorisation de partir et que vous lui avez donné son plan de vol.

— Ce sont des conjectures. Il n'y a rien de prouvé.

— Pas encore. Le manque de preuves indique que vous êtes un pro, dans votre genre.

— Ou que je suis complètement innocent.

— Qui vivra verra, capitaine Celchu. (Corran plaqua les poings sur les hanches.) A mon retour, j'aurai une mission sacrée : débusquer l'espion qui se cache parmi nous. Moi aussi, je suis doué, dans mon genre.

— Et honnête de surcroît. Je n'ai donc rien à craindre.

Cette réponse surprit Corran. Celchu semblait absolument sûr de son fait. Horn n'avait jamais rencontré une telle assurance chez un suspect.

— Eh bien... Nous verrons.

— Bon vol, capitaine.

Tycho s'éloigna.

Corran s'apprêta à monter dans son chasseur. Erisi l'appela. Il se força à lui sourire.

— Prête pour la grande aventure ?

— Oui. Je regrette qu'on ne puisse pas voler ensemble.

— Moi aussi.

Wedge avait procédé à des ajustements de dernière minute. Pash volait avec la Bothane, et Erisi avec Rhysati. Du coup, le Corellien serait seul.

— Ça va, Corran ? Vous ne couvez rien, au contraire de Nawara ou de Shiel, n'est-ce pas ?

— Non, je me sens en pleine forme. Mais Tycho m'inquiète. Il appartient à l'Empire — j'en mettrais ma main à couper ! Je l'ai averti de mes intentions. A mon retour, je le démasquerai.

— Je comprends que ça vous perturbe. (Elle lui tapota le bras.) Si je peux vous aider...

— Merci, Erisi, j'apprécie. (Avec un clin d'œil, il se tourna et émit un long sifflement.) Allons-y, les Rogues ! Dans quinze minutes, les nôtres seront en position. Notre proie ne tardera plus. Bon vol et visez bien !

CHAPITRE XL

Un sifflement avertit Kirtan Loor qu'un message urgent était en attente.

Ce qu'il lut le glaça.

Ainsi... Un interdicteur a été repéré à la lisière de notre système. Ces vaisseaux sont trop précieux et trop imposants pour servir d'éclaireurs. Le but est d'attirer nos forces dans l'espace. A moins que ce soit le fer de lance d'une invasion.

Qu'il s'agisse du prélude à un nouveau conflit semblait évident. La perspective ne le terrifiait plus.

Loor vérifia les derniers messages communiqués par l'espion infiltré dans l'Escadron Rogue. Mais les plus récents étaient seulement pour « les yeux d'Isard ».

En d'autres temps, il aurait gaspillé une énergie précieuse à tenter de passer outre. C'était une époque révolue. Quoi que l'espion eût à dire, ça ne compromettrait pas le bon déroulement des opérations. Isard voulait que Coruscant tombe entre les mains des Rebelles.

Ce serait bientôt chose faite.

Que la Force exauce tous leurs vœux ! songea Loor avec ironie. *Quand ils baisseront* leur *garde, ce sera à notre tour de frapper — là où ça fait très mal !*

Bientôt l'ennemi aurait ce qu'il désirait ardemment.

Et comprendrait trop tard que le ver était dans le fruit.

L'airspeeder noir fonçait dans les rues, suivant une trajectoire parallèle à celle du droïd de construction. Puis M3 vira en direction d'une zone plane, derrière le centre de contrôle du droïd.

Wedge remit en place le masque de son déguisement.

— Comment me trouvez-vous ? demanda-t-il d'une voix éraillée.

— Très impérial, colonel Roat, dit Iella.

— Très cyborg aussi, ajouta Mirax, mal à l'aise.

— Bien. On aura du mal à me reconnaître.

Tous trois sortirent du véhicule.

Un homme portant un casque rouge et une combinaison orange accourut.

— Vous ne pouvez pas rester ici ! Repartez ou j'appelle les commandos !

Tapotant le métal qui couvrait son oreille droite, Wedge cria :

— Je ne vous entends pas !

— J'AI DIT...

— Il y a trop de bruit !

L'individu fit signe au trio de le suivre dans une petite salle.

— Vous ne devez pas rester ici, répéta-t-il.

— Je suis le colonel Antar Roat et voilà mes assistants. Je viens en visite d'inspection.

— Je n'ai pas été prévenu.

Mirax le foudroya du regard.

— Bien sûr que non, sombre idiot ! Où serait la surprise, sinon ?

Iella leva une main.

— Votre identification et vos permis de travail.

Machinalement, l'homme faillit obéir.

— Une minute. Je dois vérifier...

Iella lui arracha les cartes ID.

— ... Que vous avez bien escamoté les charges qui pèsent contre vous ? Combien vous paie-t-on pour cette opération de contrebande ?

— Contrebande ? se récria l'homme abasourdi. J'ignore de quoi...

D'un coup de poing sur la nuque, Wedge l'étala pour le compte. Mirax fit entrer M3, qui distribua les fusils-laser. Iella glissa la carte idoine dans l'appareil.

La porte bourdonna et s'ouvrit. Les Rebelles firent irruption dans la pièce voisine, prenant de court les gardes installés à une table d'holojeux. Derrière, couvrant les murs du centre de commande, des moniteurs, des jauges, des consoles et des voyants lumineux offraient toutes sortes d'informations sur les travaux du droïd. Les lueurs multicolores, vertes en majorité, soulignaient la pâleur des hommes.

— Allongez-vous sur le sol, pas un mouvement de trop et tout ira bien, fit Mirax, l'arme pointée. Je ne le répéterai pas. A moins que vous vouliez servir de compost dans un jardin ithorien ?

Les Impériaux se le tinrent pour dit.

Iella les ligota. Wedge enleva son masque et rejoignit Mirax devant la console principale.

— Pouvez-vous contrôler ce monstre ?

Non sans hésiter, la jeune femme hocha la tête.

— C'est plus compliqué que prévu, mais votre droïd m'aidera. M3, programme une nouvelle trajectoire.

— Oui, maîtresse Terrik... Programmé.

L'écran principal affichait une vue nocturne de Coruscant. Le droïd de construction pivota de quatre-vingt-dix degrés vers le sud.

Derrière lui se dressaient deux grosses tours carrées : le Centre Informatique Auxiliaire numéro 4.

— Bien.

Mirax écrasa un bouton ; un voyant rouge s'activa.

— Que... ? fit Wedge.

— Tous les bâtiments gouvernementaux sont équipés d'une alarme d'évacuation.

Le commandant sourit.

— Pour signaler l'approche d'un droïd de construction ?

— Sur dix kilomètres, le long de sa trajectoire, les mêmes signaux d'évacuation sont activés. Idem pour les aires résidentielles avoisinantes. Inutile de préciser que l'Invisec ne bénéficie pas de ce genre de protections...

Wedge pivota.

— Monsieur, j'ai introduit le code auxiliaire. C'est lancé !

L'unité comm s'activa.

— Ici le ministère du Planning. Droïd de construction 4-6-9, avez-vous un problème ? Pourquoi ce changement de route ?

— Pas de problème, répondit Wedge, nous avons juste de nouveaux plans. Coruscant ayant changé de gouvernement, notre souci est de faciliter la transition.

— De quoi parlez-vous ? Qui êtes-vous ?

— L'Escadron Rogue. Antilles, terminé. (Il coupa la communication.) Voilà qui devrait les réveiller en sursaut !

Iella éclata de rire.

— Sinon, c'est que l'Empire ne mérite vraiment pas de survivre !

A bord de l'interdicteur *Arc-en-Ciel de Corusca*, le capitaine Uwlla Iillor de la Nouvelle République baissa les yeux sur l'écran chronographique intégré à l'accoudoir de son siège. Puis elle regarda la représentation holographique de Coruscant, au centre de la passerelle : une sphère translucide piquetée d'arcs-en-ciel.

Deux autres sphères s'y surimposaient : les boucliers planétaires.

Dans vingt minutes, la flotte rebelle sortirait de l'hyperespace.

La situation était critique. L'amiral Ackbar avait été clair : une désactivation partielle des boucliers était indispensable pour passer à l'attaque. Le temps de jouer le tout pour le tout était venu.

La conquête de Coruscant serait décisive pour la Nouvelle République.

Le lieutenant Jhemiti, un Calamarien, était le second du capitaine Iillor. Il tendit à son supérieur un bloc-notes électronique.

— Tout est prêt, capitaine.

— Pourtant, l'équipage ne paraît pas stressé.

Le Calamarien sourit.

— Personne ne croit vraiment qu'il sera nécessaire d'activer le puits gravifique, capitaine.

Iillor leva un sourcil.

— Pourquoi ?

Jhemiti hésita.

— Selon la rumeur, nos agents au sol sont les types de l'Escadron Rogue. Des gens qui sont venus à bout des Etoiles Noires... Ils rempliront leur mission.

— Les Rogues... J'ai dû battre en retraite devant eux. Ils m'ont coûté presque tous mes chasseurs Tie. Avec n'importe qui d'autre, l'échec serait quasi assuré. Avec eux, je veux bien envisager l'éventualité d'une réussite.

— L'Escadron Rogue est réputé pour réussir l'impossible.

— Si les réputations suffisaient à gagner les guerres, Dark Vador vivrait toujours, et vous seriez encore un esclave... Il leur reste dix-huit minutes pour priver une planète de ses défenses. Le compte à rebours a commencé.

CHAPITRE XLI

Inyri pilotait dans le sillage du droïd de construction. Anxieux de se mettre à l'abri, les techniciens sortaient en courant du centre 4.

Inyri réduisit les gaz et percuta le transpacier des bureaux du cinquième étage, procédant à un atterrissage forcé.

Gavin se libéra de son harnais de sécurité et se glissa hors du speeder, pistolaser au poing.

Tycho prit à droite, Gavin à gauche. Le bâtiment semblait désert. Ooryl et Winter suivirent. Inyri se chargeait d'assurer l'arrière-garde.

Winter tenait en main la clé du succès : le code qui orienterait un miroir orbital sur les réservoirs d'eau les plus proches.

Le groupe atteignit le central informatique sans rencontrer de résistance.

Winter s'agenouilla et connecta un câble de son bloc-notes au port informatique de la porte.

— Les programmes séquenceurs ouvriront cette porte en moins de temps qu'il ne faut pour le dire, assura Winter.

Accroupi près d'elle pour lui faire un bouclier de son corps, Gavin surveillait le couloir qui s'enfonçait dans le complexe.

Le carnet électronique bipa. Winter jura.

— Qu'y a-t-il ? demanda Tycho.

— La salle de contrôle est piégée au gaz ! Du Fex-M3d, selon toute vraisemblance. Sous sa forme diluée, il ne nous tuera pas, mais il nous mettra K.O.... Tout est fichu !

Son chasseur Z-95 slalomant entre les canyons de ferrobéton, Corran Horn se sentait plus vivant et plus libre que jamais. Il aurait préféré piloter son aile X et Whistler lui manquait.

Mais voler était toute sa vie.

Même si le chasseur impérial ne gagnait rien à être comparé aux ailes X... Moins maniable et rapide, il n'avait pas d'hyperpropulseurs, et n'était donc pas conçu pour les unités R2. Ses lasers et ses missiles à percussion ne valaient pas les lasers et les torpilles à protons des ailes X.

Mais les Tie, dépourvus de boucliers, seraient vulnérables à ses attaques.

Un escadron ennemi approchait. Horn vira de bord puis effectua un looping à cent quatre-vingts degrés qui l'amena au-dessus du droïd de construction, face aux Tie.

Le Corellien ouvrit le feu à deux reprises. Les rayons d'énergie firent exploser un ennemi.

Un autre Tie fut touché par l'onde de choc et détruit à son tour.

Corran plongea vers le canyon, poursuivi par deux Tie dont les tirs gagnaient dangereusement en précision.

Son bouclier arrière touché, Horn vira à bâbord de quatre-vingt-dix degrés avant de redresser.

Il dériva l'énergie des moteurs luminiques vers la répulsion, donnant du punch à son appareil. Surpris, un Tie ne put redresser à temps et entra en collision avec le sol. L'autre frôla les parois en ferrobéton.

L'Impérial parvint à redresser.

Puis s'écrasa contre une des passerelles.

Inversant la poussée, Corran savoura sa première victoire.

Un contre quatre... Pas mal. Mais ce n'est qu'un début.

Il reprit de l'altitude.

Quinze minutes avant la désactivation des boucliers...

Le comlink de Wedge bipa.

— Antilles, j'écoute.

— Ici Tycho. Nous avons un problème : du gaz dans le central informatique. Il nous faut M3 immédiatement.

— Bien reçu. Mirax ?

— Le droïd de construction s'arrêtera devant l'édifice. M3 ne nous est plus nécessaire. Allons-y !

Dès qu'il entra dans le central, une mauvaise surprise attendait le groupe...

CHAPITRE XLII

— Désolé, Tycho, dit Wedge dans le comlink. Mais un canon-blaster de type E nous bloque l'accès. Nous aussi, on a besoin d'aide !

— Bien reçu, Wedge. Gavin, allons voir.

Ooryl leva une main à trois doigts.

— Ooryl...

Tycho secoua la tête.

— Je veux que vous restiez avec Inyri et Winter. Le gamin et moi suffirons.

— Ooryl ne conteste pas vos ordres, capitaine, mais il voudrait savoir comment fonctionne ce Fex-M3d.

Winter se redressa.

— On le respire, il passe dans le sang et se fixe aux neurorécepteurs, empêchant les nerfs de transmettre les informations au cerveau. En cas de dose massive, le système nerveux se bloque et on suffoque.

— Ooryl comprend. Si vous voulez bien reculer, il va ouvrir la porte et prendre des respirateurs pour vous.

— Vous allez mourir ! s'écria Gavin.

Le Gand secoua la tête.

— Ooryl ne respire pas.

Inyri en resta bouche bée.

— *Comment* ?

Ooryl se tapa la poitrine.

— Les Gands ne respirent pas.

— Mais vous parlez !

— Oui, Inyri Forge. Cependant, respirer n'est pas une nécessité pour nous. Le corps d'Ooryl absorbe naturellement les gaz de l'atmosphère à un rythme régulier et les rejette ; ainsi, les membranes de son exosquelette produisent des sons à volonté. Le Fex-M3d n'affectera pas Ooryl.

— Voilà ce que nous allons faire, dit Tycho. Nous retournons nous abriter dans l'airspeeder ; Inyri, vous activerez les moteurs et orienterez les tuyères par ici, afin de chasser le gaz à l'intérieur du complexe. Bien... A vous de jouer, Ooryl !

Les autres montèrent à bord. Gavin eut une excellente vision des combats qui déchiraient le ciel de Coruscant. Les chasseurs Tie tiraient à tout va pour abattre le droïd de construction devenu fou.

Winter se tourna sur son siège.

— Ooryl est entré...

Par la porte ouverte s'échappèrent des volutes vert-jaune. Les tuyères de l'airspeeder entrèrent en action.

Les tirs martelant la titanesque machine semblaient n'avoir aucun effet.

Un bruit sourd fit sursauter Gavin, lui arrachant un juron.

Le Gand brandit quatre masques.

— Ooryl a réussi !

Tycho et Gavin sortirent les premiers ; ils mirent leurs masques puis s'éloignèrent.

Corran capta le message de Wedge à Tycho.

— Ici, chasseur en chef, commandant. Un problème ?

— On dirait, Corran. La tour est, droit devant, a un canon E pointé sur nous.

— Ça risque de chauffer ?

— Je l'ignore, car le bâtiment devrait être désert... Tâchez d'éloigner les Impériaux.

— A vos ordres.

Corran redressa, nez de son chasseur pointé vers les étoiles. Laissant les tours derrière lui, il repéra l'origine des torrents de feu déversés sur le droïd : une tour cylindrique.

Corran survola le central. Il plongea, se stabilisa et piqua vers la tour.

Il vira au dernier instant, manquant la cible, et refit un passage.

Ses réticules de visée prirent comme cible la source des tirs dirigés sur le droïd de Wedge. Corran n'obtint pas de verrouillage — un canon E et des commandos ne correspondaient pas aux profils de visée destinés aux pilotes de chasse.

Pourtant, Corran fit mouche.

Une explosion vit voler en éclats les vitres de la tour cylindrique. Le disque d'énergie couleur mercure incinéra tout sur son passage.

Malgré ce déchaînement de violence, les missiles ne réussirent pas à détruire l'édifice.

Corran ouvrit son unité comm.

— Ça fera l'affaire, commandant ?

— Merci, Corran. Nous partons voir des amis.

— Bien reçu. Vous voulez une escorte ?

— Si vous n'avez rien de mieux à faire.

Corran sourit.

— Monsieur, je ne vis que pour servir.

Gavin se plaça de façon à surveiller la porte *et* Winter. Une fois dans la pièce, elle avait branché son bloc-notes sur la console principale, obtenant une représentation holo de Coruscant. Ses doigts volaient sur les touches ; des cubes flottèrent autour de la planète. L'un gravita autour de l'équateur, les deux autres se placèrent à mi-distance entre l'équateur et les pôles.

— Tycho, dit Winter en désignant un point lumineux au-dessus de l'équateur, voilà les Satellites de Transfert de l'Energie Solaire Orbitale. Notre cible ! Il y fait nuit en ce moment, mais plusieurs miroirs orbitaux devraient faire l'affaire. (Elle continua de pianoter.) On utilisera des OSETS 2711.

Tycho hocha la tête.

— Sur cette image, pouvez-vous faire apparaître les stations goliennes et les vaisseaux en orbite ?

Winter haussa les épaules.

— Probablement... Mais ça risque d'attirer l'attention. Mieux vaut respecter les priorités.

— Allez-y. (Tycho se campa derrière elle et posa les mains sur ses épaules.) Ce monde a bien besoin d'un bain-marie. Mettez la casserole sur le feu.

Ç'aurait pu être pire, songea le lieutenant Virar Needa.

Le capitaine Needa — son lointain cousin — avait jadis commandé un superdestroyer impérial nommé le *Vengeur*. Après la défaite de Hoth, Dark Vador l'avait exécuté pour incompétence. A l'époque, Virar était encore à l'Académie Militaire Impériale.

Ses cousins, sa tante, ses grands-parents... tous disparus les uns après les autres.

Ç'aurait pu être pire... Je pourrais être mort aussi.

Vivoter dans un satellite de transfert d'énergie solaire était à peine plus enviable. Mais Virar Needa voulait croire à la noblesse de sa mission. Après tout, on lui confiait un complexe qui améliorait la vie du Centre Impérial. Sans les OSETS 2711, les conditions auraient été intenables.

La station vibra un peu.

Les panneaux entraient en mouvement pour rendre opaque la surface du miroir.

Songeur, Needa se campa devant la baie vitrée. Très loin au-dessous, le Centre Impérial somnolait.

Vu d'ici, c'est si merveilleusement beau... De plus près, c'est une autre histoire.

Une autre vibration ébranla la station.

Needa sourit.

CHAPITRE XLIII

Corran Horn tira sur son manche à balai. Il ralentit et effectua un virage serré. Puis il tira deux fois sur le Tie qui le talonnait.

Touché, l'Impérial abandonna la partie.

La voix d'Asyr retentit.

— Six autres ennemis seront sur nous dans cinq minutes.

— Bien reçu, Cinq. Voyez ce que vous pouvez faire.

— Entendu, chef.

Corran fila vers l'est.

Un rayon déchira la nuit, illuminant un édifice à colonnades.

Le bâtiment commença à fondre.

Les encadrements des fenêtres fumèrent ; la pression de l'air chaud fit voler les vitres en éclats. D'immenses portes s'effondrèrent, suivies par les colonnades.

Le monument s'écroula, la toiture soufflée par l'implosion. Des blocs de granit à demi fondus volèrent dans les airs.

L'air chaud monta dans l'atmosphère...

Des éclairs zébrèrent le ciel.

Corran éclata de rire.

— Même les forces naturelles veulent la peau de l'Empire !

— J'espère que vous pouvez m'entendre, Wedge. Il se prépare une tempête apocalyptique !

Sur la passerelle de l'*Arc-en-Ciel de Corusca*, sous les yeux du capitaine Uwlla Iillor, l'image de Coruscant changea. Entre les boucliers se forma une zone rouge, centrée sur le secteur du palais.

Iillor prit l'air songeur.

— Ça promet... Cet orage est une arme formidable. Comment la manier, voilà la difficulté...

Le Calamarien acquiesça.

— Un Chevalier Jedi pourrait peut-être...

— La contrôler ? Je doute que l'Empereur lui-même aurait pu maîtriser un orage de cet ampleur. L'Empire est impuissant devant de tels phénomènes.

Le bouclier interne perdit de sa luminosité.

— Ça marche ! s'exclama Jhemiti.

— On dirait bien... Encore cinq minutes, et la flotte quittera l'hyperespace. Commencez à alimenter les projecteurs.

— Mais les boucliers...

— ... Restent opérationnels. Si l'Escadron Rogue ne réussit pas dans les temps, ce sera à notre tour de jouer.

Wedge rejoignit Winter, qui pianotait toujours sur son clavier, tandis que Iella et Mirax montaient la garde.

— Comment vous en sortez-vous ?

— Les résultats sont moyens, admit la Traceuse. Attendu la violence de l'orage, les griffeciel environnants ont largué les amarres et se sont éloignés. Et le bouclier interne est hors service. Mais les programmes informatiques de secours ont mieux réagi que prévu... Des systèmes de sauvegarde inconnus ont renforcé les boucliers externes.

Wedge réfléchit.

— Pourriez-vous afficher un schéma de ce réseau énergétique ?

— Non disponible.

M3 se rapprocha.

— Si je peux me permettre, monsieur... ?

— Allez-y.

— La foudre circule entre le sol et les nuages. Les points de transfert débitent une certaine quantité d'énergie. Les décharges de foudre se focaliseront sur ces points, les rendant visibles.

Winter fit de nouvelles saisies. Des points dorés apparurent, localisés dans le secteur du palais. Les ramifications se dessinèrent.

Tycho désigna un point d'où partaient de nombreux rayons dorés.

— Voilà sans doute une des sous-stations invulnérables à la foudre. Notre plan est *à l'eau*, si j'ose dire...

Wedge secoua la tête.

— Peut-être, mais ces sous-stations ne seront pas invulnérables aux tirs de missiles. Winter ?

— Programmé.

Corran allait encore devoir faire des prouesses...

Le lieutenant Horn suivit les nouvelles instructions de Winter.

— Vous avez quatre minutes, conclut la Traceuse. Bonne chance.

Corran plongea en piqué et survola en rase-mottes les canyons de béton.

A deux kilomètres de la cible, il reprit de l'altitude, s'éloignant du labyrinthe urbain. La pluie et les vents étaient déchaînés. Son écran l'avertit de l'approche de deux Tie.

Corran amorça une plongée qu'il interrompit presque aussitôt. Il remonta, survolant une passerelle qui s'effondrait entre deux bâtiments.

Derrière lui, une explosion retentit.

Restait un chasseur ennemi.

Le dernier Impérial le manqua de peu.

Celui-là était bon !

Corran s'apprêta à livrer un dur combat. Sous les coups de tonnerre et les rayons laser, le Corellien se lança dans une figure compliquée.

D'autant plus dangereuse avec les turbulences atmosphériques.

Il fallait trouver un équilibre parfait entre résistance acharnée et souplesse de pilotage.

L'Impérial rencontrait les mêmes difficultés.

Rien n'était joué d'avance.

Horn toucha son adversaire à l'aile droite. Contre toute attente, le Tie préféra dégager rapidement. Le Corellien aurait pu le poursuivre, mais il était à portée de cible. Il lâcha une première bordée de missiles, visant la base d'une statue de l'Empereur.

Elle vola en éclats.

Encore un essai et je serai au point.

Wedge étudia la carte. Il avait vu l'attaque de Corran et vérifié la précision du tir. Mais la sous-station était toujours visible sur l'hologramme.

— Que s'est-il passé ?

— Pas assez de puissance, fit Winter. Un autre missile suffira sans doute.

— Le temps presse, rappela Tycho, sourcils froncés.

Le capitaine Iillor se tourna vers Jhemiti.

— Trente secondes. A mon signal, activez les projecteurs.

Le missile vola vers sa cible.

Cette fois, l'explosion provoqua une cascade de déflagrations ; l'onde de choc détruisit des câbles et des conduits qui n'auraient jamais dû l'être.

Depuis son cockpit, Corran vit la planète être soudain plongée dans le noir.

— Dix, neuf, huit..., compta le capitaine Iillor.
— Regardez !
Levant les yeux du chronomètre, elle vit le bouclier externe s'éteindre.
— Désactivez les projecteurs, lieutenant Jhemiti. La bataille pour la conquête de Coruscant commence.

CHAPITRE XLIV

De son point d'observation, le lieutenant Virar Needa vit les lumières de la planète clignoter et s'éteindre.

Des têtes allaient tomber... Ce serait peut-être pour lui l'espoir d'un retour en grâce.

Des vaisseaux sortirent de l'hyperespace. Needa aimait repérer les bâtiments et les cataloguer ; il suivait assidûment le conflit contre les Rebelles.

Deux destroyers... L'*Accusateur* et l'*Adjudicateur*. Ils se placèrent en orbite géostationnaire, selon la procédure standard.

Bon sang ! Mais ces destroyers ont été capturés à Endor !

Si des vaisseaux calamariens volaient près d'eux, en formation, ça voulait dire...

Needa pâlit.

Toujours plus nombreux, d'autres bâtiments se matérialisèrent sous ses yeux : frégates, croiseurs, corvettes... Les destroyers et les croiseurs formaient le cœur de la flotte.

La station de défense spatiale la plus proche tira sur les envahisseurs.

Incrédule, Needa vit disparaître le bouclier extérieur.

C'est impossible !

Il pivota et cria à ses hommes :

— Tous à vos postes de combat ! L'ennemi est sur nous !

L'un d'eux, le cadet Pedetsen, leva les yeux de son jeu de cartes.

— Mille excuses, monsieur, mais un miroir orbital n'est pas une station de combat.

C'est vrai... Pourtant on ne peut pas rester sans rien faire !

— Prenez vos armes. Pas question de se rendre sans combattre.

Après deux minutes, les lumières se rétablirent dans le central informatique.

Etait-ce la preuve de l'échec de Corran ?

Wedge posa la question.

Winter répondit :

— L'électricité est revenue ici grâce aux groupes électrogènes.

— L'alimentation générale est coupée ? Et les boucliers ?

Winter pianota sur son clavier. A l'image du secteur du palais s'ajouta une vue orbitale de Coruscant.

Les boucliers avaient disparu.

— Ils sont baissés.

Wedge activa son comlink.

— Corran, vous avez réussi !

— *Nous* avons bien joué !

— Attention, d'autres Tie approchent.

— Ils prennent de l'altitude, au contraire...

— Quoi ?

— Nous avons de la compagnie.

— Winter, demanda Wedge, branchez-moi sur le Contrôle du Trafic. Je veux savoir qui est en orbite.

La sphère qui incarnait Coruscant fut recouverte par une multitude de stations en orbite, de satellites et de vaisseaux. La flotte rebelle occupait l'hémisphère nord.

— Pourrais-je avoir un meilleur visuel ?

— Désolée. Comme tous les vaisseaux ont coupé leurs liens avec la base, je ne peux pas pirater leurs données. Nous les localisons, mais sans savoir ce qu'ils préparent.

La formation rebelle se fit moins dense. Des petits vaisseaux venaient d'être pulvérisés.

A en juger par la pauvreté des défenses face à la flotte de l'Alliance, l'issue des combats ne faisait guère de doute.

Ils peuvent nous ralentir, mais pas nous interdire l'accès à Coruscant, songea Wedge. *Non. Les dés sont jetés. Autrement dit, le sang coulera pour rien aujourd'hui.*

— Nous rendre sans combattre, lieutenant Needa ? répéta le cadet Pedetsen. Une torpille à protons et nous serons réduits en miettes ! J'en veux deux...

Needa cilla.

— Pardon ? Vous voulez qu'on tire *deux* torpilles sur nous ?

— Non, je parlais de cartes. (Le cadet étudia la nouvelle donne.) Côté torpilles, j'en veux zéro.

— Les Rebelles sont là ! On doit réagir !

Pedetsen posa une main sur la table.

— Monsieur, ce serait le plus court chemin vers la mort. Les sacrifices, c'est bien joli, mais... Après tout, le vainqueur du jour, quel qu'il soit, aura besoin de miroirs orbitaux en état de marche et d'un personnel bien vivant pour en prendre soin.

— Mais... Ce sont les Rebelles...

— Pourraient-ils nous condamner à un sort pire que le nôtre ? (Pedetsen sourit.) D'ailleurs, ils vous traiteront probablement comme un héros !

— Quoi ?

— Votre cousin n'a-t-il pas laissé Solo s'échapper de Hoth ? Cela ne lui a-t-il pas valu d'être exécuté par

Dark Vador ? N'avait-il pas effectivement des accointances avec les Rebelles ? Vous ne seriez pas là si l'Empire ne vous soupçonnait pas de sympathies coupables !

C'est une façon comme une autre d'interpréter les faits...

Needa fronça les sourcils.

— Les Rebelles... croiront qu'on les attendait depuis des lustres ?

— Comment en être sûr ? Si nous sommes morts, le problème sera vite réglé. (Pedetsen battit les cartes.) A vous de voir, monsieur.

— Fort bien... Tenter quelque chose, c'est la mort assurée, vous avez raison. Autant patienter.

Ils n'eurent pas longtemps à attendre.

L'OSETS 2711 vibra.

L'amiral Ackbar se tourna vers la Quarren debout près de son siège de commande.

— Qu'y a-t-il, commandant Sirlul ?

— Regardez... Ce miroir orbital a bougé...

— Pourquoi... ?

Les panneaux se verrouillèrent en position réfléchissante. La cible était la station golienne III.

Des lignes argentées coururent le long de la structure en losange ; des morceaux s'en détachèrent, flottant au milieu des débris cosmiques — les restes des petits vaisseaux rebelles détruits par les tirs nourris de la station golienne.

La Quarren croisa les mains dans son dos.

— A son point focal, le rayon solaire fait environ douze mètres et demi de diamètre. A peu près la longueur d'une aile X.

Déjà, la moitié des batteries turbolaser avait cessé le feu.

Ackbar tourna la tête.

— Envoyez le *Devonien* et le *Ryloth*. Qu'on s'empare de la station et qu'on aide les survivants. Ils n'opposeront pas de résistance. Qu'on les transporte sur les autres stations de défense, afin qu'ils ramènent eux-mêmes leurs camarades à la raison. Peut-être épargnera-t-on ainsi beaucoup de vies.

CHAPITRE XLV

Corran jeta un coup d'œil à sa jauge. Il lui restait du carburant pour dix minutes. Un retour à la base de Tycho en prendrait deux ou trois. Faire le plein durait une demi-heure.

Les autres ne devaient guère être mieux lotis.

Une communication avec le reste de l'escadron suffit à le prouver.

Corran contacta Wedge, qui donna son aval pour un retour au hangar.

Face à une dizaine d'Impériaux, les Rogues avaient une fois de plus fait leurs preuves. Asyr Sei'lar aussi avait démontré qu'elle était un bon pilote.

Une armada de petits vaisseaux civils ou de yachts de luxe volait vers le nord-est, sans doute décidée à disparaître dans l'hyperespace. Pour fuir, elle mettait la masse planétaire de Coruscant entre l'Alliance et elle.

Ces gens devaient être convaincus que les Rebelles ne reculeraient devant aucun crime.

Corran avait des sentiments mitigés ; certains avaient sûrement des comptes à rendre à la justice.

Détruire les moteurs des yachts serait facile.

Mais ces milliardaires en fuite étaient souvent partis de rien pour bâtir leur empire. Corran n'avait-il pas dû fuir Corellia, avec sa chemise sur le dos pour tout bagage ? Et changer d'identité à plusieurs reprises ?

Adopter de nouveaux styles de vie, faire une croix sur son passé pour survivre ?

Etre constamment sur ses gardes, avoir peur de son ombre, fuir, toujours fuir... N'était-ce pas un sort pire que la prison ? Voire qu'une exécution capitale ?

Mieux vaut mourir que vivre dans la peur.

C'était pour ainsi dire la devise de la Rébellion.

Chaque bataille, chaque victoire était un pas de plus vers la délivrance.

Corran abandonna l'idée de poursuivre les rats qui quittaient le navire.

Fuyez au bout de l'univers si vous voulez. Ça ne sera jamais assez loin.

La Défense Spatiale Golienne éliminée, l'amiral Ackbar donna une nouvelle impulsion à la bataille. Cinq ou six superdestroyers auraient dû s'opposer aux envahisseurs. Or, seuls le *Monarque* et le *Triomphe* défendaient Coruscant. Et ils n'avaient guère de titres de gloire à leur actif.

Où étaient la *Volonté de l'Empereur* et l'*Imperator* ?

Le *Libérateur*, l'*Emancipateur* et *Home One* ouvrirent le feu contre le *Monarque* et le *Triomphe*. Certains tirs touchèrent les tubes de lancement des torpilles.

Au signal d'Ackbar, un autre croiseur lourd calamarien, le *Mon Remonda*, pointa son canon bâbord sur le *Triomphe*, qui n'avait plus de boucliers, et ouvrit le feu.

Du tir aux pigeons !

Les frégates d'assaut resserrèrent les rangs autour des deux destroyers impériaux.

Des bâtiments plus grands — des corvettes coreliennes et des croiseurs —, se déployèrent à la recherche d'autres ennemis.

Les chasseurs et les transporteurs commencèrent leur descente vers la planète. L'issue de la bataille dans l'espace était capitale. Mais sans troupes au sol pour prendre et tenir les installations adverses, l'opération Coruscant resterait un échec. Ackbar ne se faisait aucune illusion. Qu'on soit venu à bout des boucliers tenait du miracle. Et nul ne savait combien d'heures ou de minutes ça durerait. Mieux valait débarquer des troupes au plus vite.

Le commandant Sirlul écrasa un bouton sur le clavier de commandes de l'accoudoir d'Ackbar. Un schéma holographique du *Triomphe* apparut. De nombreux systèmes étaient dans le rouge, passerelle comprise.

— Le *Triomphe* a perdu beaucoup de puissance. Il commence à tomber vers l'atmosphère.

L'amiral activa son comlink.

— Ackbar à Onoma.

— Onoma en ligne, amiral.

— Cessez le feu. Utilisez votre rayon tracteur pour tirer le *Triomphe* d'affaire. Il faut le sauver !

— Bien reçu, monsieur. Onoma terminé.

— Amiral, dit Sirlul, le capitaine Averen du *Monarque* se rend.

— Sans conditions ?

— Sans conditions.

— Bien. Abordez-le !

— Oui, monsieur.

— Ensuite, commandant, j'aurai un autre travail pour vous.

— Monsieur ?

Ackbar désigna Coruscant.

— Trouvez-moi quelqu'un qui puisse nous livrer cette planète.

Wedge demanda à Winter de lui remontrer la carte tactique du secteur du palais.

— Corran, nous n'avons rien sur le contact suspect dont vous parlez.

— Le signal est faible, Wedge. Il semble à moitié bloqué par les gratte-ciel. Mon ordinateur de bord n'en tire rien... Attendez !

— Que se passe-t-il ?

— J'ai perdu le contrôle des commandes ! Ma vitesse s'accélère ! J'active la coupure d'urgence des injecteurs un et deux.

Ça le ralentira de moitié.

— Winter, demanda Wedge, pouvez-vous l'aider ?

— Je vais tenter...

— Négatif, Winter ! cria Corran. Désactivez le code de contrôle que vous utilisez et laissez-moi faire.

— Je n'ai eu recours à aucun code, Corran.

— Mais si. Je n'ai plus de réactions !

Wedge étudia les informations qu'affichait le bloc-notes de Winter.

— Bon sang, que se passe-t-il ?

— La neutralisation manuelle ne marche pas non plus.

— Ejection, Corran !

— Je n'y arrive pas ! Je ne peux plus rien faire...

Des parasites brouillèrent la communication ; puis la flèche verte disparut de l'hologramme.

L'image de l'immeuble que venait de percuter le chasseur fou s'évanouit. Sans doute le bâtiment avait-il été pulvérisé par l'explosion.

Un vide immense se fit en Wedge, chassant l'euphorie de la victoire. Il arracha son masque et le jeta à travers la pièce. Peu importait si le gaz ne s'était pas tout à fait dissipé...

Depuis sept ans, il se battait comme un lion contre l'Empire. Combien d'amis avait-il connus — et perdus ? Il s'était accoutumé à garder ses distances avec les nouvelles recrues, afin d'être moins blessé chaque fois qu'un pilote tombait au combat.

Mais ça ne suffisait pas...

Si Corran et lui n'étaient pas toujours d'accord, leurs divergences d'opinion n'avaient pas diminué leur respect et leur admiration réciproques. Bon pilote et homme de ressources, Corran avait toujours vu la loyauté comme la base de l'amitié. Il était comme Tycho ou Luke, soumis aux mêmes angoisses, aux mêmes épreuves.

Et il en ressortait toujours plus fort.

Seuls ceux qui en étaient passés par les mêmes horreurs pouvaient comprendre de tels hommes.

Tycho posa une main sur l'épaule du commandant.

— J'en ai perdu un autre, lâcha Wedge.

— Peut-être... Qui sait si Corran n'a pas réussi à s'éjecter ? Et s'il n'attend pas qu'on vienne le récupérer sur un tas de décombres ?

A moins qu'il soit enfoui sous des tonnes de gravats...

Wedge hocha la tête.

— Vous avez raison. Il attend sûrement des secours.

— C'est un Rogue, après tout.

— Allons-y.

CHAPITRE XLVI

Depuis quatre jours, il pleuvait à verse. Les précipitations avaient balayé des tonnes de poussière et de gravats.

Wedge Antilles se tenait devant les restes de l'immeuble où Horn avait disparu.

Quelque part là-dessous se trouve la dépouille de Corran Horn.

Wedge secoua la tête.

Les siens n'avaient reculé devant aucun sacrifice pour éviter que la mission s'achève par un bain de sang. En toute objectivité, les pertes humaines étaient ridiculement basses.

Un autre miracle, dû à la Force sans doute, songea Antilles non sans une pointe d'amertume.

Il haïssait le ton moqueur qu'on prenait souvent en se référant à la Force.

Après la chute de Coruscant, ses compagnons ne s'étaient plus tenus de joie. Lui avait aussi célébré la victoire. Sans exubérance, bien sûr.

On avait retrouvé Aril Nunb saine et sauve dans l'Invisec. Mirax Terrik errait comme une âme en peine, le cœur brisé. Iella Wessiri n'allait guère mieux.

Après la perte d'un être cher, même la libération de Coruscant semblait sans saveur.

L'anxiété et la colère qui habitaient Wedge avaient-elles pour seule source la disparition du Corellien ?

En réalité, le haut commandement de l'Alliance s'inquiétait.

Pourquoi la prise de la capitale de l'Empire avait-elle été si... facile ? Les Rebelles n'avaient pourtant pas volé leur victoire. L'Alliance avait soigneusement exécuté des plans ingénieux.

Pour finir, elle avait trouvé devant elle une marine impériale parfaitement inepte.

Une conclusion s'imposait.

Ysanne Isard avait *voulu* la victoire de la Nouvelle République.

Le Conseil Provisoire voyait en Coruscant un symbole. Quiconque s'en emparerait deviendrait le maître incontesté de la galaxie. La plupart des mondes neutres rejoindraient à leur tour la République. Un ralliement qui hâterait la fin de l'Empire.

Coruscant était devenu un trou noir auquel l'Alliance n'avait pu échapper : un objet de convoitise pour tous les prétendants au trône de Palpatine. En atteignant son but, la Rébellion venait de se lier les mains. L'univers entier saurait désormais où étaient ses quartiers généraux.

Wedge n'était pas certain que la Rébellion ait beaucoup gagné au change.

Sans compter que la victoire aurait son prix. Ysanne Isard s'était volatilisée. Déjà, une épidémie se répandait dans l'Invisec. Grâce au bacta, Nawara Ven et Riv Shiel étaient en convalescence. Selon le briefing d'Aril Nunb et les conclusions du général Cracken, le virus avait été fabriqué pour transformer Coruscant en charnier.

L'attaque avait fait capoter les plans d'Isard.

L'échauffement des réserves d'eau avait tué le virus avant qu'il se propage.

Le général Airen Cracken et Pash rejoignirent Wedge, le tirant de ses réflexions.

— Bonjour, général, lieutenant... Que puis-je pour vous ?

— Mes agents ont enquêté sur les dernières transmissions du Corellien, annonça Airen.

— Si vous pouvez patienter une minute ou deux, Tycho devrait bientôt arriver. Il voudra entendre ce que vous avez à dire.

Le général secoua la tête.

— J'ai peur que non. Il vient d'être arrêté pour haute trahison et pour le meurtre de Corran Horn.

— C'est impossible. (Wedge dévisagea le chef des Services Secrets de l'Alliance.) Jamais Tycho n'aurait fait ça !

Le général leva une main.

— Vous ne savez pas tout, commandant. Dois-je vous rappeler qu'une arrestation n'est pas une condamnation ? Néanmoins, les premiers éléments suffisent à justifier cette mesure.

Wedge croisa les bras.

— Quels éléments ?

— Il s'est absenté sans autorisation de son poste à Noquivzor. Il s'est rendu ici accompagné d'un droïd M-3PO qui détenait des informations secrètes.

— Tout cela sur *mes* ordres, général. Vous pourrez le vérifier.

L'homme hocha la tête.

— C'est ce qu'on m'a dit. Néanmoins, d'autres faits existent.

— Par exemple ?

— Le capitaine Celchu connaissait les codes de commande du chasseur que pilotait Horn.

— Comme ceux des autres chasseurs...

— Oui, sauf que les *autres* pilotes ne l'avaient pas menacé de le démasquer avant de décoller. Pash a surpris une conversation mouvementée entre Horn et Celchu, juste avant le départ. Celchu a déclaré qu'il avait pris un soin tout particulier à vérifier le bon fonctionnement du chasseur du Corellien.

Wedge regarda le jeune homme.

— Est-ce vrai ?

— Je n'espionnais personne, commandant, protesta Pash.

— Mon fils n'a pas intégré votre unité pour ça, Wedge. Il était là par hasard. (Airen fronça les sourcils.) J'ai eu du mal à lui tirer les vers du nez, d'ailleurs.

— Je vois. Quelle a été la réaction de Tycho ?

Pash se détendit légèrement.

— Très calme et naturelle. Il a affirmé qu'il n'avait rien à craindre puisqu'il était innocent.

Wedge leva un sourcil.

— Une attitude qui ne ressemble pas à celle d'un traître.

— Il n'avait rien de plus à redouter de Horn, puisqu'il a désactivé les commandes manuelles et donné à ses maîtres les codes de contrôle du chasseur.

— Ça ne prouve toujours pas qu'il y ait un lien entre Tycho et l'Empire.

— Une simple question de temps, commandant. (Le général haussa les épaules.) Nous avons les moyens, le mobile et l'occasion. Ça suffit pour arrêter et juger un suspect.

Wedge secoua la tête.

— Vous avez tort et vous le savez. Après les combats que nous avons livrés, écrouer un héros sur la base de preuves indirectes est un crime digne de l'Empire.

— Non, commandant, c'est vous qui avez tort. (L'indignation fit vibrer la voix d'Airen Cracken.) L'Empire aurait arrêté et torturé Celchu jusqu'à ce qu'il avoue. Ensuite, il aurait fait disparaître son cadavre. *Nous*, nous instruirons un procès public.

« C'est pour ça que nous nous sommes tant battus. Vous savez pertinemment qu'il n'y a pas d'autre solution face à une telle situation.

Hésitant, Wedge hocha la tête.

— Vous avez raison, général. Nous nous sommes battus au nom de la justice. Hélas, elle échappe à ceux qui la méritent le plus, acheva-t-il, les yeux rivés sur la tombe de Horn.

ÉPILOGUE

Tout son corps n'était qu'une plaie. Ses poignets ligotés dans son dos tiraient ses épaules en arrière. Des doigts jusqu'aux coudes, des gaines d'acier l'enserraient. Ces liens avaient été proscrits au sein de la CorSec.

Nu, allongé sur le ventre, il frissonnait dans le noir.

Corran Horn n'avait pas les idées claires.

On l'avait drogué...

Une conclusion s'imposait.

Prisonnier de l'Empire !

Il se souvint d'un séminaire de la CorSec sur les conditions de détention et ses moyens de miner la résistance d'un détenu.

La fraîcheur de l'air et d'infimes vibrations lui firent penser qu'il était à bord d'un vaisseau.

Si les forces impériales fuient Coruscant, c'est que nous avons gagné ! réalisa-t-il.

Que s'était-il passé après qu'il eut perdu le contrôle du chasseur ?

Il ne s'en souvenait plus.

Corran se redressa sur les genoux. Malgré le vertige, il refusa de se rallonger.

Des lumières crues lui blessèrent soudain les yeux. La porte s'ouvrit. Un bruit de pas...

Corran refusa de relever la tête et les paupières avant que le claquement de bottes s'arrête.

Du coin de l'œil, il aperçut un point rouge et regarda malgré lui.

Ces yeux vairons...

— Je vous croyais plus... formidable que ça, lâcha Ysanne Isard d'un ton froid.

— L'habit fait le moine, coassa-t-il, la gorge sèche.

— Le fameux esprit de messire Horn !

— J'ai dû le laisser sur Coruscant...

Elle frappa doucement dans ses mains.

— Un homme dans votre état, plaisanter encore... Bravo !

A une vitesse inouïe, elle le gifla.

Il passa sa langue sur sa lèvre inférieure éclatée.

— Lieutenant Corran Horn, de l'Alliance. Escadron Rogue.

— J'aime les gens qui me défient.

— Si c'était vrai, vous seriez encore sur Coruscant. Et vous ne sauriez plus où donner de la tête.

— Sans doute. Mais ça n'est plus votre problème. Les forces rebelles occupent le Centre Impérial. Très vite, elles comprendront que c'est un monde empoisonné et condamné. Un trou noir d'où on ne s'échappe pas. Vos amis ont vraiment eu les yeux plus gros que le ventre. Ils s'étoufferont avant de comprendre ce qui leur arrive.

— Pardonnez-moi si je ne vous crois pas sur parole...

Néanmoins, les affirmations d'Isard l'avaient touché. Shiel, Ven et Portha n'étaient-ils pas tombés malades au point de ne pouvoir participer à la mission finale ?

Un Empire capable de pulvériser des mondes ne reculerait pas devant les armes bactériologiques.

Encore un raffinement de la doctrine impériale.

— Ce que vous croyez ou pensez n'a aucun intérêt, lieutenant. Vous m'appartenez. Je ferai de vous ce que bon me semblera.

— Comme avec Tycho Celchu, pour l'amener à me trahir ? Il vous a fourni les codes de mon chasseur. Voilà comment vous m'avez eu !

Elle plissa le front.

— D'après les dernières nouvelles, votre ami Celchu a été arrêté pour haute trahison et pour meurtre. Le *vôtre*.

— Il aura ce qu'il mérite, après tout...

— Peut-être. Une fois Celchu exécuté, vous le remplacerez.

— Je dirai la vérité à mes chefs.

— Celle dont vous aurez conscience sera la *mienne*. (Isard sourit.) Nous allons à Lusankya. Quand j'en aurai fini avec vous, vous m'appartiendrez vraiment.

— Jamais je ne trahirai mes amis !

Elle éclata de rire.

— Combien de fois ai-je entendu ce refrain... Vous les trahirez, Corran Horn. Vous serez l'instrument de la destruction de l'Escadron Rogue. Puis vous ruinerez l'unité précaire de l'Alliance. Quand j'en aurai fini avec vous, vous serez la main vengeresse de l'Empereur. Rien ni personne ne vous arrêtera.

Achevé d'imprimer en septembre 1999
sur les presses de Cox & Wyman Ltd
(Angleterre)

FLEUVE NOIR – 12, avenue d'Italie
75627 PARIS – CEDEX 13.
Tél: 01.44.16.05.00

Dépôt légal : avril 1999
Imprimé en Angleterre